U0540571

诺贝尔文学奖作家文集·泰戈尔卷

纠缠

[印] 泰戈尔 / 著
倪培耕 / 译

Cross-currents

漓江出版社

图书在版编目（CIP）数据

纠缠 /〔印〕泰戈尔著；倪培耕译.
— 桂林：漓江出版社，2018.1（2018.6重印）
〔诺贝尔文学奖作家文集·泰戈尔卷〕
ISBN 978-7-5407-8294-8

Ⅰ.①纠… Ⅱ.①泰…②倪… Ⅲ.①长篇小说-印度-现代 Ⅳ.①I351.45
中国版本图书馆CIP数据核字（2017）第247172号

JIUCHAN
纠　缠
〔印〕泰戈尔　著
倪培耕　译

策划编辑：沈东子
责任编辑：张　谦
助理编辑：谢青芸
书籍设计：石绍康
责任印制：杨　东

出版人：刘迪才
漓江出版社有限公司出版发行
广西桂林市南环路22号　邮政编码：541002
网址：http://www.lijiangbook.com
全国新华书店经销
发行电话：0773-2583322　010-85893190
北京汇瑞嘉合文化发展有限公司印制
〔北京市经济技术开发区荣华南路10号院荣华国际大厦5号楼1501室
邮政编码：100176〕
开本：880mm×1230mm　1/32
印张：10　字数：210千字
2018年1月第1版　2018年6月第2次印刷
定价：48.00元

如发现印装质量问题，影响阅读，请与承印单位联系调换
〔电话：010-67817768〕

泰戈尔
(Rabindranath Tagore, 1861—1941)

访问英国时的泰戈尔

1919年泰戈尔和甘地

泰戈尔与爱因斯坦

作家·作品

这种深邃的宁静的精神压倒了一切。我们突然发现了自己的新希腊。像是平稳感回到文艺复兴以前的欧洲一样,它使我感到,一个寂静的感觉来到我们机械的轰鸣声中……

——[美]埃兹拉·庞德

泰戈尔的绝妙演说言辞,是太阳般光芒四射的诗篇,是超脱于整个人类争斗之上的。倘若对它有什么批评的话,那就是他过分超脱了。从永恒的观点来看,泰戈尔是正确的。小鸟般的诗人,雄鹰般的云雀,落在时间的废墟上歌唱。他永远活着。

——[法]罗曼·罗兰

你在孤寂思索和美的创造里看到了自由。你珍视它们,在自己漫长而富有成果的为人类服务一生里,以你的人民的预言家的方式,到处宣传着一个美好和自由的思想。

——爱因斯坦1931年5月写给泰戈尔的信

今天仍是你的最忠实的学生和颂扬者。正如你所知，我得到你的诗歌，使我无比激动。近几年我在你的散文《家庭与世界》，你的短篇小说和你的回忆里汲取了知识和美感。当第一次读到你的诗歌时，我是多么欣喜若狂，仿佛觉得它们来自河流、田野，它们是永恒的。

——［爱尔兰］叶芝

我们感到，我们与你相会之后变得纯洁而崇高了。当看到一个人今天仍然根据自己青春时期的崇高理想过自己的生活，我们获得了新的信心。我们在你来之前是怀疑者，我们曾经想，整个理想是虚假的，整个希望是无意义的，但一见到你，我们明白我们错了。现在，我们没有在权利和强权之间的争斗中遭受失败；现在，生活赋予我们的意义，绝不因我们死亡而消失。你的诗歌的音乐和甜蜜以及你的生活范例和庄严，把东方古老的理想主义甘霖倾泻在我们的心田。

——［美］哲学家维尔·杜兰特

目　录

001 / **译　序** / 倪培耕

纠　缠

003 / 第一章

006 / 第二章

010 / 第三章

013 / 第四章

016 / 第五章

018 / 第六章

020 / 第七章

023 / 第八章

026 / 第九章

032 / 第十章

035 / 第十一章

038 / 第十二章

041 / 第十三章

044 / 第十四章

046 / 第十五章

049 / 第十六章

052 / 第十七章

058 / 第十八章

061 / 第十九章

065 / 第二十章

070 / 第二十一章

072 / 第二十二章

077 / 第二十三章

080 / 第二十四章

082 / 第二十五章

085 / 第二十六章

090 / 第二十七章

094 / 第二十八章

100 / 第二十九章

105 / 第三十章

108 / 第三十一章

113 / 第三十二章

116 / 第三十三章

121 / 第三十四章

124 / 第三十五章

129 / 第三十六章

133 / 第三十七章

144 / 第三十八章

150 / 第三十九章

157 / 第四十章

162 / 第四十一章

169 / 第四十二章

177 / 第四十三章

185 / 第四十四章

195 / 第四十五章

211 / 第四十六章

219 / 第四十七章

225 / 第四十八章

231 / 第四十九章

234 / 第五十章

241 / 第五十一章

248 / 第五十二章

254 / 第五十三章

259 / 第五十四章

262 / 第五十五章

270 / 第五十六章

275 / 第五十七章

279 / 第五十八章

283 / **泰戈尔年表**

译　序

倪培耕

泰戈尔从1878年创作第一部长篇小说《怜悯》（未完成）至1934年发表中篇小说《四章》，共写了十三部中长篇小说。除《怜悯》泰戈尔在世时没有发表外，计有长篇小说《少夫人市场》（1883）、《贤哲王》（1885）、《小沙子》（1901）、《沉船》（1906）、《戈拉》（1910）、《家庭与世界》（1916）、《纠缠》（1929）、《最后的诗篇》（1929）和中篇小说《四个人》（1914）、《两姐妹》（1933）、《花圃》（1934）、《四章》（1934）等。泰戈尔的小说除《少夫人市场》和《贤哲王》是历史题材小说外，其余均为社会题材小说。尽管他小说题材主要描绘孟加拉社会中上层的生活画面，但仍展现了那个时代的社会风貌，表达了那个时代的心声，并为印度的小说创作开辟了道路。

《少夫人市场》写一个暴君，贪得无厌，惨无人道；而《贤哲王》则写一个开明君主，反对封建祭祀活动，主张仁爱。显然，泰戈尔借古喻今，衬托现实黑暗，希望出现一位仁君，拯救印度。随后，他转向现实生活，创作了印度第一部现实主义小说《小沙子》（或译为《眼中沙粒》）。在这部小说之前，不管般给姆或者泰戈尔本人写的小说，它们或者是历史传说的铺叙，或者是社会生活的掠影，但无论从现实性或心理分析，或社会问题的提出，都是从这部小说开始的。

《小沙子》的情节并不曲折，主角维努迪妮美丽、善良并受到良好的教育，已到出嫁年龄，因父母把所有的钱财都花在她的教育上，没有足够陪嫁费，无法出嫁。父亲死后，母亲想把她嫁给邻居莫汉德罗，遭到拒绝，又转向莫的好友比哈里，也遭回绝。维努迪妮无奈远嫁，不久就成为寡妇，回到家乡，寄人篱下，住在莫汉德罗家。她向已成婚的莫汉德罗和未成婚的比哈里，发起挑战，投去了爱。经过几番较量，莫汉德罗终于坠入情网，并不顾一切要与她私奔。但她真正的心上人是比哈里，而比哈里又屈从于教规和社会习俗，始终不肯越雷池一步。最后，维努迪妮收心，让莫汉德罗回到妻子身边，又为了不玷污比哈里的社会地位和种姓，断然压住自己的情爱，修行出家。

维努迪妮是泰戈尔小说塑造得最出众的妇女形象，作家在她的痛苦和折磨里鞭笞了保守的印度教社会，维努迪妮之所以向两位男子发起进攻，是因为"他们断绝了她通往新生活的一切道路"。她这样做不仅仅是出于不可遏制的复仇心理，更重要的是她为争取自身的幸福，力图改变自己的命运，所以她"整个叛逆的心都要起来反抗这残酷的命运"。但她心地善良，具有传统的道德观念，因而她无时无刻不在内心展开着一场愤怒与同情、反叛与教规、勇敢与胆怯的灵魂大搏斗。这场灵魂的搏斗时时震撼着读者的心。小说通过细腻的心理分析，以及暗示性的描述，使这个具有丰富感情的人物具有纵深感、立体感。小说结尾，四个人都良心发现，都以印度教的伦理道德，即牺牲和服务，约束自己，成为完人。这个结局几乎成为泰戈尔中长篇小说的结尾模式，也影响了印度其他作家的创作，很少有人突破这个喜剧性的结尾模式。

《沉船》是为娱乐读者而写的，被译成世界多种语言，受到令人吃惊的欢迎，这可能与曲折的情节和轻松的笔调有关。小说写印度教知识青年罗梅锡与梵社姑娘海敏丽妮相爱，但教派和信仰不同，父亲迫使罗梅锡去远方结亲。归途遇上风暴，船翻落水，父亲、岳母诸亲人罹难。罗梅锡与一位名叫格姆娜的姑娘被冲上沙滩，因婚礼时，没有相面，两人误认为是夫妻。罗梅锡最先发现这个差错，但他出于同情,不伤格姆娜的心,没有揭穿,把她送进女子学校学习。而自己向海敏丽妮求婚,正要办喜事,格姆娜与罗梅锡的纠葛被人揭穿,罗梅锡又不申明,急于外出寻找格姆娜的夫家,海敏丽妮无奈由兄长解除婚约。当得到罗梅锡向海敏丽妮说明情况的一封未发出的信时,格姆娜才知道自己的遭遇,于是她离开罗梅锡,外出帮佣,寻找丈夫。格姆娜的真正丈夫纳利纳克希也在那场风暴里落水被救起,后来成为海敏丽妮的教父,两人产生恋情,订了婚。恰巧,格姆娜来到纳利纳克希家帮佣,罗梅锡经多方努力向男女双方家眷说明了原委,使有情人终成眷属,而自己走向"茫茫的世界";海敏丽妮也痛苦而绝望地第二次解除了婚约,离开了纳利纳克希。

整个故事的发展出于偶然因素:没有相面,遇上风暴,邂逅相遇,迟疑不决……但偶然寓于必然之中,没有教派和信仰的藩篱,没有传统婚姻的陋俗,没有主人公主观的疑惑和精神重负,有情人终会成眷属的。所以泰戈尔通过那支生花妙笔细腻地描绘了罗梅锡与海敏丽妮的纯真爱情以及不幸遭遇,控诉了吃人的礼教,同时,作家既批评了罗梅锡的软弱和动摇,又颂扬了他那关心和同情别人的高尚品格。泰戈尔正是通过罗梅锡这个充满矛盾的人物形象,表现了作者自己的人道主义思想。泰戈尔总是把爱雨和关怀洒在女子身上,格姆娜的天真、执着,海敏丽妮的书卷气、哀婉,使人掩卷,难以忘怀。

《纠缠》和《最后的诗篇》是写城市生活,写资产阶级及其意识。《纠缠》揭示可以丧失一切财富,但不能弃绝名誉、教养和保守思想意识的望门地主家族所维护的旧价值,同金钱万能的利己的工业巨头、百万富翁的贪得无厌的权力之间的冲突。出身名门望族的美丽善良的姑娘古姆迪妮与无礼轻浮和冷漠的百万富翁默吐苏登结婚,后者妄想重复将自己意志强加在人和机器上的老套,来控制古姆迪妮。但他很快明白,他可以控制她的肉体,却无法制服她的真实个性,他在古姆迪妮的坚强人格和自尊心面前吃了败仗，他为自己的兽性、野蛮和欢乐情绪逐渐变为柔顺、恐惧感到困窘，最后丧失了自信心。而古姆迪妮一开始受印度教传统的熏陶，培养自己膜拜丈夫的归依意识，但一次次冲突，终于萌发叛逆意识。《纠缠》似乎要说明物质财富上的强者，未必是精神财富上的强者。小说鞭笞资本家空虚、卑下的精神灵魂，勾勒了资本的发迹、发展的历史轨迹，真实地描绘了十九世纪资产阶级及其精神特征。泰戈尔原计划写一资本家家族三代人生活的三部曲，题为《三代》，但只写了第一代，就辍笔了。不然，定可为印度文学的人物画廊增光添彩。

《最后的诗篇》被印度评论家认为是"为了结束所有爱情而写的爱情故事"，小说的主题是爱的禁欲主义。主人公是位超现代主义的孟加拉知识分子，他把生活中的种种现象，作为偶像加以反映。但他遇上了同样受到现代教育的一位姑娘，偶像破坏者成了激烈的偶像崇拜者，他违背人的自然本性的渴求，把她视为偶像加以顶礼膜拜。她是个感触细腻、情感深沉、仪表大方的姑娘，她的出现冲去了他的空虚、颓唐的精神状态，成为他的新偶像。姑娘意识到这种爱情必然带来悲剧的后果，于是断然离开了他。作品还勾画了一群盲目崇拜西方文明，模仿西方生活方式的男女青年的种种丑态，辛辣地讽刺了他们否定民族文化的思想行径。

比爱情主题更重要的是，小说提供了新颖的技巧和形式，在印度文学史上恐怕没有一部长篇小说写得比它更具有诗歌内容，运用更多的诗歌风格。它每个篇章都是散文诗，半抒情半揶揄的笔触，诙谐宽容的口吻，自我解剖的手段，对话语言的运用，使这部小说成为当时最受青年读者欢迎的作品。但如果说它比《戈拉》《家庭与世界》更优秀伟大，那等于是用机灵取代天才。

《戈拉》写于1907—1909年，在《侨民》杂志上连载，1910年正式出版。《戈拉》是泰戈尔小说创作的代表作，被人称为史诗小说。它描写了孟加拉知识分子中激进民族主义者、正统派印度教徒和梵教徒之间的斗争，揭露了印度教的问题和隐藏在它背后的社会病态，描绘了十九世纪七八十年代孟加拉社会生活。当时印度的民族意识开始觉醒，工农运动开始发展，许多知识分子有着强烈的反对英国殖民统治的情绪。当时民族运动内部已分成两派，一派主张接受欧洲文化，改革印度教，铲除一切陈腐的传统与陋习，通过改良争取民族自治。1828年成立的梵社就属于这一思想体系，1865年梵社又分裂成两派，一派为稳健派"元始梵社"，一派为"印度梵社"，后者趋向于极端改革派，否定民族文化，崇拜西方文明。另一派思想体系是在这个时期刚刚形成的"新印度教"，它坚决反对崇拜西洋文明，主张发展民族文化，增强民族自豪感，反抗统治者的专横压迫，同时主张复古，遵守印度教一切古老传统，维护种姓制度。到了廿世纪，也就是作者写《戈拉》的年代，正是提拉克领导的极端派在1905—1907年印度民族运动里起着决定性影响的时期，极端派提出用暴力推翻殖民统治，同时提出一套主张复古、保持印度教落后传统的社会纲领。这种力图使印度民族解放运动具有印度教宗教色彩的主张，正是十九世纪七十年代刚刚形成的正统派新印度教思想体系的继续和发展。因此，泰戈尔这个小说虽然描写的是十九世纪七十到八十年代的情况，实质反映了二十世纪头十年的时代特征和社会问题。小说主要情节是通过以印度教安南达摩依和梵教帕勒席的家为主要活动场所，以印度教青年戈拉、宾诺耶与梵教姑娘苏查丽达、洛丽塔的爱情纠葛为线索而展开的。小说男主角戈拉是爱尔兰后裔，他的父亲在印度起义中丧生，母亲在他出生时死去。印度教徒克里什那达雅尔的妻子安南达摩依收养了他，把他看作自己孩子抚育成人，并对他隐瞒了其出身。戈拉成为一个狂热的印度教徒，正统观念的楷模。他带领一批青年，宣传爱国主义思想，并企图净化古老的印度教信仰。他最要好的朋友宾诺耶爱上了梵教成员帕勒席的女儿洛丽塔，才离开了这条道路。宾诺耶结婚时才发现自己处于两个敌对营垒之间，他与正统派印度教决裂，与戈拉决裂，可是也没有为梵教所接受，更有甚者，连帕勒席这样一位对任何教派都不抱偏见的忠厚长者，也被梵教开除。另一方面，帕勒席的养女苏查丽达钟情于戈拉，为他们的信仰和热情所感动。然而，戈拉执拗于教派不同，压制自己的情感，那时，戈拉一方面要在一切阶层里宣传爱国思想，另一方面他按照教规又不能同教团外的人们接触，特别是不能与他们同吃同住。但他在乡下，清楚地看到印度教神姓藩篱和清规戒律如何造成农村的愚昧、贫穷以及农民打破教派的束缚所显示的友爱和谐关系，这一阅历逐步地触动了他的教义束缚。当时他为了保护农民和大学生利益，与殖民当局冲突，被警察局逮捕。这些实践活动使他看清了祖国的真实形象——"祖国赤裸裸虚弱可羞的形象"。而当克里什那达雅尔弥留之际，泄露了他的身世，戈拉欣喜若狂，他终于从宗教派别的束缚中解放出来，一个"给三万万印度儿女谋福利的真实的园地"呈现在他面前。

小说中心人物戈拉，是爱国者协会主席，是爱国知识分子的形象，作者刻画他对祖国获得自由的必胜信念和对殖民统治势力丝毫没有奴颜婢膝的性格特征。他不断向同胞灌输重建祖国的信念，号召人们为祖国自由奉献自己的热血和身躯。他正直不阿，对那些以做官为荣，丧失民族自尊，在英国主子面前摇尾乞怜的人极为痛恨，在牢狱中，表现了民族的正气，决不奉承英国县长，也不向他讨饶，他也不要朋友设法保释，表现了殖民地民族中最为宝贵的性格。但戈拉有着明显的宗教偏见，认为"祖国的一切都是好的"，为种姓制度和婆罗门的特权辩护，并身体力行执行旧俗陋习；也因此与亲戚朋友不和，不能抒发情爱，更重要的是这妨碍他进一步认识真实的印度面貌，妨碍他真正为祖国服务。作品指出，戈拉信奉印度教不是出于盲从迷信，而是出于殖民者对印度教社会的嘲笑和攻击，他说"我想借自己敬意的方法来唤醒我国人民"，来打击敌人。因而，这也为他的思想转变埋下伏笔，当他在乡下看清祖国虚弱可羞的面貌和宗教偏见的毒害，一旦身世的奥妙被揭穿，他自然而然获得了解脱，可以说，戈拉的形象是对印度资产阶级民族主义的艺术概括，也体现了作者的理想。

安南达摩依和帕勒席亦是作者的理想人物。他们虽然出身于不同教派，但都顺从人的自然本性，反对种姓制度，支持自由婚姻，他们既赞扬戈拉的爱国热情，又不同意他的顽固保守，他们都有一颗博大、慈爱、自由之心。不同的是，帕勒席较软弱，力图"超然于争辩的双方之外"；而安南达摩依性格坚强，态度积极热情，行动果断。

苏查丽达和洛丽塔是开始觉醒的印度妇女形象。温柔善良的苏查丽达初先崇拜梵教领袖哈伦，愿意许身给他，但自认识戈拉，才真正发现哈伦蔑视人民的洋奴嘴脸，断然拒绝了这个婚约，她虽然崇拜戈拉，深受其爱国热情的影响，但又不同意他的守旧言行。她不满印度妇女的传统命运，但戈拉也没指出妇女如何掌握自己命运的途径，她因而总处在怀疑和苦闷之中。与温柔宁静和缺乏行动的苏查丽达相反，洛丽塔是个疾恶如仇、坚韧不拔、独立不羁的姑娘，她反抗社会上一切邪恶的，既不承认传统的偶像，又不崇拜现实中的任何偶像，始终积极地追求自己认为正确的道路，为争取自己的权利和自由而斗争。她为抗议逮捕戈拉，不去县长家演出；她不管别人诋毁，为女孩子办校；她冲破教派的偏见，与宾诺耶结婚。无论是亲朋的冷落、哈伦的中伤，教会的惩罚，官方的阻挠，都没有使她屈服。洛丽塔冲破家庭、教会的小天地，投身于社会活动，参加人民斗争，是作者理想中的印度新型妇女形象。

小说的主要反面人物是哈伦，一位精通英语，熟悉哲学的教书匠。作者笔下，哈伦除了肤色之外，精神上完全和英国殖民者一样，对英国主子奉承乞怜，是十足的洋奴；他对人民则是不择手段地欺压和陷害。他与戈拉等人的冲突，不仅是教派之间的摩擦，更重要的是民族主义和民族虚无主义，爱国志士和殖民奴才之间的斗争。

小说通过知识分子群体形象，歌颂了男女青年的爱国热情，批判了宗教偏见和崇洋媚外的错误思想；并通过对印度苦难的农村的描绘和伊斯兰农民反抗斗争的讴颂，愤怒地鞭挞了殖民统治的罪恶。艺术上，典型环境的描绘和典型性格的刻画是有机统一的，抒情笔触和哲理思辨，人物对比和粗浅勾勒，浑成一体。应该说，作者在人物刻画、心理冲突、哲理论辩上下了功夫，但不真切的细节，冗长缓慢的情节，论辩多于描绘，使小说沉闷乏味，缺乏真实的厚度；论辩性内容增加，使人物似乎成为思想符号，成为传声筒，悬浮在空中。因而，《戈拉》尽管在文学史占有重要地位，但可读性却不如《沉船》。

《戈拉》之后，泰戈尔小说艺术发生了变化。他放弃那种情节复杂、描绘冗长、性格发展缓慢的手法，而注重简洁暗示。《四个人》和《家庭与世界》就是这方面的例证。中篇《四个人》没有完整的情节，只有一些故事的组合。小说只有四个人和四章，一章叙述一人。中心人物是沙吉士，作者从不同角度和不同场面描写他对真理和内心渴求的探索。他的伯父加格莫汗是无神论者，博大的人道主义者，影响着沙吉士的思想，使他成为理性主义的崇拜者。沙吉士的兄长是个有神论者，一个无耻卑鄙的淫荡鬼。沙吉士遇见一个流落街头、被自己兄长奸污的姑娘，伯父收留了她，为了保护她的名誉，沙吉士提出与她结婚。但是出人意料的是，这位姑娘仍爱着那个淫荡鬼，拒绝与他人结婚。这件事动摇了沙吉士对人的理性的信念。加尔各答流行霍乱，伯父把家庭变作医院，为穷人治病，自己也染上霍乱致死。理性偶像伯父倒了,沙吉士为了填补生活的空虚,为寻找新的信仰而奔波。他追随一位信奉毗湿奴的修道士,沉湎于宗教感情之中,企图从中寻求解脱,这时,一位女信使、年轻而漂亮的寡妇达米尼打断了他的专注,她迷恋上沙吉士,沙吉士把人类爱情看作幻觉而加以拒绝,尽管他处处回避她,却时时意识到她那血肉身躯的存在。一次,他们一行在一个洞穴里过夜,他感到仿佛一只野兽正用利爪在抓他的全身,他害怕地用脚使劲踢去,恰好踢在达米尼的胸脯上。达米尼明白,沙吉士把爱情看作是兽性的表现,不可能接受她的爱。寡妇达米尼就不再纠缠他,而与小说中的第四个人、故事的叙述者室利比拉斯结婚。但好景不长,达米尼胸脯在洞穴受到了致命一击,终于酿成大病而死。小说的主题是人类灵魂对真理的不断求索。

　　沙吉士象征着灵魂,加格莫汗象征理性,达米尼则暗示为人的自然本性。作品似乎不仅说明宗教感情是一尊虚假的偶像,也暗示极端的理性存在着局限,因而沙吉士感到困窘。达米尼的死去,又似乎说人的自然本性尽管现实具体,但终究不是崇高的感情。那么什么是最高真理呢?小说没有答复,因为对真理探求本身就是一个无穷尽的过程。小说的立意宏大,然而结构精巧凝练,人物不仅是象征符号,而且有鲜明的个性。

　　《家庭与世界》这部小说的背景是二十世纪第一个十年的民族解放运动,小说只有三个人物,二男一女,以自述形式展示了各自的心理变化。地主尼基尔拥有一座庄园,他同情农民,乐善好施,致力于民族振兴和社会改革,并追求人格的完美;他让妻子比马拉接触社会,使妻子成为一个完美性格的人。这样,尼基尔的朋友桑迪帕乘虚而入,他是激进民族主义者,雄辩的口才,激情澎湃,号召抵制英货,用暴力推翻殖民统治。比马拉崇拜他的才华和生气,把他视为爱国者的精英,从崇拜产生情爱;而桑迪帕那种满腔爱国热忱也很快成为对一个艳妇的情爱。尼基尔发现他们的暧昧关系，但他不横加干涉，让妻子自由选择。后来由于比马拉发现桑迪帕热情背后的卑下和贪婪品格，才收心；而桑迪帕也有一种莫名的阻碍感，使他未与比马拉通奸。小说的主要内容，一是自治运动两种不同观点的对峙，一是情爱纠葛中的情与理的搏斗。尼基尔代表自治运动富有建设性的爱国者形象，是绝对真理的追随者；而桑迪帕则代表自治运动中的狂热者、破坏者和极端的贪婪者。一个是理想主义者，一个是实用主义者，比马拉则在这两者之间被拉扯着。从某种角度看，尼基尔代表圣洁的古代印度，桑迪帕象征贪婪的欧洲，而比马拉则是现代印度。作者把一切低劣品德如贪婪、迷恋、好色都集中在桑迪帕身上，而一切崇高情操都洒在尼基尔身上，显然有些脸谱化。泰戈尔以闹剧方式处理了这场冲突。这部小说尽管反映了自治运动中的两种思潮，但由于作者的倾向，致使这部作品的价值一直受到争议。小说运用了大量的内心独白，不仅描绘了人物对各个事物的态度，也勾勒了各自微妙的心态，这是该小说独到的艺术特征。

综上所述，爱国主义、人道主义贯穿了泰戈尔整个中长篇小说的创作，较全面地反映了十九世纪末二十世纪初的广阔社会生活，尤其塑造了知识分子和妇女群体，真实地勾画了他们的情操、心态和理想。在艺术上前期侧重于起伏跌宕的情节构思，人物形象的细腻描绘，生活细节的冗长铺叙；后期小说则情节浓缩，人物集中，并且广泛应用象征暗示手段，他的人物既有共性又有个性，而这种个性主要体现在多层次、多侧面的心理变化上。他的小说常常洋溢着诗情画意，采用诗的语言，具有一种典雅的风韵。泰戈尔不断变化小说的框架结构，或是自述形式，或是讲故事形式，或是诗化散文结构，或是高度集中的戏剧框架，令人目不暇接。

纠缠

第一章

阿沙拉月①的第七天,恰是阿维那什·考什尔的生日,他度过了整整三十二个年头。从清早起,祝寿电报络绎不绝,喜庆的鲜花纷至沓来。

我们的故事就从这里开始,但这则饶有兴味的故事开始之前,还应有一个开端,点燃黄昏之灯前就得准备清晨的灯盏。

揭开这则故事往世书时代之幕,人们就会明白,考什尔家族曾经有过一段辉煌的黄金时期,它像座美丽的森林屹立着,后来,它日渐衰落,黯然失色。无法断定,究竟是外界的葡萄牙人的入侵,还是内部社会的打击,迫使它落到那般境地。但是,那些被迫抛弃破旧家宅的人,有着很快安置新家的能耐。所以,从考什尔家族历史的创始时期,人们就会发现,他们的土地财富、牲畜耕牛、用人奴仆,从未匮乏过。节日盛典的庆祝活动更是连绵不断、豪华奢侈、热闹非凡。然而今日,坐落在他们古老的什亚古利乡村里的十丈方圆的考什尔湖池,从湖水的薄薄面纱里,只能用淤泥哽咽的颤音,诉说着昔日的骄

---

① 阿沙拉月:印度历月份,相当于公历 6 月中旬至 7 月中旬。印历的第一个月是维沙克(相当于公历 4 月中旬到 5 月中旬),以下依次是热斯塔、阿沙拉、斯拉万、帕德拉、阿斯温、加尔底格、阿格斯、布萨、玛克帕尔、袞杰特。

傲。仅有那个湖池，还铭记着那个家族的名字，然而它却被吉特尔纪家族的地主们占有着。考什尔族人为什么迫不得已地埋葬掉自己祖先的荣耀，有必要探个究竟。

打从考什尔家族发展历史的中期起，他们就与吉特尔纪家族的地主们发生着冲突，冲突的原因不是财富的争夺，而是对神明的膜拜。具有争强好胜心的考什尔族人所塑造的神像，比吉特尔纪族人所塑造的神像高出两分；吉特尔纪族人马上给以回击，他们在运送神像的大道上，日夜兼程地修筑了一座座巨大的拱门。于是，考什尔族人所塑造的神像头颅，一次次撞在这座座拱门上，难以通过。运送高大神像的人们急忙组织人力，捣毁座座拱门；运送低矮神像的人们奋起阻击，打烂了对手的头颅。这样，神明在那次冲突中获取了比限定的贡粮更多的鲜血。从此，为神明塑像的殴斗事件，接二连三地发生，直到考什尔家族濒临毁灭边缘才偃旗息鼓。

大火熄灭，一枝干柴也不会残留，一切都已化成灰烬，吉特尔纪族人的石头女神塑像的面庞也变得丑陋不堪。双方不得不缔结和约，但从未平静过。一会儿那方占上风，一会儿这方失了势，但无论是谁胜谁负，双方都不情愿化干戈为玉帛，至今热血沸腾，怒气冲天。吉特尔纪族人使用社会习俗的利剑，给予考什尔族人以最致命的一击，他们散布流言蜚语：考什尔族人曾是堕落的婆罗门，他们来这里隐瞒了自己的身份，如今蚯蚓却装扮成蛇形，借以唬人。面对那些财大气粗的制造流言的人，人们都俯首帖耳，唯命是从。这样，在富有贵族书香气息的乡村里聚集起一批吹鼓手，加入了这种毁誉的宣传行列里。那时刻，南方的考什尔族人拿不出足够的证据来洗刷被人强加的莫须有的罪名，慑于强大教派社会的舆论的压力，他们迫不得已第二次抛弃自己的土地财产，背井离乡，艰辛地徙涉到勒吉伯布尔安家立业。

死去的人是容易被人遗忘的，但人们不会轻易地忘掉辱门败户的事儿，他们手中已不握有棍棒，但内心却念念不忘；手已冰冷，而他们家族的精神棍棒却始终挥舞着。一桩桩战败吉特尔纪家族的真假相掺的传奇故事，在这里传播着。阿沙拉月黄昏时分，孩子们经常坐在茅屋里津津有味地听着那些传奇故事：当吉特尔纪家族的闻名遐迩的达什武头深夜熟睡时，几名武艺高强的悍汉从天而降把他掳走，然后他在考什尔家族的私堂里销声匿迹了。一百多年来，这则引人入胜的故事，至今仍在考什尔家族里流传着。当警察来调查这桩案件时，考什尔家族的管家波恩直言不讳地相告，是的，他曾为自己的事来过这里的私堂，我获得了机会教训了他一番。听说，他羞愧难当，怀着难以言状的苦楚，抛弃了家庭，远走他乡。警察无奈地相信了他那一套谎言。管家波恩还信誓旦旦地说，倘若年内我得不到他行踪的信息，我的名字就倒着写。天晓得，他从哪儿寻觅到达什那个模样的人？达什被直接派往达卡，在那里，他偷了一只小壶，在警察局里他说出了自己的姓名达什勒梯·门达尔，被处罚一个月的囚禁。他获释时，管家波恩向县政府报告达什武头被囚禁在达卡的一所监牢里。查询后获悉，达什确实在监牢里蹲过，但已把自己的棉被扔在监牢外的院子里逃之夭夭了。唯一证据是那棉被委实属于达什武头的，以后，他去向何处，提供消息则不是属于波恩职责范围之内的事了。

这类故事宛如当今过期的透支支票，荣耀的日子已逝去，荣耀的古老性一下子变得毫无意义，只是它的余音萦绕在人们心头。

油尽灯灭，黑夜终将会遁去。考什尔家族也将随着默吐苏登命运的变化而东山再起。

第二章

默吐苏登的父亲阿南德·考什尔在勒吉伯布尔经纪人那儿谋到一桩文秘差事。他们一家过着粗茶淡饭的生活，家庭主妇的手腕只戴着廉价的贝壳手镯，男人颈脖上挂着敬神的青铜护符和用茉莉枝藤搓成的粗厚圣带。婆罗门尊严的印记愈来愈淡薄，圣带的尺码却与日俱增。

默吐苏登在城市一所学校完成了初级教育，同时，在河畔商品经销处的庭院里，趴在黄麻包上获得了免费教育。穿梭在买卖货物的人和吆喝牛车的人之间，他觉得有一种无比的自由感。那儿有堆积如山的洋铁罐头、黑糖罐子、烟草草包，成垛的英国汽油桶，成堆的芥子、大豆以及大天平和秤砣。他在堆积的货物之间逍遥自在地转悠，比逛公园还要惬意百倍。

父亲思忖，怎样安排好孩子的归宿呢？一些富贵人家的孩子，凑凑合合通过两三次考试，就可谋取教师、经理、律师等自由而神圣的职业，那里肯定洒满甘露美酒。有些孩子的命运已经与经纪人职务绑在一起，有的搞货物批发，有的做房地产买卖。而现在，默吐苏登只能靠着阿南德·考什尔的一些破旧家产，去加尔各答一个公共餐厅谋取一个职位。

老师希望，这个孩子将通过考试谋取学院文凭。但是，天有不测风云,人有旦夕祸福。一天,他父亲突然仙逝,默吐苏登卖掉了所有课本与笔记本,发誓说他将干事谋生。于是,他把书本卖给同学,开始外出进行求职活动。母亲伤心哭泣。她满怀着希望让孩子通过大学考试,进入优等人的行列,然后,英国高级职员的胜利旗帜将在考什尔家族的下一代头上高高飘扬。如今,一切都成为泡影。

从幼年起,默吐苏登就擅长挑选货物,同样,他也擅长选朋友,他在这方面从未受过骗上过当。他最亲密的同学是肯哈侬·古伯德,古伯德的祖先是许多大商人的代理人,他父亲是一家闻名的煤油公司办公室的高级职员。

默吐苏登十分走运,定下了与这个殷实家庭的一个女儿结成秦晋之好①。默吐苏登束紧腰带,挽起袖管,全身心地投入工作:修缮屋顶,用鲜花绿叶绑扎喜庆棚,赴印刷厂印刷烫金的请帖,租订轿子和雇请乐队等;订婚礼之日,他更使出浑身解数,忙里忙外,一会儿在路口笑脸迎客,一会儿穿梭于宴会厅招呼上菜。这样,他给人一种办事干练,思路敏捷的好印象。勒吉尼老爷十分满意。他善于慧眼识人,认定这个孩子会步步高升、青云直上的。他慷慨解囊,疏通关系,把默吐苏登安排在勒吉伯布尔城的煤油经销处工作。

幸运的车轮开始飞速转动,在那朝圣大道上的煤油站已像一个小水滴消失得无影无踪。默吐苏登的双脚踩在厚厚的资本账簿上,其生意日甚一日地兴隆发达。从狭小胡同搬到康庄大道,从零售到批发,从商店到办公室,从工业庆典到升天庆典,生意之车一日千里地挺进着。人们都赞不绝口地说:"这一切都是命运!"换言之,由于前世的

---

① 印度的婚姻有两个阶段:第一阶段是订婚,可谈情说爱;第二阶段是结婚,可入洞房。这里主人公处在第一阶段。

"蒸汽"才会有现世的车子风驰电掣般地飞跑。但是，默吐苏登心里明白，那个肉眼看不见的命运车轮，压根儿没有什么本领，施展任何阴谋诡计都不能迷惑住他。他从未忘记精确计算，因此主考者在生活考验的账簿里从没有获得刻上不成功记号的机缘。那些站在因遗忘计算而落第者面前的人对主考者偏袒而赐予的福祉是不屑一顾的。

默吐苏登是位具有学者风度的性格严肃的人，他行事谨慎，不轻易透露自己的真情实况。但那些擅长预卜的人认为，干涸的河床终将会涌进水流。生活在这块具有家庭观念的孟加拉土地上的人们，自然而然地会考虑婚姻大事，一种强烈意识会浮现在他们的脑海里：现世的财富如何传接到死亡之后的遥远的未来家族身上。那些深受女儿出嫁重负的人，在促成与默吐苏登完婚的热情方面是不会有丝毫差错的。但默吐苏登经常婉言推辞说："先要很好地喂饱第一个肚子，然后才能担起填饱第二个肚子的重负。"显然，不管默吐苏登心里如何盘算，肚子对他来说不是件微不足道的小事。

在勒吉伯布尔城，默吐苏登小心谨慎地做着黄麻生意，站稳了脚。突然，默吐苏登抢先购置了河滩边的全部荒芜土地，价格十分低廉。开始烧砖窑，从尼泊尔运来粗圆的木头，从西尔赫特贩运来石灰，从加尔各答装满铁矿石的牛车络绎不绝驶来。市场上的人们眼巴巴地望着这一情景，惊愕不已。他们暗忖："瞧！手上刚刚攒了些钱款，却没有耐心让它们停留些时辰！犯了消化不良症，一切事业将毁于一旦。"

但是，默吐苏登这次也没有忘记精细盘算，眼看着，他在勒吉伯布尔的生意越做越红火。经纪人来这里聚集，马尔瓦拉客商登门拜访，招来成百上千的苦力，把机器安装好；高入云霄的烟囱中蹿出团团黑烟，向天穹远远飘散而去。

现在，无须查询账簿，默吐苏登的名声已远近显赫。如今，他成为整个市场唯一的大老板，在四周围墙圈住的二层洋楼大门的石碑上镂刻着赫然入目的"默吐吉格拉"几个大字，这个名字是由他学院的古典梵语老师起的。此刻，他内心蓦然间对默吐苏登升腾起比从前更多的慈爱之情。

此时，默吐苏登的守寡母亲担惊受怕地说："孩子，现在我的死期快来临了，难道我没有福分见上儿媳的面？"

默吐苏登神情严肃，简短地答道："结婚要浪费时间，婚后也会出现那种后果，我哪有为这些琐事操心的闲暇时光？"

他母亲没有勇气纠缠不休，何况，时间都明码标着市场价格。大伙都明白，默吐苏登是个固执己见的人。

光阴如梭，不觉一段时光又飞逝过去。在进步浪潮的冲击下，经营办公室从小城镇搬迁到加尔各答大城市。而他母亲不久溘然长逝了，她抱孙子的幸福幻想也随之彻底地破灭了。如今，考什尔公司的显赫名声已威震海内外，他的经营已与英国公司并肩前进，他雇用了一个个英国佬，承担公司每个部门的经理。

此刻，默吐苏登自个儿宣称：现在他有时间谈情说爱、举办婚礼了。那时，他的信用在姑娘市场里是最昂贵的，他拥有摧毁任何骄傲自恃家庭的尊严的能力。从四面八方拥来的门第高贵的、德操高尚的、容貌漂亮的、富裕殷实的和学识渊博的姑娘，频频向他递送秋波，他揉揉眼睛说："我只喜欢吉特尔纪家族的姑娘。"

负伤的家族与负伤的绵羊一样——是多么可怕。

第三章

现在，让我们了解一下姑娘方面的景况。

那时，蛰居在努尔那卡尔乡镇的吉特尔纪家族的景况是十分令人担忧的，昌盛繁荣的堤坝早已四分五裂。祖宗分配好仅有的少许财产，就撒手归了西天。如今，他的子孙们借助外力，为巴掌般大的土地争吵不休，一场为罗摩神庙以及有关的土地按四六开抑或三七开的分配比例的阴谋正在酝酿着。看来，其中一部分土地将会落入律师和辩护人的手里，他们的文书也不会甘愿寂寞的，对自己应得的利益早已虎视眈眈，垂涎三尺。当今，努尔那卡尔古老的优良遗风早已荡然无存——进款稀少、开支成倍增加、入不敷出。按百分之百利率放高利贷的九只脚蜘蛛殚精竭虑地在土地四周编织着债网。

家里有两个兄弟和五个姐妹。多女儿罪孽的债务至今没有偿还清，四位千金在父亲在世时已嫁到高贵门第家。这个家族对财富的调配是现时代的，而对名誉的器重却是旧时代的。他们迫不得已地对女婿不折不扣地付清陪嫁费，那陪嫁费是按高贵门第的巨大价值以及虚假名誉的巨大架势估算决定的。因为他们不擅长计算，往往按百分之九十利率的借款最终要以百分之一百二十的利率还清债务。小弟搥胸顿足地说："我得去英国，获得律师文凭再回来，不擅长经营是不行的。"他倒是去英国了，而家庭这副重担却落在了大哥维帕勒达斯肩上。

恰在这时刻，考什尔家族与吉特尔纪家族之间又一次发生了麻

烦,事情原委是这样的:

他们拖欠大市场一位名叫登苏卡达斯甜食商的一笔巨款,他们正按规定去付利息。那时还没有发生什么事,然而恰逢祭神节日,维帕勒达斯的旧日同窗阿莫勒叶腾驾临贵地,显示异常亲热之情。阿莫勒叶腾是一家法律事务所的高级职员,这位戴眼镜的青年四处暗察,熟悉了努尔那卡尔的情势,他一回加尔各答,登苏卡达斯就向维帕勒达斯讨债:"我要开拓糖生意,银根紧,需要钱。"

维帕勒达斯抓耳挠腮,露出一副尴尬相,瘫坐在那里。

在这危急关头,吉特尔纪和考什尔两个家族之间发生了第二次碰撞。就在不久前,默吐苏登获得了"政府英雄"和"罗摩英雄"的称号。上面提到的同学阿莫勒叶腾热心推荐道:"这位新受爵位者此时此刻心情特别好,可向他以优惠条件借款。"吉特尔纪终于获得了贷款,得到百分之七利息的十一万卢比款项。这样,吉特尔纪的一切债务顿时还清,维帕勒达斯松了口气。

古姆迪妮是吉特尔纪家的未出阁的最小的姑娘。此刻,她家的景况已落到山穷水尽的地步,一想到筹划陪嫁,物色新郎,心中不由战栗不已。古姆迪妮长得十分出众,高挑个儿,纤细身材,犹如檀香树花枝那般婀娜多姿。眼睛不大,但异常漆黑,神秘莫测。鼻子线条优美无比,毫无瑕疵,仿佛它是从花瓣中长出的柔嫩蕊茎。肤色像鹅毛般洁白、滑润。一双手娇嫩圆润,谁要赢得她那双手的服侍,犹如得到女神的恩赐一般。一种混杂着含有痛楚的怜悯与忍耐的神情笼罩着她的整个脸庞。

古姆迪妮由于自身缘故显得十分拘谨,她内心摆脱不了这个念头：她是个红颜薄命的女子。她深谙世上道理：男人通过自己的力量维持家庭，女人则依赖自己命运的力量邀请吉祥女神莅临家庭，但这一切没有为她打开大门。从她懂事的年龄起，她所见所闻尽是些不幸的罪孽景况；她未出嫁的状况又犹如一块巨石压在这个家庭上，使家人透不过气来，这种情况下遭受的巨大侮辱和痛苦，是常人难以想象的。家里人除了敲打自己的脑门外，一筹莫展。造物主没有为妇女提供寻觅任何出路的办法，仅仅给予妇女那种逆来顺受和忍受痛苦的能耐，难道不可能发生意外的变化？难道不会出现奇迹：霎时间获得神的礼物，抑或财神所持的秘密财富，抑或祖宗遗留的财物？她经常在深夜从床上爬起，目不转睛地凝视花园里那沙沙作响的树枝，自言自语道："我的白马王子在哪儿？你七个王朝的财富在哪儿？救救我的哥哥！我将永远心甘情愿地当你的顺从女奴。"

她越是面对家庭贫穷的状况自责自己为罪人，她内心的思绪越是翻腾起伏；越是把无尽的温柔洒在兄长身上，难以忍受的痛苦越是难以淹没她那种如水的柔媚。她的兄长也思忖，他没有对古姆尽到自己的职责，他常以痛楚的心情使她沐浴在慈爱的光芒中。父母双逝，古姆没有享受到双亲慈爱的抚触，兄长渴望能够弥补这个缺憾。她尽管犹如月儿，使夜晚的黑暗变成甜蜜，却不时自责把不幸带进了这个家。那时，维帕勒达斯笑呵呵地说："古姆，你的存在就是我们的幸运——倘若没有你，吉祥女神能待在家的哪个旮旯里呢？"

古姆迪妮只能待在家里读书写字，探求对外界的认识超出她的能力。她蛰居在两个时代的新与旧、阳光和黑暗之间。她的世界是幻影似的——那儿由众多民间女神统治着。在那个世界的特殊日子里偷窥月亮是罪恶之举。吹奏海螺,就能驱散邪恶视线的占有。一个特殊时辰里只要喝牛奶,就能消除对凶恶蛇蝎的恐惧心理。在那里,人们虔诚地念着咒语,遵守着用羊做祭品的祭祀活动,还用槟榔、米饭和五个铜钱祭祀着神明。那个世界的一切环绕着吉祥与不吉祥运转,那儿在幸运卜星术的作用下存在着改变命运的希冀,但是诸如此类的希冀无以计数地被证明是徒劳的,往往是竹篮打水一场空。人们很清楚:在吉祥的火苗里是开不出吉祥之花的,尽管现实世界里没有力量可以拿出证据来消除这种梦想的痴迷。梦游世界里没有理智的思想,只有幻觉的认同。这个尘世里的神不具有逻辑思维、理智职责和识辨优劣的能力,这样一种令人忧伤的悲悯神情,无时无刻不笼罩在笃信神的古姆迪妮的脸上。其实,她晓得:即使没有罪孽,她仍要被欺凌被侮辱的。八年前,她孤立无援地接受了那种被污辱的事——那是发生在她父亲逝世的时刻。

第四章

古代,旧式富裕家庭往往居住在十分坚固的城堡式建筑里,新的时代必须通过不少门槛才能抵达那儿;但是,长期蛰居在那儿的人们墨守成规,蹉跎岁月,迟迟才进入新时代。维帕勒达斯的父亲莫根德拉尔奔波了一生,也没有跟上新时代的列车。

他身体修长,肤色洁白,头发像乌鸦羽毛那般油黑、浓密;他那双大眼睛炯炯有神,闪烁着一种不屈不挠的性格的光芒。当他以威严的口吻召唤仆人,仆人们就会吓得魂不附体。他雇请了一位摔跤士,按时进行摔跤训练，练就了一副硬朗体魄，力大无穷，身上找不出一丝一毫的疲惫印记。他喜穿棉布衣衫，达卡围裤。当他走动时，一种名牌香水的芬芳从他服饰中飘逸出来。手里托着盛水的金罐的管家，紧随他身后；胸前挂满奖章的听差，无时无刻不严守在大门口。大门口的长凳上还坐着一位年迈的领班，不时搓着烟草，把大麻子碾成粉末，有时又把自己的长胡须分成两撇，一次次拧成两卷绑结在两个耳朵旁，以此消磨时光。低级的看门人手执着宝剑，来回巡逻。大门墙上悬挂着钩形宝剑，千奇百怪图案的盾牌，旧式的长枪、长矛和梭镖。

莫根德拉尔坐在客厅里的软垫上，背靠着靠枕。门徒们盘脚坐在他下面，左右两旁站着的装烟袋的仆人知晓用什么样的烟草维护那个门徒的尊严——提供成束的烟草，或不成束的烟草，或椰子的水烟；对穿着衬衫的贵族王孙要供奉粗大形状的烟叶，那些烟草会飘逸出玫瑰水的芳香。

屋宇的另一端是一间美国式的客厅，十八世纪的古董点缀着室内空间。迎面有一面大镜子，金黄色镜框两翼的雕像的手里执着烛台；下面桌子上置放着一座错彩镂金的石钟、一个由玻璃做成的英国玩具；厅内还放置着靠背的椅子、沙发，屋顶上垂挂着一盏吊灯——所有一切物件用布罩着；墙上挂着祖宗的油画和家族里几位功名显赫的男子的肖像画；地上铺着英国式地毯，上面镂织着朵朵暗色的花。在特殊的时刻或场合，像邀请地区的英国长官时，这间客厅的大门才开启。所有建筑物里只有这座客厅的装饰显得有现代气派，但乍一看，这座客厅似乎过于陈旧，缺乏生气；由于不经常使用的缘故，屋里充满了令人窒息的气味，它仿佛割断了与日常生活的联系，成了个哑巴似的。

莫根德拉尔的嗜好是那个时代文明的一个不可分割的组成因子。在他眼里，挥金如土是维护财神尊严的标志，换句话说，财富没有成为压在他头上的重负，而成为踩在他脚底下的脚垫。他嗜好慷慨施与，也嗜好奢侈享受，两种嗜好并行不悖地维系着。他一面对庇护者慷慨大度地施以仁爱，一面对残忍施暴者表示一种不可抑制的不安。富裕的邻居为一星半点儿的过错，会突然而至，揪一下园丁孩子的耳朵，他就会花费一大笔钱教训那位施暴者。同时，他也不放过园丁孩子，用鞭子强迫这孩子躺在地毯上，在短暂气愤之下用鞭子抽打他几下，使他获得上进的教训。因此，今天莫根德拉尔能够自如地从事管理事务。

依照旧时代有钱人的习惯，莫根德拉尔过着一种双重生活：一方面过着严于律己的传统家庭生活，一方面过着富有浪漫情调的生活。也就是说一面过着德行完善的生活，一面沉湎于声色犬马的非道德的生活。在家里有家神和主妇，在那儿有膜拜庆典的活动，也有款待客人的安排；在那儿有庆祝名目繁多的节日的活动，给不幸的贫困人以施舍，给婆罗门享用食物；在那儿祖贤先哲、修道士与左邻右舍高谈阔论，结交情谊。而浪漫情调的生活在家庭之外，在那儿隆重而热闹地举办着盛大的沙龙集会，在那儿来往走动的全是极端自由公民，他们是这个时代富有社会地位且素有文化教养的阶层。家庭主妇以最大的忍受力，接纳了这两股截然对立的行为与思维方式的人群。

莫根德拉尔的妻子嫩德拉妮是位十分高傲自恃的人。她却能够容忍一切，究其原因是她清楚地知道，她丈夫不管走得多远，他总归是家庭支柱，家庭的诱惑总会使人心驰神往的；只有当她丈夫对她的爱漠然置之，她才不堪忍受。现在，一切都依然如故。

第五章

又逢黑天牧女节日，家里熙来攘往，热闹非凡。人们从加尔各答或达卡赶来欢聚一堂，寻趣找乐。庭院里，一会儿举办黑天的朝圣膜拜典礼，一会儿，人们高声诵读黑天的赞美诗文。庭院里挤得水泄不通，多数是妇女和左邻右舍。通常，客厅被布置得昏暗一片，几乎伸手不见五指，人们犹同在夜里从睡眼惺忪中睁大眼珠，才能依稀辨清物件。那时，人们往往带着心灵的痛苦颤抖的话语，一次次从门隙中传送出令人痛楚的伤感声调。然而，这次造物主却专心致志于河畔的篷船里安排的精彩歌舞。那儿撞钟击鼓、舞衫歌扇、鲜衣美食，美不胜收，犹如人间天堂。

究竟发生了什么事？嫩德拉妮一点儿也摸不着头脑。她的心灵哭泣着，凄凄怆怆地、焦虑不安地啜泣着。尽管如此，她仍在脸上挂满笑容，操持着家务——安顿好客人食宿，观赏游玩。然而，她内心痛苦的针刺，无时无刻不颤动着扎在那儿，局外人是不会知晓那种致命痛苦的，在局外人那边不时传来带着满意嗓音的声音："女王母亲万岁！"

末了，庆典活动终于结束，整幢屋宇空无一人。只有乌鸦、狼狗在杯盘狼藉的残羹剩饭间飞旋盘转，啼鸣嗥叫。仆人们扶着梯子，打开吊灯，取下布罩。街坊的孩子们欢叫着，相互抢夺着摘下的低吊灯上未燃尽的蜡烛和做假花用的缨子。从那嘈杂的人声中隐隐约约传出痛苦的饮泣声，犹同烟花火箭冲向云霄。庭院里剩菜残羹的酸臭味污染着空气，到处显示出一派疲惫、污秽、衰败的景象。当莫根德拉尔今天仍没有归回时，那种空虚更使人无法忍受，这时嫩德拉妮忍耐的堤坝突然崩裂了，嘤嘤啜泣起来。

她唤来管家迪文，在屏风后面说："请通知主人，我即刻动身去沃伦达文娘家那儿，我母亲身体不佳。"

迪文管家抓耳挠腮，良久才用平缓的声调说："夫人，我会派人告诉主人的。不过，我已获悉，大人将在今天或明天回家。"

"不行，我不能再耽误了，必须即刻动身。"

其实，嫩德拉妮也知道，丈夫在今明两天将回家，所以她急于要走。她十分明白，一方哭闹，一方哀求，争吵的闹剧准会自然而然地偃旗息鼓的，每每都是如此结局。适当的惩罚总是不能兑现，但这次决不能姑息。安排好惩罚的措施，她将迫不得已逃之夭夭。但在离开的一刹那，她却犹豫不决，止步不前，倒在床上蒙头号啕大哭，最终还是下了走的决心。

印历八月的一天，中午两点，骄阳炙人。道旁树叶沙沙作响，枝丫上乌鸦破着嗓子，发出"啊，啊"的叫声；道路伸展的远方是一片还在抽穗的广阔稻田，稻田那边一条河流汩汩流淌着。嫩德拉妮无法止步，只能不时掀开轿子门帘，朝远方的河流眺望。一条船在河中缓缓行驶，桅杆上方的一面小旗迎风飘扬；远远望去，仿佛久已熟悉的牧女信使端坐在大船的篷顶上，耀眼的阳光在她像奖章的头巾上闪闪发光。那时刻，嫩德拉妮使尽力气，关上轿子的门帘，她的心无可名状地变得像石头似的冷漠。

第六章

　　莫根德拉尔好像受到暴风雨狂肆，桅杆被折断，风帆被撕破，失魂落魄地带着一颗羞愧之心，跌跌撞撞赶回本德尔伽赫宅邸。犯罪的重负使他颓唐沮丧，花天酒地的浪漫生活的回忆犹如宴席散尽，杯盘狼藉，教人心烦意乱；倘若此时此刻，那些鼓吹和操办那种淫奢生活的纨绔子弟出现在他面前，他定会掴耳光教训他们。他暗暗发誓：从今以后再也不这样胡闹了。

　　见他蓬乱的头发、急红了的双眼、干裂的嘴唇，谁也不敢声张女主人出走的消息。莫根德拉尔胆战心惊地蹑手蹑脚进入内室："大媳妇，请宽恕我，我犯了弥天罪过。今后再也不如此胡作非为了。"他内心不断地背诵着这些话语，在卧室门前迟疑了一会儿，想悄悄潜入屋内。他满以为，可怜的女人正躺在床上哭泣着。于是，他辍步踌躇起来，末了壮大胆量迈过门槛，发现屋内空无一人。他的心顿时冷了半截。倘若嫩德拉妮躺在卧室里，他就可揣想，嫩德拉妮会宽恕他的罪责，飞身迎过来；但当他发现大媳妇不在，人去楼空，他立刻明白，他赎罪的路将会是漫长的、艰难的。很可能，他今天不得不等到深更半夜，或许要苦苦挨过更长时辰。他简直无法忍受这么长时间苦苦待着，他思忖，为获得宽恕，准备心甘情愿地接受一切惩罚，不然，他就滴水不进，自我戕害。如此夜深，他还没淋浴、进餐。见到他这般可怜景象，忠贞的妻子能不动容？

　　他从卧室走出，瞧见一个名叫帕娅莉的贴身丫头，戴着面纱站在长廊的一个角隅里。他问她:"你的女主人在哪儿?"

她胆怯地答道:"她去沃伦达文看望自己的亲娘。"

莫根德拉尔好像没有听明白似的,哽咽地说:"她去哪儿了?"

"去沃伦达文,她母亲病了。"

莫根德拉尔扶住长廊的圆柱伫立着。而后,他飞快走开,独个儿坐在外面客厅里,沉默不语,谁都没有勇气走近他。

迪文管家走过来,胆战心惊地问:"派人去叫夫人回来?"

莫根德拉尔一声不吭,摆了摆手,示意禁止派人。管家迪文知趣地走了。莫根德拉尔叫唤拉吐厨师,说:"取白兰地!"

全屋的人惶恐不安,怔怔地待着。当地震从大地深处的胚胎里探出头,站立起来,任何企图压住它的举动,都是徒劳无益的,只能无所事事地默默地容忍它暴戾恣睢的破坏,别无他法。

他日以继夜地狂饮不掺水的白兰地,空着肚子干喝。身体早因过度悲伤支持不住,当这可怕的不寻常举动突然爆发,情况无以复加地恶化,终于使他咯血的严重事态发生。

管家急忙从加尔各答请来医生。医生把冰块日夜敷在他头上来降低体温。瞧着莫根德拉尔这般景况,谁都会料到,他的病情正在恶化。而莫根德拉尔却内心暗忖着:家里所有的人都施展着阴谋残害他。他内心不由发出抱怨:"你们这些浑蛋为什么允许女主人离家?"

只有一个人有胆量走近他,她就是古姆迪妮。她坐在他身旁,莫根德拉尔怀着不安的神情凝视着她——仿佛他可以在她眼眸里或其他什么地方寻觅她母亲的影儿。有时,她脸贴近自己胸口,闭着双眼,默然无语地躺着;有时,泪水从眼角里淌下,但一字不提她母亲的事儿。早已拍电报去了沃伦达文，回电说女主人将翌日赶回，但据说什么地方火车轨道断裂了。

第七章

第三日，傍晚骤然起了风暴，花园里树木摇曳不定，树枝"咔嚓咔嚓"不时被折断；不一会儿，倾盆大雨愤怒地狂虐大地，招待客人的宴会厅的铁皮屋顶也被高高掀起，刮掉在水池里。暴风雨像受箭伤的老虎一样咆哮着、呻吟着，尾巴拍打着天空，并不断旋转着。蓦然，一阵狂风吹来，门窗咯吱咯吱剧烈摇晃着。莫根德拉尔紧握着古姆迪妮的手，梦呓般喃喃说道："孩子，古姆，不用害怕——你没有犯下任何罪，但你听见咬牙切齿的声响了吗？它们是来打我的。"

古姆迪妮用冰袋摩挲着父亲的额头，安慰地解释道："为什么要打您？暴风雨马上就会停息的。"

"沃伦达文？沃伦达文……嫩德拉妮……吉格拉沃尔迪！父亲年代的祭司——他早已死去——在沃伦达文变成魔鬼。谁说他将要来？"

"爸爸，不要作声，安静睡一会儿！"

"你听，他正在跟谁说话——当心！当心！"

"这里没有他的影儿，是风暴摇晃着树叶的声响。"

"为什么？他为什么事而大发雷霆？你说，女儿，难道我犯下了滔天大罪？"

"没有，爸爸，您没有犯过任何罪过，安静睡一会儿！"

莫根德拉尔唱道：

拉塔女使者？春天拥有者正扮演着她，
　　为什么要撒谎作假，可耻，
　　噢，拉塔黑天——

莫根德拉尔闭上双眼，又低吟起来：

　　在春天吹奏起芦笛，
　　女友，我怎能使心灵保持沉静呢！

"拉吐，拿白兰地来！"

古姆迪妮低头望着父亲的脸孔，说："爸爸，您胡说什么呢？"

莫根德拉尔眼睁睁地望着她，闭起嘴沉默下来。尽管理智没有完全恢复，然而他没有忘记，在古姆迪妮面前不能举起酒杯。

隔了一会儿，他又唱道：

　　女友，抛掉黑天的芦笛，
　　或者抛弃沃伦达文！

听到如此颠三倒四的歌曲片段，古姆迪妮的心仿佛撕裂似的。她内心对母亲的行为表示一种不安与责难，她把自己的头放在父亲脚旁，好像她代表母亲请求宽恕。

莫根德拉尔突然呼叫："迪文管家！"

迪文不敢怠慢，马上跑来。莫根德拉尔说："我怎么听到敲门声响？"

迪文回答说："那是风吹动着门的声音。"

"喂，那位老头儿从沃伦达文来了——秃着头，手执拐杖，肩披丝绸披巾。你来听一下，听到了那咔嗒咔嗒的声音吗？这是拐杖的敲门声，还是印度木屐触地的声响？"

莫根德拉尔咯血停了一段时间，深夜又发作。他用手抚摩着床四周，用斜歪的舌头发出不清晰的声音："大媳妇，家里一片黑暗，为什么不叫人点燃烛灯？"

从大篷船回家后，莫根德拉尔第一次呼唤自己的妻子——也是他最后一次呼唤妻子。

嫩德拉妮从沃伦达文回到家，一跨进门槛，就晕倒过去，女佣们好不容易把她扶到床上。现在，她对世上一切东西都漠然置之，她的眼泪完全哭干了，连见到孩子，她的心也难以获得慰藉。祭司来诵读经典颂词，但嫩德拉妮一直背着脸，打开手说："看手相的人说过，我的幸运永远也不会消失的。这话怎么不灵验了呢？怎么会是虚假的呢？"

远方亲戚奈奈德一面用衣襟擦拭眼泪，一面劝慰："该发生的已经发生了，命中注定。现在应该操守家务！家主去之前曾问道：'大媳妇怎么不点燃烛灯？'"

嫩德拉妮从床上起身，目光凝视着远方，说："我去，我去点燃灯盏。现在还不迟。"说着，她蜡黄且消瘦的脸庞突然闪出光泽，仿佛现时她擎着烛灯，映照脸面，出外巡游。

太阳神抵达南回归线,凉季降临。天空透亮,万里如洗。嫩德拉妮用朱砂的粗线勾勒了自己的额头,全身裹着贝拿勒斯的红色纱丽。她不看世界一眼,脸上不带一丝笑容离去了。

第八章

父亲亡故后,维帕勒达斯发现,给人荫庇休息的大树,其根部已被虫蛀空;债台高筑的财富沙滩,如今渐渐地在塌陷着。不削减社交活动,不降低生活水平,是无法维持生计的。关于古姆的婚事仅仅作为问题提出,对于解决它的任何意向,谁都缄默不语。最后,举家迁往努尔那卡尔,居住在加尔各答一个花园市场旁边的一所简陋的屋子里。

这所陈旧的住宅具有古姆迪妮所青睐的富有生命的环境。住宅四周盛开着姹紫嫣红的鲜花,种植着品种繁多的果树,还有畜牧园、祭祀小屋。一望无际的稻田伸向远方,近处有人声沸腾的集市。院内小花园里,她时而采集鲜花,装满篮子;时而用生枣搅和着盐、辣椒、椰子叶做成的有损健康的食物;时而捣碎坚硬的果子。她或在七八月的雨季,从杧果树上摘下杧果。花园东侧有一条透迤曲折的长廊,姑娘们在节假日聚集在那儿,她也偶尔加入她们的戏谑打闹的行列。窗户下水生植物翠绿欲滴,绿荫掩映下依墙的水池幽雅僻静。黄莺、云雀、燕雀、布谷鸟,浅吟低鸣或引吭高歌,委婉动听或清丽嘹亮。每日,古姆迪妮信步闲庭,采撷花朵。抑或端坐在河边台阶,任凭思想飞翔,做着白日梦;抑或孤寂地坐着,带着忧伤的神情,编织着什么。

在那儿，适逢每个季节，每个月的自然节日，人们接二连三策划着庆祝典礼，从上年二月艺术女神节到本年三月洒红节之间，天晓得有多少节日要庆祝，人们像染织各种形状的艺术品，描摹着整个岁月。很难断定，那儿发生的所有事情都是赏心悦目的优雅。在分配鱼肉、膜拜赏钱、主人偏袒、为孩子护短等琐碎的事体里，令人厌恶的妒忌、挖苦、责备、侮辱层出不穷，屡见不鲜。而最令人头痛的是，日常忙碌中人们内心总怀着一种惶惶不可终日的担忧，不知主人何时无故挑起事端，不知何时在大庭广众面前突然与人发生争吵。一旦发生争端，全家都会被闹得鸡犬不宁，古姆迪妮的心吓得怦怦直跳，母亲躲在屋内偷偷哭泣，孩子们吓得脸色发白，魂不附体。这一切幸运与不幸、痛苦与欢乐所组成的风暴，就是这个大家庭世界的经历。

古姆迪妮终于从类似梦魇般的生活中脱身，来到了加尔各答安身立命。加尔各答犹如一个辽阔无比的大海，但它哪儿有能解渴的一滴水呢？乡村有一张人们久已熟悉的天空和气候的面孔，乡村边缘有一座座浓密的森林。故乡有一望无垠的沙岸，涓涓流水的河道，闪闪发光的寺庙尖顶，逶迤远去的荒无人烟的原野，野生的灌木丛林。这一切缤纷的线条，五彩的色调，使那里的空间成为一个独特的空间，也成为古姆迪妮内心所拥有的空间。那儿的阳光也特别灿烂、光亮。在水池、在灌木丛、在渔船褐色的风帆、在滑腻碧绿的嫩叶、在柔弱的波罗蜜的绿荫、在彼岸淡黄色的沙滩里——那个空间融化着那一切色调和线条，勾勒成久已相识的奇特形态。而在加尔各答鳞次栉比的陌生的屋顶和围墙里，在那些生硬的、不柔和的线条打击下，那些散乱的寻常日子的天空和光线，仿佛以严厉的目光盯着局外人那般瞧着古姆迪妮；这里的众神似乎也不助她一臂之力，排斥着她。

维帕勒达斯挪过安乐椅，坐定说："古姆，你感觉如何？"

古姆迪妮笑盈盈地说："不错，哥哥！"

"你参观过博物馆？"

"嗯，我准备去参观。"

她鼓足了勇气回答说："去参观。"倘若维帕勒达斯不是位男子，就会明白，这"去"字说得是极不自然的。其实，不去博物馆，她才感觉到自由，因为她不习惯加入外界人群的活动。在人群里她觉得十分拘束，手脚冰冷，眼睛不敢正视。

维帕勒达斯教她下棋。他是位下棋高手，在与古姆迪妮对弈中轻易取胜让他获得极大乐趣。后来，经过磨炼，古姆迪妮棋艺大有长进，以至维帕勒达斯与她对弈时，不敢怠慢轻敌。在加尔各答，古姆迪妮没有同龄女友，兄妹俩犹同两兄弟那般相处着。维帕勒达斯对梵文文学有着浓厚的兴趣，古姆迪妮向哥哥专心致志学习语法。自从读了《鸠摩罗出世》，古姆迪妮在对湿婆的膜拜里开始发现真实的湿婆——伟岸的苦行者，他应是女苦行者雪山女神乌玛的严酷苦行的财富；而在对鸠摩罗童子的关注中，古姆迪妮在圣洁的妙不可言的光芒照耀下，勾勒了未来丈夫的具体形象。

维帕勒达斯酷爱摄影，古姆迪妮也向其兄学习这门技艺，兄妹俩配合得天衣无缝，一位照相，另一位洗相。维帕勒达斯还喜欢射击运动。每逢节假日，他回故乡，怀着浓厚的兴趣练习射击，他把湖池里的肉豆蔻、拘舍草、贝壳等漂浮的水生物作为靶子，进行射击练习。他对古姆迪妮说："古姆，你来试试看？"

凡她兄长喜欢的事，她都亦步亦趋地潜心学着做。她还向哥哥学习弹奏印度弦琴。她聪明过人，不仅学到了兄长所掌握的弹奏技艺，而且青出于蓝胜于蓝。维帕勒达斯往往赞叹道："我对你甘拜下风，服输了！"

从童年时代起，她十分崇敬自己的兄长。兄长是她居住在加尔各答期间的最亲近的人，给予她无比的关切与抚爱。这样，她在加尔各答过得顺畅、舒坦。古姆迪妮天性内向，喜欢独个儿待着，像乌玛终年蛰居在雪山山巅，她也仿佛独居在坐落于喜马拉雅山麓的玛纳斯湖畔的古老净修林里。仿佛从降生起，她这位孤僻人就需要自由自在的苍穹、渺无人迹的地隅，在天地广袤的宇宙之间，她用全部身心膜拜着一个人。这种甘于远离周围尘世的心态，不适宜寻常姑娘的脾性，左邻右舍的姑娘们都不喜欢她，认为她恃才自傲、冷若冰霜。因此，在乡间，她与女友们也相处得不融洽，关系不亲密。

父亲在世时，维帕勒达斯的婚事大致敲定，但在身上涂抹姜黄的礼仪前夕，姑娘发高烧，不幸死去。那时找人看了维帕勒达斯的星相图，获知驻足在婚姻地方的倒运星辰还没有消失。他的婚姻大事就这样耽搁下来。这期间，父亲溘然长逝。以后，适宜新婚的吉祥日再也没有降临维帕勒达斯的家宅。有一次，说媒人提出能够获取丰厚陪嫁费婚事的诱人的馊主意，但事与愿违。那天，媒人用颤抖的手把水烟袋慌慌张张地扔在墙角，夺路而逃。

第九章

从英国来的苏鲍塔的信件，一向按时收到，现在不时地间断起来。古姆迪妮常常怀着渴望的心情盼等邮件。有一天,她率先得到邮差送来的信札。那时,维帕勒达斯正站在镜子前刮脸。古姆迪妮气喘吁吁地跑到维帕勒达斯跟前,说道:"哥哥,小哥来信啦!"

维帕勒达斯停止刮脸,坐在安乐椅上,提心吊胆地缓缓地展开信札。读完信,他把信抓在手心里,仿佛感受到一种剧烈的疼痛。

古姆迪妮胆战心惊地、关切地问道:"小哥是否病了?"

"没有,他安然无恙。"

"信中写了什么,说说行吗,哥哥?"

"写的是有关他自己学习的事。"

好长一会儿,维帕勒达斯没有让古姆迪妮读苏鲍塔的信。往常,他总是兴致勃勃地又读又讲信中的一些段落,而这次他一声不吭,不读一字。古姆迪妮没有勇气开口要求阅读信件,她的心像小鹿似的怦怦直跳。

起初,苏鲍塔精打细算过日子,对家庭不景气的境况还记忆犹新,但随着时间的推延,对每况愈下的家境日益淡忘了,他的开销成倍地递增着。他写道:不增加生活消费,不可能跨入上流的英国社会。不跨进上流社会的门槛,来英国就枉然,白搭工夫了。维帕勒达斯几次迫不得已电汇额外款项,寄往英国。这次,他又要求再寄一千英镑以解燃眉之急。

维帕勒达斯喟然长叹,把手按在额头上,说:"这笔钱从哪儿筹措?"他自言自语道,"我为古姆迪妮出嫁,积蓄了一笔血汗钱,难道这笔款项就这样轻易地被他消耗掉?倘若古姆迪妮的前程毁于一旦,他能偿还如此巨大的损失吗?苏鲍塔的律师地位能够抵得过吗?"

那天深夜,维帕勒达斯在长廊里踱来踱去,忧心忡忡,一筹莫展。他不晓得,那天深夜,古姆迪妮也未能安心合上眼睡一觉。古姆迪妮委实忍受不住了,跑到维帕勒达斯身边,一把抓住兄长的手,急切地说:"说实话,小哥怎么啦?我向你行触脚礼,不要向我隐瞒任何事!"

维帕勒达斯明白,隐瞒会更将加重古姆迪妮的忧虑。沉吟了一会儿,他开口说:"苏鲍塔要求寄一千英镑。然而,寄如此大一笔款项,已超出我的能力。"

古姆迪妮握紧维帕勒达斯的手,说道:"哥哥,我说一句话,您不会生气吧?"

"惹火的事将发生,我不发火如何甘休?"

"不,哥哥,不许讥笑,听我一句话!妈妈的全部首饰都为我留下,它们可以……"

"胡说!住嘴!我怎能居心伸手攫取你的首饰?"

"我能伸手!"

"不,你也不拥有这个权利。不要理这些事了,去睡觉吧!"

随着鸟儿的啁啾声、旅行车的轰鸣声,黑夜渐渐褪去,加尔各答出现了黎明的曙光。远方,不时传来轮船的汽笛声、石油机械的轰隆声。一个人肩上扛着梯子,为张贴退烧药的广告奔忙着。一辆空牛车在赶车人的鞭子策驱下,疯狂地飞奔起来。一个讲奥利萨语的婆罗门正为提汲自来水,与一位操印地语的妇女争吵着。维帕勒达斯手握水烟管,坐在长廊里,地毯上铺着一张未读过的报纸。

古姆迪妮走来说:"哥哥,别说'不'字!"

"你想干涉我心灵的自由？在你的统治下难道让我把黑夜说成白天，把'不'说成'是'？"

"您不要作声，静静听我一句忠言——取了我的首饰，您的全部忧虑将会化为乌有！"

"我简直可称你为多嘴的老太婆。取了你的首饰，我的忧虑就会烟消云散，如此的糊涂话你是从哪个脑子里想出来的？"

"我是不谙世事，但您如此忧心忡忡，我无法忍受。"

"让我好好考虑一下，会寻出一种办法，驱赶掉忧虑的。倘若用自欺欺人的办法掩饰忧虑，只会适得其反。耐心点，我总会有锦囊妙计来解脱困境的。"

维帕勒达斯拍了一份电报，电文写道：为了筹措你所需要的钱，染指古姆迪妮的陪嫁，这万万不是上策，天道不允。

没隔多久，复电到府。苏鲍塔写道，他不想鲸吞古姆迪妮的陪嫁费，但祖传的遗产有他的一半，把它们变卖后寄钱给他。同时，他寄出一份律师的判决书。

苏鲍塔这份电报，犹同一把利剑穿透了维帕勒达斯的心。苏鲍塔竟然写出如此冷酷无情的电文！这时，维帕勒达斯唤来管家迪文，问道："波什朗拉易想要卡利姆哈迪的地产契约，他出多大价格？"

迪文答道："大致出二万卢比。"

"请波什朗拉易老爷来，我想同他说件事。"

维帕勒达斯是这个家族的大儿子，他出生时，父亲就把这份地产单独赐给他。波什朗拉易是位巨富，他做着二三百万卢比的生意。他的出生地就是卡利姆哈迪，所以，他一直处心积虑地企图占有卡利姆哈迪这块土地。每当危急关头，维帕勒达斯不时露出同意出让的意向，但佃户们呼天抢地，乞哀告怜："我们从来不认波什朗拉昜为自己的领主。"这样，成交动议一次次被推延。这次，维帕勒达斯终于下了决心。他早就确切无疑地料到，苏鲍塔的贪求不会到此打上句号的。他自言自语地说："这地产的钱是为苏鲍塔保存着的，以后将等着瞧吧。"

迪文望着维帕勒达斯铁青的脸，不敢吱声。他偷偷地来到古姆迪妮身边，说："大姐，大老爷对您是言听计从的。您要千方百计阻止他干那类蠢事。这样做是极其不合适的。"

家里所有的人都喜欢维帕勒达斯，大老爷对某桩事失去主见，大伙都会急得像热锅上的蚂蚁，不堪忍受。

晌午时分，维帕勒达斯忙于研究地契，不思饮食，忘了洗澡。古姆迪妮一次次遣人催促他。末了，他带着枯萎的脸色，进入里屋，仿佛被闪电烧灼了的树叶似的。古姆迪妮见了，犹如万箭穿心，痛苦不堪。

用毕午餐，维帕勒达斯躺在床上，靠着枕头，咕嘟咕嘟地抽起水烟。这时，古姆迪妮在他床头边坐下，用纤细的手指摩挲着他的头发，劝他说："哥哥，您不能轻举妄动，把自己的田产卖掉！"

"你是否被魔鬼着了身？在所有的事上，你总想把自己的意见强加于人！"

"不对，哥哥，您不用隐瞒真相！"

维帕勒达斯激动得无法自制，挺直了身子坐着，叫古姆迪妮坐在自己跟前。他咳了几声，清了清嗓子说："苏鲍塔写了些什么，你知道吗？看信吧！"

说毕，他从上衣口袋里掏出苏鲍塔的信件，递到古姆迪妮手里。古姆迪妮读了信，双手捂住脸说："天哪！小哥怎会写出如此蛮不讲理、不通人情的信呢？"

维帕勒达斯叹道："他发现在我与他的财产分配中存在着差异，在如此曲解人意的情况下，我能独占这份田产吗？今天父亲已不在人间，在这危急关头，我不向他提供帮助，谁向他馈赠呢？"

古姆迪妮无法再说什么，默默地淌下了伤心的泪。维帕勒达斯斜倚在枕头上躺着，不作声地擦拭着眼睛。

良久，古姆迪妮摩挲着大哥的双脚，启齿道："哥哥，妈妈的财产今天仍旧属于妈妈。她的首饰留着，您为什么……"

维帕勒达斯又一次坐起，说："古姆，你至今仍不明白，倘若苏鲍塔拿着你的首饰，在英国出入剧院、音乐厅，观赏戏剧、音乐、歌舞，把它们挥霍殆尽，难道我还会宽恕他吗？抑或他能理直气壮地站在我面前吗？你为什么要给他如此巨大的惩罚呢？"

古姆迪妮无言对答，低垂着脑袋，一筹莫展，找不出锦囊妙计摆脱困境。她头脑里又重新浮现从前几次曾出现过的幻想——难道亘古未有的奇迹，今日不可能出现？苍穹中的星辰难道无能为力，瞬间消除天下的全部危境？抑或向她暗示一下吉祥的征兆？几天以来，她的左眼一次次扑棱扑棱地跳动。从前，她的左眼也跳过几次，但那时，她没有必要如此殚精竭虑。如今，她如何刺探那种暗示征兆？她向苍天祈求，让这个征兆开出吉祥的花朵。它绝不会是空中楼阁，海市蜃楼——她暗自想着。

第十章

天空彤云密布,淅淅沥沥下起了雨。维帕勒达斯身体不适,他身上缠绕着一块克什米尔柔软的细羊毛毯,半躺着读报纸。古姆迪妮所宠爱的猫儿,占据毛毯的一角,蜷缩着躺着,不时发出"咪咪"的叫声,仿佛不让人侵犯;维帕勒达斯所豢养的狗,迫不得已忍受它的挑衅,躺在自己主子的脚下,不时也发出"汪汪"的吠声。

此刻,一位不相识的新媒人不期驾临。

"您好!"

"您是谁?"

"大人,令堂大人十分熟悉我(谎话),那时,你们还是孩子。我名字叫尼尔默利,是已故更伽默利老媒人的儿子。"

"您有何贵干?"

"送来一封吉祥信札。幸运之神将莅临您家。"

维帕勒达斯慌忙坐起,媒人提到拉贾伯哈杜尔·默吐苏登·考什尔的尊姓大名。

维帕勒达斯有些惊愕,问道:"他有贵子?"

媒人咬着舌头,说:"不,他还没有拜堂结婚。他是位巨富,拥有数不清的财富。如今,他视事业为粪土,把注意力转向家庭小天地。"

维帕勒达斯沉吟了一会儿,坐着咕嘟咕嘟抽了几口水烟。不一会儿,他蓦地提高嗓门,斩钉截铁地说:"我这里没有与他年龄相仿的女孩子。"

但是，媒人可不是那种容易被摆脱的人，新郎家有万贯，他可以自由出入省长官邸，那种富有、荣耀，谁能比得上。媒人在屋里踱着方步，凭着三寸不烂之舌，反反复复地开导。

维帕勒达斯忽而呆若木鸡地坐着，忽而莫名激昂地嚷道："年龄不合适！"

媒人不动声色地说："请再仔细斟酌斟酌，隔三两天，我再来贵府拜访。"

维帕勒达斯倒抽一口冷气，又躺下来。

古姆迪妮端着热茶，来到哥哥屋子门外。见到一把湿漉漉的破旧布伞，一块脏兮兮的毛巾，一双沾满污泥的拖鞋，她不由愣住了。他俩的大部分对话，传到她耳畔。那时，媒人正说着："拉贾伯哈杜尔年底前将获得王公爵位。我亲耳听总督大人说的。正因为如此，这些日子以来，他觉得是该操办婚事了，没有王公夫人是办不成事的。而现在，这个位置正空缺着。我与你家的基努·帕达伽尔叶是远房亲戚，我曾与他坐在一起，瞧过女孩子的生辰图。我曾经看过城里许多女孩子的生辰图，但没有一个能与他相配。我把话说多了，您瞧着办吧。您应该意识到：这个姻缘早就命中注定了！这是创造之神的执拗！"

恰在这时，古姆迪妮的左眼又一次跳动。难道吉祥预兆的奇迹即将出现？基努大叔不知多少次不厌其烦地看过她的手相，说过类似的话语——她将成为王公夫人。手相的生辰图转化的成果，今日自己显示在她面前。前些日子，他们老家的一位占星家来加尔各答，缴付年田租金。他曾说过，今年阿沙拉月期间，金牛星座将获得王公荣耀，通过某个女子将获得利益，敌对势力将消除。这个星座不好的结果只

第十章 · 033 ·

是害病痛，抑或妻子病逝。维帕勒达斯恰是金牛星座。他不时身上发疼，明显的例证是，昨晚，寒冷抓住了他。阿沙拉月已过，可以不必考虑妻子病逝之事。现在正是千载难逢的黄道吉日——维帕勒达斯沉思着。

古姆迪妮走到兄长身边，怯怯地说："哥，是否头疼？"

兄长回答："没有。"

"茶已凉了。您屋里坐着一个人，我不敢进门打扰。"

维帕勒达斯望了望古姆迪妮的脸，不禁叹了口长气。他驾驭的是一辆车轮不转的金车，命运的残忍简直达到他忍无可忍的地步。镂刻在兄长脸庞上的双重痛苦，深深地折磨着古姆迪妮的心。她百思不得其解，兄长为什么以怀疑的目光，注视着神的礼物呢？古姆迪妮从未想过，婚姻要符合自己的心意，因为喜欢只不过是名义上的附加物，不带来实际意义。从童年起，她亲眼看着四位姐姐一个个相继出嫁，除了门当户对外，从没有人过问她们喜欢与否。尽管如此，四位姐姐照样生儿育女，操持家务，她们的日子就在琐碎的家务中打发过去。有时，她们在家庭里遭受痛苦，从没有产生过反抗的念头。她们心底里从没有思量过：企图改变自己现有的处境。妈妈怎能选择孩子，只能听天由命，不肖抑或孝顺的孩子，她都得接受他们。女子选择郎君的情况也是如此，嫁鸡随鸡，嫁狗随狗。创造主没有为女人打开按自己心意选择郎君的门扇，只能听凭命运的摆布。

古姆迪妮经历了这么长时间的磨难，跋涉了不幸命运的漫长且艰辛的道路，终于迎来了戴着面具的白马王子，她存心不想仔细察看他伪装的外表。

蓦然，她走进自己的屋子，打开日历查阅，发现今日是称心如意的吉日。她召唤家里的婆罗门、男女仆人，犒赏可口的食物与香火钱。大伙连连作揖祝福："未来的王公夫人，您将子孙满堂，荣华富贵，万事通融，吉祥女神将附身！"

媒人第二次出现在维帕勒达斯的客厅，一进门，小老头打了个哈欠，一面弹指作响，一面口中念念有词："湿婆湿婆！"这次，维帕勒达斯不敢怠慢，没有胆量说"拒绝"终止谈话。他暗自思忖："我怎能挑起如此千钧重负的担子？我怎能通过这门亲事给古姆带来幸运呢？"末了，他允诺，后天做出自己的最后决断，以此答复打发媒人离去。

第十一章

彤云密布，阴雨不断，傍晚黑色越发浓厚。古姆迪妮身边没有多少物品家具。一只小床搁置在她屋内一角。竹竿上晾着一两件自己精选的纱丽和橙黄色的毛巾。一只波罗蜜树木制成的箱子安放在屋内另一角隅，里面装着她随身穿的衣服。小床下，一只绿色的洋铁盒子盛放着制作槟榔包的器皿。另一只盒子盛放着抹发香水。壁橱里，排着几行书，放着笔墨文具，还有信笺，妈妈亲手编织的毛衣，父亲日常用的拖鞋。床头，挂着一幅拉塔[①]与黑天的画。墙上挂着一把印度弦琴。

屋里一片漆黑，古姆迪妮还没点灯，她坐在木箱上，目不转睛

[①] 拉塔是黑天的情人。

地凝视着窗外。面前,四方形的加尔各答城,犹如初始时代一头披着兽皮的巨大怪物,在雨幕中若隐若现着,它的躯干不时闪出斑驳的光点。此刻,古姆迪妮幻想着自己模模糊糊的未来命运的世界,那儿的屋宇,居住的人,一切都按她的理想被塑造着;她在他们之间,做着自己俨然是一位贞洁的幸福女神形象的梦,心里勾勒着无尽的虔诚、膜拜、奉献形象的线条;在她母亲高贵品行的某个地方,还残存着一个痕迹颇深的伤斑。丈夫的罪孽,几乎使她一时间丧失了耐心。这种景象,历历在目,从未忘却——古姆迪妮回忆着。

蓦地,她听到维帕勒达斯的脚步声,不由大惊失色。她望着大哥,惶恐地说:"我去点燃烛灯?"

"不用,古姆。不必忙碌。"说着,维帕勒达斯坐在她旁边的一只箱子上。古姆迪妮马上坐在地上,摩挲他的脚。

维帕勒达斯用温柔的口吻说:"客厅来了人,所以没有叫你。你干吗这么久独个儿坐在这里?"

古姆害羞得脸红,启齿道:"不是,卡什玛·波菲在我这儿坐了很久。"接着,她有意转换话题,问道,"哥哥,谁来客厅了?"

"我就是来告诉你这件事的。今年印历三月,你过了十八岁,步入十九岁,是吗?"

"嗯,哥哥,这难道有什么过错?"

"没有过错。今日尼尔默利媒人来了。我的好妹妹,迟疑不决是办不成大事的。爸爸在世时,你只有十岁——一般来说,婚姻大事那时就应该说定。倘若那时举办婚礼,谁也不会理睬你的意见;但今天,我可不能这样做。你一定听说过默吐苏登·考什尔王公的名字。在门第财富方面，他比谁都不逊色，但他年龄十分大。因此，我无法首肯同意。现在，我只要从你口中听到一个字，一切都妥了。别害羞，古姆！"

"没有，我没有害羞。"说毕，古姆迪妮沉默了片刻，"我与你所说的那个事的关系早已定了。"其实，这话是对那媒人说的话的反响。真不知道，何时这件事已扎根于她心灵的深处。

维帕勒达斯惊讶地问道："怎么早定了呢？"

古姆迪妮不作声。

维帕勒达斯用手抚摩着她的头说："不要说小孩子话了，古姆！"

古姆迪妮急忙说："您不懂，哥！我一点也不迷糊，说的不是孩子话。"

她内心无限崇拜大哥，然而，大哥不懂神的语言。古姆迪妮认为，在这方面大哥的眼光短浅。

维帕勒达斯说："你还没亲眼见到他。"

"然而，我认为一切都定了。"

维帕勒达斯十分明白，就在这上面兄妹之间的天性存在着天壤之别。兄长是没有丝毫权利进入古姆迪妮内心的黑暗迷宫的，然而，他再次郑重其事地说："古姆，请三思，这是有关你终身的大事。这里不应掺和任何感情冲动的成分，不应轻率做出任何的诺言！"

古姆迪妮慌乱不安地说："我没有发疯，不头脑发热。哥，我向你致触脚礼起誓，我不会与其他任何人结成良缘。"

维帕勒达斯大吃一惊，难道在因果颠倒的地方能有逻辑的判断？朔日封斋时能进行摔跤比赛？维帕勒达斯断定，古姆迪妮或许在心底获得了某种"神的启示"。这种推论倒有几分真切。今晨，古姆迪妮望着神像,内心祈祷说:"倘若花丛中最后存留下的不败花朵是蓝色的,那就是神同意这门亲事。"而最后留下的一朵花,果然是蓝色的。

这时,一个家庭的膜拜屋里响起晚祷的钟声。古姆迪妮双手合十,向神明祷告,维帕勒达斯久久痴坐在那儿。天空不时电闪雷鸣,雨不断地下着。

第十二章

维帕勒达斯又几次努力地向古姆迪妮解释,阐明事理的利害,古姆迪妮不做任何答复,低垂着脑袋,玩弄着衣襟。

婚约终于定下,双方仅在一件事上发生了分歧:维帕勒达斯希望婚礼在加尔各答的住宅举行,而默吐苏登则想在努尔那卡尔家乡举行婚礼。最后,新郎的意见占了上风。

为安排婚礼,古姆迪妮一行得提前几天到达努尔那卡尔家乡。雨季紧随着热季到来,大地一片翠绿,古姆迪妮里里外外也裹上了一层新的色彩;与自己内心所塑造的情侣会面的幸福憧憬,使她心花怒放,激动不已;秋天的湛蓝透亮的天空,正亲昵地向她诉说着一件远古心灵的往事。卧室前的长廊上,古姆迪妮撒了些谷子,鸟儿们飞来啄食着;她掰了几块烙饼,扔在地上,松鼠用警觉的目光睒视四周,发现没有动静,就飞快地跑来,尾巴挂着地站立着,用前爪抓起一块烙饼,送进小嘴里咀嚼着。古姆迪妮躲藏在隐蔽处观赏着,不由喜上眉梢,兴奋不已。今日,她内心对整个大千世界充满了豁达慷慨之情。

傍晚洗澡时,她把脖子浸在水池里,默然无声地、纹丝不动地坐在池底上。这时,她简直觉得,水仿佛与她身体的每个部分促膝交谈着,她感到惬意无比,其乐无穷。落日的余晖穿过水池两边的柠檬树枝,斜射屋内,它如同金光闪闪的线条,在黝黑的水面上跳跃着。她目不转睛地凝视着变幻莫测的光线,一股不可言传的莫名的心灵颤动,流经光和影戏谑的片刻,流经她全身。

整个晌午,她独自一人坐在屋顶平台的小屋里,倾听着栖息在近处番石榴树枝上的黄莺啼鸣。夫婿之神驻足在她青春盈满的寺庙里,一种前所未有的情味侵蚀,使这个形象无以复加地饱满。她整日沉浸于拉塔和黑天结合的甜蜜旋律之中,坐在屋顶小屋,握着印度弦琴,轻拨慢抚地弹奏着,吟唱着她兄长所喜欢的歌曲:

今日,欢乐的孔雀,

飞临家宅饮水,

高兴得汗毛直竖,灵魂出窍。

晚上,她坐在床上不住地膜拜敬礼。清晨起床,又在床上膜拜敬礼。向谁致敬呢?她内心也模糊不清——它或许只是一种无所依托的虔诚的自发喘息。

内心塑造的形象所驻足的寺庙大门,是永远不会关闭的。然而,一旦阴谋诡计的呼吸热气和涌动开始冲击着那美丽的形象,那时她心中的神的形象怎能留驻呢?那时,为虔诚而付出的巨大痛楚的日子,将会呈现在人们面前。

一天,一位名叫丁考莉的老婆子当着古姆迪妮的面,开导说:"喔唷，王公怎能平白无故地驾临于我们古姆的命运里来？耍把戏的女子唱的一首歌说道：

> 这是一座荆棘丛生、狼奔豕突的森林，
>
> 他把它们铲除，建立了王家公园。

"他也是那类荆棘丛生林子里的国王，他就是勒吉伯布尔的蒙西之子。在一次饥荒中，他从非雅利安首领那儿讨取食物来出售，从中获取暴利，然而，他母亲却一直劳碌而死。"

妇女们团团围住丁考莉，急切地问道："您熟悉新郎的情况吗？"

"怎么不熟悉呢，他母亲是我的邻居——她是巫婆，不是吉卡勒沃尔迪富豪家的。（压低声音）我说真的，女儿，他不可能与任何上流家庭的女孩子发生联系，但这无碍大局，财富女神从不考虑种姓身份。"

我们早已指出过，古姆迪妮的心灵不符合这个时代的传统。对于她来说，种姓和家族的圣洁性是一种弥足珍贵的东西。所以，她内心对老婆子的一席话觉得难以接受，对那种责难产生了一种无可名状的愤怒情绪。她满含泪水，蓦然起身走出户外。见到这般情景，妇女们面面相觑，交头接耳，嚷道："这是怎么回事？看她多么的痛苦！多么的高傲！她比精通祭祀的贞操女子还要远胜一筹！"

维帕勒达斯的心态也不属于现时代，种姓玷污、家道中落压得他抬不起头。但他没有采取任何举动阻止流言蜚语的散布。越压迫破旧的枕头，里面的棉絮越往外蹿。这就是他目前的处境。

现在，年迈的达莫德尔已获悉可靠的消息：考什尔家族的人就是久远时代努尔那卡尔附近的乡村什亚古利的主人。这个村庄如今被吉特尔纪家族所控制。在有关遣送神像的纠纷中,考什尔家族被驱赶走。吉特尔纪家族的人不仅把他们驱逐出村子,而且开除出种姓社会。达莫德尔报告着事情缘故,他由于虔诚和崇敬脸上闪闪发光。考什尔家族人在某个时代无论在财富,抑或荣誉,抑或门第,与吉特尔纪家族人是并驾齐驱、平起平坐的。这倒是个不坏的消息,但维帕勒达斯心里顿生疑窦:这件婚事可不要是那桩结成世仇的往事的报复。

第十三章

印历九月将举行婚礼,十胜王日举行了吉祥女神的祭祀活动。二十七日那天,考什尔公司工程部的一位监督带领几位操着印地语的工人,搬来了几顶帐篷和其他什物。究竟怎么回事?原来他们要在什亚古利的考什尔湖畔支起几座帐篷。新郎及其诸亲好友将提前几天来这儿。

"这是怎么回事?"维帕勒达斯问道,"他们有多少人来这儿,住多少日子,我们都会妥善安排的。搬这么多帐篷有必要吗?委实多此一举,我们已经腾空了一幢屋子。"

监督回答说:"这是王公的吩咐。他说要清扫湖池四周的草木。但您是地主,所以我恳求您的允许。"

维帕勒达斯的脸霎时唰地红起来。他慌忙地说:"这样做妥当吗?我们会清扫杂草的。"

监督谦和地答道:"不必劳您的驾。王公有祖先世袭的土地,他怀着浓厚的兴趣想亲自来打扫。"

话不是完全没有道理，但这番话使维帕勒达斯的诸亲好友受到极大的震动。他们纷纷嚷道："这是瞧不起我们主人的举动。金库突然间被充盈，盛开出财富之花，这是妇孺皆知的、无法掩盖的真相。难道为了奏其胜利之鼓乐，就策划这种虚伪的举动？倘若在往昔时代，迎亲队伍带着新郎，在渡过阴曹河中绝不敢迟疑一步。如果小老爷在场的话，他绝不能容忍这一切欺人之举。我们倒要瞧瞧，这些帐篷和老爷们将安排在哪儿？"

他们一齐向维帕勒达斯说："老爷，我们不想被那些人耻笑，落在他们后面。我们愿意承担一切费用。"

小地主纳沃戈巴尔慷慨激昂地说："我们无法忍受家族的尊严被玷污。从前有一日，我们祖先曾经打断了考什尔家族人的脊梁骨；如今，他们高傲地跨上我们的地区，炫耀他们的财富。不用害怕，老爷，我们一块承担花销。财产土地已经分配了，但家族的尊严可没有分配掉！"

说了这番激动人心的话，纳沃戈巴尔被众人推举为操办婚事的首要人物。

维帕勒达斯已有数日没有去古姆迪妮那儿，他怎能有勇气去看她的脸呢？向古姆迪妮隐瞒新郎方面的挑衅，是不会获得家族圈里的同情或温和礼遇的。他们只会添油加醋，大肆夸张渲染，妇女们的诅咒就在那上面，由于那种诅咒，祖宗只能屈辱低头。哪儿谈得上王公夫人，应该先瞧瞧王公的脸孔！

古姆迪妮用自己的虔诚感情压住种姓和家族的事，但当她看到婆家人展示自己富豪的骄矜，使人抬不起头的卑劣行径时，她内心充满着痛苦，她不由地回避那些人。考什尔家族人的羞耻，今日成为她自己的羞耻了。她内心渴望从兄长那儿听取什么，但这里连他的影儿都不见，他也不进里屋用餐。

一天，维帕勒达斯进内院花园，为修筑甜食屋选择地方。在那儿，他忽然发现，古姆迪妮正站在湖畔的低层阶梯上，低垂着脑袋，目不转睛地望着河水。古姆迪妮一看见兄长，马上走上前，来到兄长跟前，用哽咽的声音说："哥，我无法理解发生的一切。"说着，她用衣襟蒙住脸，抽啜起来。

兄长用手缓缓地抚摸她的背，说："不要顾及人们的议论，妹妹！"

"但是，他们为什么要这样做？您的脸面往哪儿放？"

"你也少许站在他们的角度上想一想。他们来到自己祖先生儿育女的地方，为什么不能兴师动众庆祝一番？这件事应该同婚事区分开看，这样你就会心安理得，就会明白了。"

古姆迪妮默然无语，维帕勒达斯无法忍受。他真心实意地关切地说："倘若你心里存有一丝忧虑，我可以立即停止这桩婚事。"

古姆迪妮急忙摇头，说："不！不！这怎么可能！"

真实的幻想早已铭刻在心，这就是她内心的秘密，其余一切所要发生的事，都不足挂齿。

维帕勒达斯那颗孤独的心，由于其妹如此虔诚专注而惶恐不安。他说："双方都真诚对待，婚事的誓约会兑现；倘若奏乐人的手不协调，那么弦琴在这种调门里就无所作为了。请看，我们在《往世书》里得到什么教诲——有什么样的拉塔，就有什么样的黑天；有什么样的忠贞女神，就有什么样的伟大神明；有什么样的仙女，就有什么样的大仙。今朝的公子哥儿不具有如此美德，却一股劲儿鼓吹女人的忠贞。为此，即使聚集起再多的油，灯盏也不会放出耀目的光亮。油曾对灯说：'燃烧吧——由于冷酷无情的生命，我们的贞操品行早已燃成灰烬。'"

但是，对古姆迪妮说这一切话语都是徒劳的，是白费工夫的。现在，她内心一直念叨着："不管夫婿是好是坏，他就是我的命运：

超越痛苦，飞渡欢乐，

消除疑虑，驱逐恐惧……"

这一至理名言的信条不仅对修道士的职责，对忠贞女人职责的考验也是十分必需的——这个职责已经超越尘世间的欢乐与痛苦，这里既没有愤怒，也没有恐惧。那种充满柔情蜜意的爱情呢，它又有什么存在的必要？爱情中只有向往和可能的尺码而已。虔诚是比它更为举足轻重的东西。没有申诉，只有表达；忠贞女人的职责是非个人化的，用英语说就是"impersonal"。署名为默吐苏登的个人是会有过错的，但作为丈夫的情感这种东西是完美无缺的、无可指摘的、永恒不朽的。接近那种毫无个人感情的专注形象的古姆迪妮，全心全意地奉献了自己。

第十四章

考什尔湖畔的杂草已被清除干净——现在已很难辨认出那个地

方。所有土地平坦得毫无纰漏，平坦的土地上铺设了红砾石的道路，道路两旁矗立起电灯杆子，水池也清除得清澈透底，岸畔系着两条新的英国帆船。一条船身上写着"默吐姆迪"，一条写着"默吐卡利"。王公先生将要来居住的帐篷面前，一块黄色的毛毯上面用红丝线绣着"默吐吉卡拉"的名字。一两顶帐篷是为住在内室女子准备的，从那儿到所有口岸都用席子围着。在口岸上的一棵柠檬大树上，挂着一块木板，上面镂刻着"默吐萨格尔"。有些地上种植着各种形状的向日葵、夜来香、金盏草、凤尾草和其他异花珍草，百花怒放、竞相争艳。在木制的四方形盒子里插着名目繁多的、色彩鲜艳的英国名花。中间有一小水池，四周被鲜花围着，水池里有一座铁铸的裸体女子雕像，她嘴里含着一只海螺，水柱从那海螺中的喷水管喷出。这个地方名为"默吐贡吉"。入口通道处有一扇铁铸大门，顶上飘扬着一面旗帜，旗帜上写着"默吐布利"。处处显露着"默吐"名字的镂刻物。人们从四面八方争相赶来观赏由色彩斑斓的衣服、屏风、华盖、旗帜、花朵、灯盏等物组成的突然矗立起的这座海市蜃楼。卫士戴着闪闪发光的帽徽，头上系着红色边缘的黄头巾，穿着用锦缎丝线编织的毛呢服饰，脚蹬英国的长筒靴子，咔嚓咔嚓，耀武扬威地巡逻着。晚上，他们推上枪膛，装满子弹，向天空鸣枪示警。他们夜以继日，每时每刻敲响着钟。他们之中一些人还在腰间皮套里佩插着英国式的弯刀，不时手擎弯刀划着地主的土地。而吉特尔纪家的看门人穿着旧时代的服饰，与他们的着装和神气派头相比，简直是天壤之别。看门人自惭形秽，黯然失色，不敢贸然出户。看到这一切情景，吉特尔纪家族人妒火中烧，难以咽下这口气。今天，考什尔家族的胜利旗帜，在努尔那卡尔高耸入云的木柱上高高飘扬。

这是吉祥婚姻的第一个信息。

第十五章

维帕勒达斯呼唤纳沃戈巴尔,说:"那布,如果企图与谁的虚伪试比高低,那是鼠辈所为。"

纳沃戈巴尔说:"大梵天(四个脸孔的神)清洗了自己的脚,创造了众生,四张嘴仅仅是为了说大话而已!大部分人是渺小的。倘若在他们面前维护住尊严,就把握了低贱人的路。"

维帕勒达斯说:"你们即使沿着这条路走,也不能与之竞赛。比它更好的办法是:我们团结起来,真诚工作,这样会获得好报的。请召唤通情达理的婆罗门学者,我们将依据《娑摩吠陀》,真诚地维护祈愿礼仪。不必理会王公那些人的所作所为,让他们挥霍,大肆铺张;我们是婆罗门,我们的特殊品行表现在行善乐施的积德中。"

纳沃戈巴尔劝说道:"兄长,您或许忘了时代,这不是真理时代。您企图驱动的水中行驶的船,现在搁浅在泥泞上!您的臣民,您的领土上的迪努·萨尔伽尔、派杜·帕勒玛利尔、卡姆尔迪·毗首沃斯、庞九·门德尔——这些达官贵人难道能够理解您用香蕉、米饭准备的祭品的含义?难道他们是您的孝子贤孙?他们这些人心胸狭窄,胆小如鼠。您别作声待着,您什么也不要动!"

纳沃戈巴尔与庶民一块儿沉浸于自己计划的实现中。大伙摩拳擦掌地发誓说:"担忧什么费用!"教师、仆人、门卫、守夜人——大家披着红色毛毯，穿着色彩鲜艳的围裤，打扫了一间奏乐的房子，四周用优质上等的布料围裹着，花边摆荡着。一面旗帜插在上面，高高飘扬。十里开外的人就可以望见屋子尖顶。两位股东牵出四只大象，上上下下打扮得漂漂亮亮，大象不时漫无目的地溜达在考什尔湖边的一条小径上，它们不时摇晃着长鼻子，优哉游哉、大摇大摆地踏着方步。脖子上挂着铃铛，伴随着脚步不时叮当叮当响着。

"不管景况如何，大象总不会披着黄麻布片走出。"说着，大伙起哄地嚷道，"嗬！嗬！"开怀的笑声响彻云霄。

九月二十七日定为婚礼的吉日良辰，还剩下十天。这期间听说王公老爷要带着大队人马日夜兼程地往这里赶。忧虑的阴云笼罩在所有人的脸上。现在应该履行什么职责？默吐苏登没有给这里的人们任何消息。他或许思忖，文明教养是对一般人来说的，缺乏文明教养则给权贵豪绅以光彩。不管如何说，现在一个问题摆在人们面前：不通报王公老爷到来的消息，他们自发地怀着激情去车站迎接他的到来。这总不是上策，不给消息的直接回答应是不闻不问。

这倒是个良策，但仅仅靠理智是阻止不了世俗的痛苦感情的。维帕勒达斯内心对古姆迪妮怀着深深的慈爱，连芝麻绿豆的小事都不许伤害她的心，维帕勒达斯把对这种事的考虑看作高于所有逻辑伦理。伤害妇女是轻而易举的，她们的心灵四周是没有任何遮掩的。社会在强有力的手里执着鞭子的情形下，它是不会用任何法规的眼光，对待那些毫无遮掩的、担惊受怕的脊梁的。在这种情况下，要使慈爱的化身飘摇在仇恨、激怒、妒忌的风暴里，来拯救自己虚假的尊严的企图，是十足的胆小怕事的懦夫行为——维帕勒达斯这样思考着。

维帕勒达斯没有告诉任何人,自己径直奔往车站。当火车抵达时,已是五点钟了。王公老爷带着自己的人马从车厢里下来,他看到维帕勒达斯,以一种冷漠的神情致以简单的问候,说:"这么冷,您干吗麻烦呢?"

维帕勒达斯答道:"啊,您第一次光临我们这地方,我能不来迎接您吗?"

王公老爷说:"您忘了,我不是光临你们的地区,我是赶来结婚的。"

维帕勒达斯不明白这席话的真实含义。在车站这样拥挤的地方进行争论,不是明智之举,沉吟了片刻,他只是说:"码头上准备了大篷船。"

王公大人说:"不必了,我们开来了自己的汽轮。"

维帕勒达斯误以为他没听明白自己说的话。接着,他又一次说:"装着做膳食用的食物的船,为您准备妥当,万事准备就绪。"

"您干吗如此啰里啰唆,制造麻烦,白搭工夫?我们不需要任何东西,请您注意一件事,我们是到自己祖先诞生的土地上来——而不是光顾你们的区域。婚礼将在那儿举行。"

维帕勒达斯恍然大悟,他们竟无善良之心,他们内心的全部热情都已冷却。在候车室,他躺倒在一把安乐椅上。冬日傍晚,天色很快黑下来。提示火车继续向北方开动的铃声已敲响。车站上灯盏已点亮,维帕勒达斯起身骑上马,信马由缰地慢慢地向家走去。抵达家门已是深更半夜。他去过哪儿?发生过什么事?他没有向任何人透露一点儿信息。

第十六章

两天后,纳沃戈巴尔跑来说:"我能做什么呢?一点也不明白。请给以指示!"

维帕勒达斯不安地问道:"发生了什么事?"

"与考什尔老爷一块来的,有的是经纪人,有的是英国酿酒商。昨日,他们一行在比尔布尔河岸边,至少打死了两百只鸟。今日,他们又去琼德纳德赫的沼泽地,现在正是鸭子栖息季节,所以,那儿的生物一定要横遭残杀。这样,妖魔鬼怪、魑魅魍魉定会很容易获得食物的恩赐。"

维帕勒达斯惊愕不已,但没吱声。

纳沃戈巴尔继续讲:"您下个命令,谁也不许去沼泽地打猎。记得您曾阻拦地区长官去那儿捕猎,那时,我们直担心,他可别把您当成天鹅给以误伤。但是,他们是上等人,竟然去了那儿。然而他们不是能识辨牛羊虎豹、鸡鸭鹰犬的人。兄长,只要您下达命令,我们就能……"

维帕勒达斯慌忙地阻拦说:"不行,不行,我不想说什么!"

维帕勒达斯的捕虎技巧在全县闻名遐迩。有一次,他打死了一只鸟,在内心产生了一种自责感,从此,他停止在自己管辖的区域内捕杀鸟儿。

古姆迪妮走到床头,用手抚摩着维帕勒达斯的头。当纳沃戈巴尔离开后,她严厉地说:"哥,下令禁止!"

"禁止什么?"

"禁止捕杀鸟儿!"

"他们会认为我们的话是错的,他们是不会忍受的。"

"他们要这样认为随他去。但他们是不会单独获得尊严荣光的。"

维帕勒达斯望着古姆迪妮的脸,暗自窃笑。他明白,她内心以极大的虔诚履行着忠贞妻子的职责。难道因为普通鸟儿的生命,会抹去影子与身躯的区别?

他温和地说:"不用生气,古姆,我也曾打死过鸟儿。那时我不晓得,这种举止是不文明的。如今,他们也处在我当初的境况。"

英国客人怀着极大兴趣狩猎、野餐,傍晚随着音乐的伴奏翩翩起舞,还组织网球比赛。湖中,帆船比赛着,村里人簇拥在湖畔,赏心悦目地观赏着。晚餐过后,众人放开喉咙,纵情歌唱。这一切享乐游戏的男女主角是英国佬及其夫人。目睹这一切景象,乡村人目瞪口呆,惊讶万分。那些达官贵人戴着草帽,向湖中投入装有鱼饵的钩子钓鱼。这种捕鱼方式对孤陋寡闻的乡下人来说,简直是天方夜谭,闻所未闻。他们玩的击木棍游戏、摔跤、光脚游泳、民间戏剧和四只象显耀等活动,怎能与这些英国人的娱乐相媲美,抑或相匹敌呢?

婚礼前两天,举行了身体擦抹姜黄仪式。为此,新郎送来了价值连城的首饰和玩具,用数只船运至这里。村民们见到这般奢华排场,个个目瞪口呆。吉特尔纪家庭也慷慨大度、不卑不亢地与他们告别。

那天,锣鼓喧天,鼓乐齐鸣。在默吐布尔的默吐海岸边,广大庶民都受到邀请赴会,没有谁被遗忘掉。纳沃戈巴尔气得脸红脖子粗,这是多么胆大包天的妄图!我们是堂堂正正的地主贵族,他们把自己的默吐布尔放在什么位置上!

大庭广众面前,举办了如此规模的宴会,这不是普普通通的宴席。鱼虾、酥油、白糖、面粉、奶酪、牛奶粥等食物,应有尽有,堆积如山。不知要耗费多少巨资才能办到。大树下,安装了许多巨大的炉子,设置了各种形状的锅碗瓢盆;牛车络绎不绝赶来,满载着成车的土豆、香蕉、洋葱、蔬菜等物。宴会将在傍晚举行,处处灯火辉煌,耀眼夺目。

那儿,吉特尔纪家正进行午餐,那是这里庶民自己筹划的。印度教徒与穆斯林人分排成两处,穆斯林庶民多于印度教徒。一清早,他们就开始工作,制作膳食。食品的备料尽管不大丰富,吉特尔纪家族人却以万分高涨的热情投入工作,欢呼雀跃。纳沃戈巴尔自个儿五个钟头不吃不喝,却不断催促大伙吃喝。之后,馈赠食品给贫穷人,庶民自己安排分配礼物,人们的阵阵欢呼声犹同大海咆哮,响彻云霄。

在默吐布利,人们吃喝了整整一天,饭菜气味飘向很远很远的地方。陶碗、土罐、香蕉皮等物堆积如山:乌鸦群"呱呱"啼叫不止,它们盘旋在蔬菜与鱼虾的残物堆上,争啄着;全区的狗也相互奔突着,争夺着,狂吠不停。开宴时刻到了,点燃灯盏,大放光芒。从默迪亚布尔什请来了庞大的印度民间弦琴乐队,演奏着各种旋律的乐曲。随从仆人带着忧郁的脸色,在王公老爷耳畔窃窃私语道:现在,还没有足够的人数赴宴。今天恰逢是赶集的日子,其他地区的人赶集而至,他们之中一些人见到铺地的席子,就地而坐。一些穷人也聚集在这里。

默吐苏登钻进自己的帐篷,耷拉着脑袋,从嘴里吐出一声微弱的骂语:"妈的!"

弟弟那温走来提议:"哥,一切都结束了,现在可以走了。"

"去哪儿?"

"回加尔各答。这些人搞着卑劣的勾当。他们之中有些大家闺秀坐着盼等您小拇指的暗示,您却迟疑不决。"

默吐苏登咆哮着吼道:"你滚开!"

一百年前发生的事件,如今又重现了。道高一尺,魔高一丈。尽管现在,一方包装的尖塔比另一方的高出几十倍,但另一方人不买账,不跨入通向宝塔之路,但胜败在外面是看不清楚的,人们的眼睛是被遮掩的。

吉特尔纪家族的人获得了欢笑的极好机会。但维帕勒达斯却躺在病床上,那种欢欣的事没有传到他的耳畔。

第十七章

在去姑娘家的路上,王公老爷命令,停办轰轰烈烈的婚礼。不张灯结彩,不奏喜庆之乐,只有家族祭司和几位颂歌者随从。新郎坐在轿子里,静悄悄地抵达新婚之房。人们都蒙在鼓里,不明白发生了什么事。而在默吐布利,帐篷里灯火辉煌,乐队高奏乐曲,迎亲者沉浸于吃喝玩乐之中。纳沃戈巴尔明白,这是报复。在这种情况下,姑娘方面的人们双手作揖,屈膝施礼,大献殷勤,讨好新郎方面的人。纳沃戈巴尔不做这一切,不卑不亢,他对迎亲者的所作所为不屑一顾,也不过问迎亲者的举动。

古姆迪妮用金银首饰、锦缎服饰，打扮得一身珠光宝气，步入婚礼的喜庆棚之前，来向兄长致礼告别。此时此刻，她全身颤抖不已。那时，维帕勒达斯发烧已达三十九度，在胸前、背后敷着芥子油膏。古姆迪妮把自己的额头搁在他的脚上，那时刻她不由自主地号啕大哭起来。姑母用自己的手捂住她的嘴，劝说道："唉唉！燕尔新婚时刻，怎能这样悲恸地哭泣。"

维帕勒达斯握住她的手，拉近到自己身边，让她坐下，仔细端详着她的脸，默不作声地坐了良久，泪水不禁从他的双眼里流出。姑母催促说："时候到了。"

维帕勒达斯把手放在古姆迪妮的头上，哽咽地说："最吉祥之神祝愿你幸福美满！"刚说完这句话，他扑通一声，躺在了床上。

整个婚礼过程中古姆迪妮满面泪流不止。她把自己的手放在新郎手里，只觉得自己的手像冰雪那般冰冷，颤抖不止。在吉祥时刻，难道她瞧清了丈夫的脸孔？也许没有瞧看，对丈夫的恐惧感强烈地攫住了她的心。她像鸟儿那样感到，那种归宿不是一座巢窝，而是一具绞刑架。

默吐苏登的长相并不难看，但他的脸上不时闪现着一种严厉的神色。他黝黑的脸庞上，最惹人注目的是那个鹰钩鼻子，鼻子直弯向嘴唇上，好像在站岗放哨似的。浓密的眼睫毛上方，宽阔的前额犹同堤坝上的瀑布，倾泻而下。眼睫毛的阴影下面，一双小眼的目光炯炯有神，深邃锐利。胡须已全然花白，嘴唇扁平，下巴肥宽。头发像黑人那般卷曲，而脑门上一缕头发理得精巧优美。身体异常结实，看上去比实际年龄年轻得多，只是两个鬓角已花白，身材矮小，高度与古姆迪妮相比相差无几。与粗壮的身材相比，长满毛的手显得瘦小。给人总的印象：人十分结实，可靠沉着，从头到脚仿佛一种誓言随时都准备兑现。又仿佛一颗炮弹，脱离命运之神的炮筒，专注地向着一个方向驰去。一看到他这干练的模样，人们就会明白，他没有时间关注多余的人和事。

在双方心情都不好的情况下，婚礼落下了帷幕。新郎与新娘头次接触，使一把走调的弦琴，奏出如此没有调门的嘈杂声响，致使钟鼓楼里的节日欢乐音乐消失得无影无踪。古姆迪妮心里不时冒出一个有关自尊的疑问："上帝难道欺骗了我？"她用整个身心强压住这种疑惑，独自坐在屋里，一次次头触地，向上帝致敬祈求："不要使我心肠软弱无能。"最大的困难是如何在兄长面前掩藏住自己的疑惑。

母亲仙逝后，维帕勒达斯依赖于古姆迪妮的服务，添置服饰、计划日常开销、照料书橱、安排马儿饲料、擦洗枪支、照料猎狗、保护相机、维修乐器、布置卧室和客厅——这一切事务都由古姆迪妮承担。他已养成这种习惯，在这些日常事务里古姆迪妮若不插手，他总觉得事情是不会完美的。周到的服务一直维持到与患病中的兄长告别前的最后几天，她使出浑身解数，不使其兄为自己有一丝一毫的担忧。维帕勒达斯为其妹料理家务的才干感到骄傲。她由于胆怯，不敢随意摆弄乐器，但这两天，她鼓足勇气，为其兄演奏一支悠扬的曲子。这支悠扬的曲子包含着她对上帝的赞颂、祈求，以及她的疑虑和她心灵的诉说。维帕勒达斯闭目静听着，不时让她演奏信吐或维哈格或攀勒维等曲调——在这些曲调里响起离别痛楚的哭泣声。这些曲调使兄妹俩的痛苦融会成一种音乐形象。俩人谁都不说话，谁都不劝慰，谁都不诉说痛苦。

维帕勒达斯的高烧、咳嗽、胸痛非但没有消除，反而越加严重。大夫诊断说，他患了急性感冒，有并发肺炎的危险，需要十分小心看护。古姆迪妮愁肠百结，心急如焚。原先确定在这里度过新婚之夜，翌日迎亲队返回加尔各答。但后来听说，默吐苏登突然决定，婚礼次日就把她带回家。古姆迪妮明白，这个决定绝不是风俗习惯所致，而是含有某种特殊意图：这不是爱情的表露，而是统治淫威的体现。在这种情况下请求滞留，对于一个不幸女人来说等于遭受五雷轰击。然而，她低垂着脑袋，含羞忍辱，在新婚之夜，以颤抖的口吻向丈夫提出请求：让她在娘家多滞留两天，以便能够照护一下病中的兄长。默吐苏登简短地回答道："一切都准备就绪。"这单方面的独断决定，犹如雷电那么严厉，古姆迪妮没有表露一丝痛苦情感的余地！晚上，默吐苏登极力想与她攀谈，但古姆迪妮对他的每句话，保持缄默，不做任何答语——脸朝向床里边躺着。

破晓前，听到晨曦第一声鸟儿的啁啾，她就离开床，走出屋外。

那儿，维帕勒达斯一宵没睡，焦虑不安。傍晚时分，在如此高烧的情形下，他还执意要参加婚礼，大夫好言相劝，竭力阻拦他前往。他多次派人前往，探听消息。那些传来的消息，犹同战时新闻，换言之，极大部分是虚假的。

维帕勒达斯急切地问："他何时来的？怎么丝毫听不到喜庆的鼓乐声？"

新闻发布官什布说："我们的乘龙快婿是位通情达理的人，听说您患病，立即取消一切活动，连迎亲者的脚步声，都不许发出。"

"喂,什布,还有哪些食物没有搞到手?我最担心的就是这件事。我们这个穷乡僻壤,可不是灯红酒绿的加尔各答,要什么有什么!"

"怎么会出现食品匮乏之事呢,老爷?天晓得,有多少食物成捆成包扔掉了。适宜大伙膳食用的食物,难以计数,存藏在库房里。"

"客人们满意吧?"

"没有从谁的口中听到一点儿抱怨。我倒见识过许多婚礼,亲家们的虚骄恃气,盛气凌人,逼使姑娘家忙得晕头转向,不知所措。但这些客人默然无语,不知满意与否。"

维帕勒达斯舒了口气,说:"他们都是大城市加尔各答人,知书达礼,有文明教养。他们懂得,他们来姑娘家娶亲,侮辱了姑娘家,等同于侮辱了自己。"

"妙极了。老爷说的话,我一定转述给他们听。他们听了,定会心花怒放,异常兴奋的。"

昨晚,古姆迪妮在新婚之夜得悉其兄病情加重的消息,而她身不由己,鞭长莫及,无法抽身为他效劳。这种无奈的痛苦,犹如落网的鸟儿,在她心里扑腾扑腾地翻腾着。她深深明白,对兄长来说,她亲手侍候远胜于药物。

洗了澡,向神明献了鲜花,古姆迪妮蹑手蹑脚地潜入兄长之屋。那时,旭日还没升起。经过长时间与病魔搏斗,总算获得了短暂喘息的自由,身体虚弱不堪,维帕勒达斯的身子犹同散了架似的,动弹不得。此时此刻,生活的依恋,世俗的忧虑,对他来说一切宛如颗粒无收的荒芜田地里的尘埃,化为乌有,无足轻重。整宵,房门紧闭着。清晨,大夫推开朝东的门窗。绛红色的霞光,悄悄地照亮了浸透朝露的菩提树黝黑的绿荫；面前的河流里，达官贵人的船只在染红的天空下扬起了缀满补丁的风帆。此刻，响起了令人伤感的祈愿钟声。

古姆迪妮坐在兄长身边，用自己冰冷的纤手，握住兄长的干瘦且发烫的手。维帕勒达斯豢养的狗，沮丧地蜷缩在床底下。古姆迪妮刚坐在床上，那狗立即站起，把脚放在她怀里，摇摆着尾巴，用自己可怜的眼睛望着她，发出孱弱且悲伤的声音，不知诉说着什么，提出了什么问题。

一种莫名的忧虑潮流，流淌在维帕勒达斯的内心深处。他突然断断续续地说："妹妹，其实什么都不存在——谁伟岸，谁渺小，谁高尚，谁卑劣，这都是人为制定的。泡沫之中还会有肥皂沫的位置吗？泡与沫之间还会存在联系吗？只要内心保持真诚的情感去生活，你就不会有缺憾。"

"给我祝福吧，哥哥，给我祝福吧！"说着，古姆迪妮用手捂住脸庞，强压住哭泣。

维帕勒达斯靠着枕头，仰起身，把古姆迪妮的头拉在自己身旁，俯身亲吻她的额头。

大夫进入房间，说："古姆姑娘，此刻他特别需要安静。"

古姆迪妮抚平病人的睡枕，盖上病人身上的棉被，清扫了近旁的三脚凳，用温柔的口吻在其兄耳畔柔声细语地说："身体康复后一定来加尔各答，哥哥！在那儿，我将照料您。"

维帕勒达斯用自己极其慈爱的目光，凝视着古姆迪妮的脸庞，不一会儿说："古姆，东方的云走向西方，西方的云朝东方飘去，这一切都是风所致。风云在世界飘游着。把一切都看作浮云那么自然、简单。妹妹！从现在起，我们可不必多操心啦。你去的正是吉祥女神蛰居的地方，这就是我全部心灵的祝福，我不想再说别的什么了。"

古姆迪妮把自己的头放在其兄的脚上，俯卧着说："从今日起，再不想向我说什么。现在，我再也不能插手这里日常的生活事务。"——刹那间，心灵无法接受如此断然决裂的事。暴风企图把船冲向岸畔，铁锚力图系住岸石，在兄长脚下的古姆迪妮惊惶不安的心情的羁绊就像处在那种情形之中。

大夫又走来催促说："现在再也不要更多地打扰他，姑娘！"她擦拭着自己被泪水浸透的眼睑，走出屋外，坐在大门外的凳子上，用衣襟蒙住脸，默默地哭泣着。突然，她想起，她昨晚为喂养兄长的马匹"贝茜"，准备了红糖掺和面粉的烙饼，从前都是她自己亲手喂食的。今晨，马夫把马牵到里面花园里。古姆迪妮走到那儿远远望去，马儿正在柠果树下吃草。从很远听到古姆迪妮熟悉的脚步声，马儿立刻竖起了耳朵，望着她嘶鸣起来。古姆迪妮右手抚摩着它的肩，左手拿着烙饼，挨近它的嘴，给它喂食。它一面津津有味地啃吃着烙饼，一面用温柔且可爱的大眼睛，瞟着古姆迪妮。当"贝茜"啃完烙饼，古姆迪妮亲吻了它两眼之间的宽大额头，飞快地离开了。

第十八章

维帕勒达斯坚信，默吐苏登会来与他相见的。然而，他没有来拜会，维帕勒达斯恍然大悟，两个家庭缔结的婚姻关系犹同相互分离的鸟儿，一去不复返。在自己病体极端虚弱的情况下，他泰然自若地接受了这个严酷的事实。他呼唤大夫，问道："我能奏一会儿弦琴吗？"

大夫答道："今天不行！"

"那么请您叫古姆来一趟。让她来奏一会儿！以后，天晓得，啥时再能听到她美妙的演奏。"

大夫说："她今天上午九点将乘火车离去。不然，太阳下山之前就赶不到加尔各答。古姆已没有时间了。"

维帕勒达斯叹了一口长气，说："她如今在这儿的时间已经结束。在这儿，她度过了整整十九个年头，现在竟一个钟头也不能耽搁！"

离别时刻，夫妇俩一块儿前来施礼告别。默吐苏登彬彬有礼地说："看来，您贵体欠佳。"

维帕勒达斯没有正面回答他的话，祝福道："上帝将会使你们俩幸福美满！"

"哥哥，请注意保重身体！"说毕，古姆迪妮跪在维帕勒达斯脚上，哭泣起来。

海螺声、长笛声、鼓声、钟声、钹声，汇合在一起犹同风暴，铺天盖地席卷过来，响震天地宇宙。随着这喜庆的震耳欲聋的鼓乐声，他们这一行将起程离去。

当新婚夫妇相互用衣襟和被单绑结在一起离去时，维帕勒达斯无以名状地觉得，这个喜庆场面是那么令人嫌恶，残酷无比。依据往昔历史记载，铁木尔等帝王曾把无数人头骨堆积成高耸入云的立柱，但用衣襟与床单拧成扣结，创造生与死的胜利拱门倘若可以测量的话，它的尖顶将直接与阴曹地府相撞！可见，眼下何等思绪在维帕勒达斯的心底里翻腾着。

维帕勒达斯内心对有关敬神膜拜方面提不起任何热情,但今日,他双手合十,暗自连连向神明鞠躬敬礼,膜拜祈愿。

蓦然间,他惊慌地呼唤:"大夫,请唤迪文管家!"

维帕勒达斯突然间想起,决定婚期前几天寄钱给苏鲍塔一事,他感到十分恼火。看着账本,他不一会儿就觉得十分疲倦。十一点光景,一位缺乏教养的人不期而至。他面黄肌瘦、蓬头垢面、骨瘦如柴,披着一件脏兮兮的被单,穿着一件短的围裤,趿着一双破旧拖鞋。问候之后说:"大老爷,还认识我吗?"

维帕勒达斯定睛看他,然后说:"谁?是韦贡塔?"

童年,维帕勒达斯读书的学校旁边,有一座杂货铺。韦贡塔出售课本、练习本、钢笔、小刀、网球及拍子、灯泡等杂货。那座房子是学校的大孩子经常聚集的地方。他对他们奇谈怪论的争议没有多大兴趣,也没有深交。

"您怎么弄得这般狼狈?"维帕勒达斯诧异地问道。

数年前,韦贡塔把自己的一个女儿嫁到一个富裕家庭。不需要特殊的嫁妆,但需要给新郎一笔陪嫁费:一千二百卢比和八十克拉含金量的首饰。为自己宠爱的独生女,他无奈同意了。他一下子筹不到这笔款项,这样,女婿便对他女儿百般虐待,对她父亲敲骨吸髓。韦贡塔所有的积蓄都化为乌有,但至今还欠二百五十卢比。眼下,女儿被侮辱到无以复加的地步,实在忍无可忍,她逃回自己父亲家。囚犯破坏监牢规矩,要受到更严厉的惩处。在如此情况下,还差二百五十卢比,女儿就可得救,父亲就有考虑闭目的时间了。

维帕勒达斯惨淡地苦笑着,现在他没有足够时间,考虑给予他款项的帮助。他稍许踌躇了一下，然后打开钱盒，松开钱袋绳子，取出十个卢比送给他，说："再到其他地方去设法弄钱吧，我只有这点微薄之力……"

韦贡塔压根儿不相信他的话，但他只好扫兴地趿着破鞋，啪嗒啪嗒离去了。

维帕勒达斯早就忘了那天这件事，眼下，他忽然想起这件不愉快的事。他吩咐迪文管家，今天为韦贡塔送去二百五十卢比。迪文抓耳挠腮。举办婚礼所耗费的款项，还得筹措几天才能付清，如今又要支付二百五十卢比，犹如天文数字出现在迪文先生面前！

维帕勒达斯看到迪文先生为难的铁青脸色，从自己手指上摘下钻石戒指，说："从我为弟弟在银行存的款项中提取出二百五十卢比，用我的这枚戒指作为抵押！以古姆的名义把钱款寄给韦贡塔！"

第十九章

还剩下婚姻的楞伽篇章①的最后一节。

最后确定，清晨完成名叫"古什底伽"的典礼，新郎与新娘就将起程。纳沃戈巴尔为此做了充分的准备。正在此刻，拉吉伯哈杜尔告别维帕勒达斯，从屋中走出，当场宣布："在新郎那儿——默吐布利举行古什底伽典礼！"

纳沃戈巴尔无法忍受这个无礼的建议。换了别人，准为此事发生斗殴，然而，纳沃戈巴尔用接近斗殴的尖刻语言，表示反对。

---

① 楞伽篇章：指的是印度史诗《罗摩衍那》里的一个章节。楞伽是魔王罗波那的国度。其主要情节是神猴哈努曼率领众猴火烧楞伽城。

屋内所有的人都感到蒙受了巨大的侮辱。诸亲从很远很远的地方赶来参加婚礼,其中不乏抱有敌意的人,但这个决定对所有的人都是一种侮辱,一种不公!姑母惊讶得目瞪口呆,呆若木鸡地坐着。当开始向新郎新娘祝福的时刻,谁都不愿张口祝愿。大家说,既然这典礼在加尔各答举行,谁都不必要待在这里张口说什么。古姆迪妮对于娘家受到如此侮辱,感到异常难受,不知所措。她仿佛觉得在祖宗面前自己是个罪人。她暗自向家神表示敬礼后说:"我在您面前犯了什么罪?为此我得到如此巨大的惩罚。我把一切希冀寄托在您身上,准备接受一切祸福。"

新郎和新娘坐在火车里。默吐苏登从加尔各答带来的乐队,开始以极大的声响弹奏舞曲。在一个巨大的帐篷下举行着祭祀活动。那些作为客人被邀请来的男女英国人,有的坐在软椅上,有的围在附近站着观看。还为他们准备了茶水、饼干、水果等。在一个巨大三脚架上放着一架照相机,典礼一结束,他们纷纷争相拍照。古姆迪妮羞怯得脸红起来,她低垂着脑袋站着。一个肥胖身材的中年英国妇女,掀起她身披的贝拿勒斯纱丽,仔细察看她的脸庞,把她手上戴的硕大的手镯,翻来覆去地观赏,露出美妙惊讶的神态,她用英语赞不绝口。瞧看了祭祀典礼,有些人说:"How interesting(多么有趣)!"有些人则不以为然,说:"Isn't it(毫无意思)!"

古姆迪妮以前目睹默吐苏登对待自己的兄长及亲属鄙夷不屑、讥讽嘲弄的神态,今朝又在英国人对待同胞的态度上重演。默吐苏登对英国人的神态谦和温存,说话不紧不慢,笑容可掬,显示出一种文儒且高雅的风度。一面是月光倾泻,一面是漆黑一片。默吐苏登的性格同样具有上述的两重性。在英国人面前,他的亲切温顺,像月光那般光亮和可爱;他性格的另一副面孔,难以捉摸,难以觉察,又犹同坚冰那般的坚不可摧。

在火车头等车厢,默吐苏登与英国人坐在一块儿;古姆迪妮在二等车厢里,与妇女们待在一起。

有的女人握住她的手察看,有的托起她的下巴,仔细端详她的脸庞,有的说,长得高挑,有的说,细长柔弱,有的富有同情心地问道:"你干吗在身体上抹色?你兄长从英国给你寄些什么?"众人经历一番精心的察看,获得大致印象:她的眼睛不算大。按寻常妇女标准,她的脚显得粗大。翻来覆去,仔细辨别了每一件首饰,得出的结论是:她佩戴的首饰,全是旧式样的,含金量大,金质优等——噢,那就是她们的时髦!

古姆迪妮乘坐的车厢,背向月台的窗户敞开着。她从那个窗户向外眺望,尽量不去听那些妇女的闲言碎语。她望见一条跛脚的狗,不时嗅着土地,寻觅着食物。她想,但愿它寻觅到食物,但不见食物的任何踪迹。她内心又思量:它断了一条腿,一些原来它容易做的事,如今比较难做了。这时,她猛然听到,在头等车厢前站着一位有德行的人正说着:"瞧,搬运工头驱赶正在阿萨姆茶叶田地里劳作的农家姑娘,那位姑娘已逃跑到这儿来。她身边只有到格瓦伦德的车票钱,而她的家远在杜姆郎沃。倘若大人您施以同情怜悯,施舍一些钱,足够她回乡的路费,她可就得救了。"从头等车厢里传来凶恶的骂声,使古姆迪妮无法自制,她打开右边的窗户,从自己钱袋里摸索出十卢比,把它交给姑娘,然后关上窗户。一位女子看到这般情景,开腔说道:"我们媳妇的手十分宽松!"另一位女子说:"压根儿不是宽松,这是一扇门户,是告别财富女神之门!"第三个说:"早已学会挥霍钱财,而学会理财是一项必修课目。"众人认为,老爷们一个铜板也不会施舍给姑娘,而她一下子施舍十个卢比,这不是使老爷们难堪又是什么企图呢?她们想,吉特尔纪与考什尔家族人之间早已存在的世袭古风,至今仍旧沿袭着,古姆迪妮的做法可能是那种遗风的一种表现。

有一位姑娘,肤色是棕色的,长得略显肥胖,一双大眼睛,脸上闪现出一种温存的神情,看上去与古姆迪妮年龄相仿。这时她坐到古姆迪妮身旁,在古姆迪妮耳畔轻声细语地说:"您心情如何,姐姐?不必顾忌她们的闲言碎语;开始几天,她们总会说三道四,论长论短,慢慢她们吞下苦药,这种流言蜚语就会消失,她们咬舌的热情就会冷却下来。"这位姑娘是古姆迪妮的弟媳——她是奈文的妻子,名叫妮斯达莉妮,大家称呼她为"珍珠之母"。

珍珠之母快言快语:"我们抵达努尔那卡尔那天,在车站上,我看见了您兄长。"

古姆迪妮大吃一惊。她兄长去车站迎接新郎官和亲家,她第一次听说。

"他长得多么英俊潇洒!我从未见过如此伟岸漂亮的长相。那时,我忽然想起一首颂歌,赞美黑天的优美外表,颂扬黑天的丰富内心。"

骤然间,古姆迪妮的心被她的温存友爱融化了,脸藏在幔布里,默然无声地望着窗外。窗外广袤的原野,黝黑的森林,湛蓝的天空,一切景象因着泪水变得模糊不清。

珍珠之母迅即明白,古姆迪妮内心的痛楚正定位在哪儿,所以她从几个方面，提起她兄长的话题。她问道："他结婚没有？"

古姆迪妮难过地答道："没有。"

珍珠之母说："多么崇高的奉献，您的兄长！具有神明似的心灵形象，家室却空着！不知未来有哪位幸运的姑娘会选定如此难得的夫婿！"

古姆迪妮思索着："哥哥那天抛弃所有尊严，为我赶到车站迎接。而那些人连一次都不去拜访他！真是天壤之别！仅仅由于他们富有，就胆敢蔑视我兄长那样高贵的人。也正因为如此，我兄长的健康日益恶化。"

她内心一次次徒劳无益地责备着自己："哥哥为什么去车站？他为什么把自己看轻呢？难道为我？我那时为什么不去寻短见呢？"

如今，已发生的事不可能逆转，她为此捶胸顿足，长吁短叹；她时时回忆起兄长疾病所致的疲惫和安详的脸上那双充满祝福的慈爱且深沉的眼睛。

第二十章

火车驶抵加尔各答豪拉车站，已是下午四点光景。新郎和新娘双双坐在短途火车里，在加尔各答的光天化日里、众目睽睽下，古姆迪妮显得不自在，全身瑟缩着。十九年以来的青少年生活所形成的纯洁天真的灵性已融进身体的每个细胞内，那种纯洁天真的天性犹同古代英雄身上的盔甲，难道她能够那么轻而易举地抛弃它？她应该拥有那种乐器，一旦吹奏，那种盔甲刹那间自个儿四分五裂，化为乌有。但那种乐器至今没有在她心田里奏鸣。身边坐着的那个人，眼下仍是她心灵之外的人，他至今阻碍着自己成为她心灵内的人。他的精神抑或实践，有一种粗鲁的传统偏见，把古姆迪妮的心灵拒于千里之外。

其实，古姆迪妮应成为默吐苏登孜孜以求的一种新发现。但埋头于商业事务的人，极少有空闲时间认识或了解女性世界。由于商务繁忙，他从没有真正从内心接触过女人。至今没有一个女人能动摇他的心。默吐苏登从前结识的女人，一般都是普通平庸之辈，她们埋头于家务，窃窃私语，惹是生非，一点儿鸡毛蒜皮的事就会引发一场大哭大打之战，闹得鸡犬不宁。与她们的来往和接触，在默吐苏登的生活里是司空见惯的。他自己的结发妻子也将在家庭渺小的部分获得位置，被日常家务的琐碎卑微所困扰，在家庭的围墙里，过着在男人指示下的通常妇女的生活——他的想法没有越过雷池一步。对待女人需要艺术技巧，其蕴含着失与得的一种复杂问题。这件事没有在他精于计算的机敏的脑子里获得一席之地。从植物观点看，蝴蝶是无用的、多余的，然而他不得不承认蝴蝶交配所起的作用；同样，默吐苏登对未来妻子的想法也如是观。

婚礼之后，他第一次看见古姆迪妮。她拥有一种无与伦比的优美，像神的化身。每一瞬间，他满怀着那种希冀。古姆迪妮的美丽就属于这个愿望，那种优美如同启明星，它独立于夜晚世界，属于清晨世界的彼岸。默吐苏登在自己下意识的心灵里，自己朦胧的想象里，自觉不自觉的欲望里，认为古姆迪妮比自己优秀。至少在他心底已浮现一种想法：应该符合某种配得上古姆迪妮的说法。

"说些什么，聊聊吧。"想着想着，他猛然间向古姆迪妮没头没脑地说道,"阳光是从这里射进来的?"

古姆迪妮没有做任何回答,默吐苏登拉直了右边的窗帘。

又是一阵沉寂。突然,他又说:"你感到冷吗?"说着,没有等待回答,他从对面的座位上抽出一条英国毛毯,盖在自己与古姆迪妮的脚上。这样,他与她建立了共同遮盖物的有福共享的关系,默吐苏登由此高兴得身心战栗。古姆迪妮很惊讶,欲去掀开毛毯,然而又控制住自己,退到席位的一边坐着。

就这样,过了好长一会儿,默吐苏登的目光蓦然间落到了古姆迪妮的一双纤手上。

"让我瞧瞧。"说着,他突然拿起她的左手,放到自己的眼睛底下。他又问道:"你手指上的戒指是什么做的?它好像是翡翠制成的。"

古姆迪妮依然默不作声。

"你瞧,我不喜欢翡翠。你脱下它!"

默吐苏登曾经买过一副翡翠镯子,就在那年,他满载亚麻的船只与豪拉桥相撞而沉没,从此,他认为翡翠是非吉祥物,无法接受它。

古姆迪妮缓缓地企图挣脱他的手,但默吐苏登牢牢抓住不放。他说:"我把翡翠戒指替你脱下来。"

古姆迪妮大吃一惊,说:"不,让它戴着。"

在一次弈棋中,她获胜,兄长送她一枚戒指,作为奖励。

默吐苏登暗自发笑,寻思着:"我在她内心里对戒指的态度中发现一种稀罕的欲望。"通过这件事,他认识了古姆迪妮的本性。他思忖,今后,不时通过馈赠头饰、手钏、臂镯、项链等物,获得能通向可怜女人心灵的直接途径;在这条道路上,没有默吐苏登施以的影响,是毫无出路的，毕竟他的年纪比她大了许多。

默吐苏登从自己手上脱下一枚硕大的荷花状的宝石戒指，微笑着说："不用害怕，我用另一只更贵重的戒指换下它，给你戴上。"

古姆迪妮再也无法忍受，轻轻推了一下，挣脱了自己的手。这样，默吐苏登生气了，他无法容忍对自己统治的反抗。就用生硬的声音强调说："瞧，你必须脱下这枚戒指。"

古姆迪妮低垂着脑袋，默然无语地坐着，她的脸涨得通红。

默吐苏登又说："你听见没有？我说你脱下为上策。脱下，给我！"说毕，他准备拉她的手。

古姆迪妮退缩自己的手，说："我脱下。"

然后，她把戒指脱下。

"拿来，放到我手上！"

她执拗地说："我自己放好它。"

默吐苏登发怒地吼叫："放着它有什么用？你心里也许想，它是件价值连城的宝物！你今后再也不许戴它！我再强调一遍！"

古姆迪妮说："我不再戴它。"说着，她把它放进小钱袋里。

"为什么？你心里为什么对这件普通首饰感到那么伤感？你的固执看来不一般。"

默吐苏登的声音十分刺耳，耳里仿佛响起粗糙不平的砂纸的摩擦声，古姆迪妮全身仿佛散了架似的。

"谁给你那枚戒指的？"

古姆迪妮仍旧一言不发。

"不是你妈给的吧？"

她不得不做出回答，沉吟了一下，用模糊不清的声音说："哥哥给的。"

　　"哥哥给的，原来如此。"默吐苏登十分清楚，其兄的景况是什么样的穷酸相，其兄的戒指，犹同挖壁洞的工具！这个家庭不可能给她值钱的物品。但是，比这更刺伤默吐苏登的心的是，古姆迪妮的兄长对她来说现在依旧是头等重要的。这种情况原本应说是自然而然的，可以容忍的，但默吐苏登无法忍受。当一富翁在拍卖交易里购进旧式地主的土地，而人们又不时长吁短叹，念念不忘旧制度，那时，新主子心里就会滋生莫名的妒忌之火。默吐苏登此时此刻的感受就是如此。默吐苏登寻思着，如何使她尽快忘掉这件事，让她明白，从今天起，我是她唯一应该惦念的。此外，身上抹姜典礼那天对新郎的侮辱之事，默吐苏登相信，维帕勒达斯一定插了手。尽管纳沃戈巴尔在婚礼次日就对他说明："大兄长，在婚房里进行鱼肉收入交易一事，维帕勒达斯兄长绝没有插手。他不知晓这一切事故，那时他病得很厉害。"

　　默吐苏登虽然那时暂时放下戒指之事，但心里仍铭记着。

　　除了行为方式，还有一个原因是，古姆迪妮的价值突然涨起来。就在努尔那卡尔举行婚礼那天，默吐苏登收到了如下电报：亚麻出口中获得了大约二百万卢比利润。毫无疑问，这是新媳妇命运的力量所致，妻子命运里有着生财之道，它的明证是二百万卢比垂手就得到了。这样，古姆迪妮被安排在车内坐着。默吐苏登满心高兴，他又拟好一份未来利润的成熟文件，正往家赶去。不然，今日短途的旅行，说不准会发生什么不幸的事儿。

第二十一章

自从获得王公的称号，加尔各答的考什尔家人住宅的大门上，已经赫然镂刻上"默吐宫殿"几个大字。在那宫殿的铁门的一个角落，今天奏起民间的喜庆鼓乐，一支军乐队在花园里欢鸣着。门顶半月形横匾上写着"神明保佑"，傍晚，在光线斜射下，字迹显得更加令人目眩。从大门到屋宇，铺着一条砾石路径。砾石道旁，青翠欲滴的蔓藤、万紫千红的花朵，更增添生命的光彩；通向屋宇前的高台的阶梯铺着红色的地毯。载着新郎新娘的车子，缓缓驶过诸亲好友的队列，停在指定的位置。顿时，鼓乐齐鸣，人声鼎沸，仿佛嘶鸣的千军万马拥到同一个地点。默吐苏登的一位风烛残年的远房祖母赶来庆贺，她的头发分缝用厚厚的一层朱砂涂抹着；身穿宽大的红色纱丽，身体肥壮，手戴着粗大的黄金手镯和贝壳指环。她从银罐里取水，洒在新娘的脚上，用衣襟抹去水迹；然后，给姑娘戴上铁镯，象征吉祥如意；最后，在姑娘的脸庞上，抹上少许蜂蜜，说："多少天之后，我们蔚蓝的天空将出现望日的圆月，湛蓝的湖中将开出金色的莲花。"

新郎与新娘下了车。年轻客人眼里充满了妒羡的神情，一位说："新郎官洗劫了神仙天堂，掳来了铐着金锁链的仙女。"一位说："倘若在往昔时代，万众瞩目的如花似玉的姑娘，必然会引起王公之间的你争我夺的战争。今日亚麻利润就能使人万事如意。迦梨时期众神也是冷漠无情、缺乏情趣的，命运转盘的所有星座都成为吠舍种姓。"

随着选婿、新娘规范等典礼的一一完毕，天色已黑，为避开死亡之夜,新郎新娘各自去睡觉。

古姆迪妮想起自己一位姐姐的婚礼,但她没有在自己家里见到任何新娘进府。青春窦开前,她就随兄迁徙到加尔各答——获得兄长的无限慈爱的庇护,童年心灵的幻想世界,没有依普通世界的宽大框架构建。童年时期,她潜在的对丈夫的渴求化为对湿婆神的膜拜,把伟大的苦行僧、蛰居在深山的光芒四射的湿婆看作是理想丈夫的化身;而只把自己的母亲视为贞操女子的典范形象,母亲是何等温存,安详、美丽,她的性格含有多大忍耐,多大痛苦,对神膜拜的痴迷,祈祷的虔诚,服务的不倦精神!而对自己丈夫的亏待,又是她性格的另一面;尽管如此,她的品格豁达、慷慨、崇高,没有虚伪、低卑;她那种特殊的自尊感,仿佛是在遥远的往世书时代的理想模式里所塑造成的。她的生活里,每天都被证实着,与生命相比尊严是重要的,与利益相比权力是至上的。概而言之,她与她那一营垒的人是具有崇高尊严的人;她们的原则是,不管自己是否受到损害,维护不可侵犯的完美尊严是至关重要的,而不是显露狭隘的高傲。

那天,古姆迪妮的右眼又跳动了,她内心充满着虔诚的情感,她怀着自我奉献的坚定信念。那种可能会出现的艰难险恶的障碍,吹毛求疵的毛病,压根儿没有潜入她的思维里。达摩衍蒂怎能事先料到,选择那罗作为自己的夫婿呢?达摩衍蒂内心肯定存在着某种难以言状的疑虑——难道古姆迪妮不会同样有那种忧虑?①选婿的全部活动都

---

① 印度两个国王,一个有一个女儿叫达摩衍蒂,另一个是儿子那罗。两人长得绝伦的美。俩人没有见面但双方所闻赞美之词,萌生爱意,用鸿雁传递爱意。后来举行自由选婿,即女子在大庭广众选择夫婿。当时有五个男子参加选婿活动。但由于五人装束几乎相同,再者达摩衍蒂与那罗没见过面,使达摩衍蒂极为困惑。后来求助天神,才有情人终成眷属。这种自由选择是盲目的,女人十分忧虑,就任凭命运捉弄。

按部就班地进行着，王公也来啦，但古姆迪妮内心所期待的形象在外界能寻觅到吗？她没有计较他的模样，没有顾及他的年龄，但王公呢？她怎能获得自己心灵的真正王公呢？

今日，古姆迪妮迈过了祈愿的门槛，接受步入新世界的邀请。在那祈愿里，为什么不响起吉祥的霹雳声，从而使古姆迪妮从那霹雳声中谛听到天际神仙的祝福咒语呢？许下全部祈愿后，为什么听不到用庄严声音赞唱对宇宙之父的礼歌呢？

宇宙之父身上永恒男女结为一体，如同句子与意义，密不可分。

第二十二章

早先，默吐苏登来加尔各答定居时购买了一幢旧房，那幢四方形的房屋如今已筑成他的内宫。不久，他又在它前面按眼下的时髦样式，修建了一座新式的宫殿，与内宫相邻，那就是他的办公楼房。两座宫殿虽然紧密相连，但它们显示着迥然不同的两种风格：外面宫殿的地面全部铺设的是大理石地板，上面铺着英国地毯。墙上贴着彩色壁纸，挂着各式各样的图画，有的是木刻画，有的是油画，有的是装饰画。有的画面里猎狗追逐着牝鹿，有的画面画着生活在靼皮的名马，有的呈现外国的风景画面，有的画着沐浴的裸体女子画像。墙上壁龛里，无次序地置放着中国瓷器、青铜盘碟、日本扇子、西藏拂尘等各式各样的不相关联的物件。鉴赏、购买、布置这些家庭装饰物的重任，落在默吐苏登的英国助手身上。此外，屋内还安放着用天鹅绒或丝绸包裹的沙发和椅子。一个玻璃柜里，整整齐齐码着豪华装帧的英国图书，雇用了一个专门从事擦灰扫地的清洁仆人，不让其他人插手这项工作；一只三脚凳上放着一些家庭成员和外国客人的相册。

　　内宫第一层楼的屋子阴湿、黑暗，烟熏得到处乌黑。院内垃圾满地。自来水管也安置在那儿，人们长年累月在那里洗碗碟，洗衣服。不用水时，水管也经常开着。楼上阳台晾着妇女们潮湿的衣服。系在木棍上的大鹦鹉吃剩的残渣，撒满院地；阳台的围墙上，满眼是嚼过的槟榔渣子，抑或是各种污秽的不清晰的印记。院子西边，遮雨檐屋后面是厨房，饭菜气味、烧煤烟味不时飘逸到楼上屋宇。厨房外有一块被墙围着的小空地，一角堆积着柴火煤炭、炉灰、破裂花盆、破旧篮子等垃圾什物。另一角系着一两头牛、几只羊，它们的草食、牛羊粪便也堆在那儿。全部围墙是由圆形干牛粪饼垒起的。旁边长着一棵柠檬树，牛系在树枝上，果实不时从那被拉弯的枝干上掉下，枝叶也不时被打落，树显得虚弱不堪。这不大的土地是属于内室的，其余土地属于外界。外界的土地上，有蔓藤棚、花圃、曲径草地、小砾石道路、石雕和铁椅等。

　　内宫的第三部分是古姆迪妮的卧室。用黑檀木制作的大床放置在那儿，网状的蚊帐套住了它，蚊帐边缘垂悬着真丝缨子；床上方挂着一幅裸体女人的肖像画，她用双手捂住自己的胸脯，演着害羞的戏剧。床头另一方挂着默吐苏登自己的一幅油画，此画突出了克什米尔风格。一个大的衣柜靠着一面墙，衣柜上有一面镜子，镜子两旁有中国的瓷烛台。衣柜前面放着中国大瓷盘，瓷盘上放着香粉盒、月形梳子、各种香水、香水喷器和其他各种日用品，这些物件都是由默吐苏登的英国管家购来的。在玫瑰玻璃花瓶里插着一束花。写字台放在屋里的一角，上面安放着贵重的石制文具盒，里面有笔和纸。到处置放着宽厚软垫的沙发和安乐椅，还放置不少三脚凳，上面放着茶叶，它也可用来玩牌。适合新女皇的卧床应该是什么样子的，这是默吐苏登特别操心的事，内宫最高地方的那所屋舍，现在看来仿佛是披着褴褛衣服的乞丐头上扎着镶嵌宝石的头巾。

末了，度过了喧闹且隆重的一天，古姆迪妮步入这间新屋，那位莫迪妈带她来这儿。事先已确定，今晚，她与古姆迪妮一块睡在这儿。同时，另一支妇女队伍也莅临该地，看来她们不想对自己的好奇和欢乐热情降温，但莫迪妈阻拦了她们。一进入新房，莫迪妈就拥抱着古姆迪妮说："我去隔壁房子一会儿——您可少许哭一会儿——你内心积聚着成河的泪水。"说罢，她离去了。

古姆迪妮坐在一只凳子上。"先不能哭泣，得先安排好自己。"她思考着。自我戕害自尊犹同伤痛刺骨，这使她感觉最为敏锐。多少年来，她内心所下的某些决心，总无法付诸实现，她那颗叛逆之心总是违背那些决心行事，她无法获得一星半点儿的时光，把那颗心引到路上。她内心自语道："神明，赐予我力量，给予我力量，不要毁了我的生活！我是您的女奴，让我获胜，我的胜利也将是属于您的！"

一位身体结实、皮肤棕色的漂亮的青年寡妇，轻声步入屋内，说道："莫迪妈给您一些时间休息，获假时间已到，我就能进来了。她不许任何人到您身边，她想把您圈起来——好像我们是窃贼，到处转悠着挖壁洞，想通过她的围栏把您偷走。我是您的嫂子，名叫什娅玛·宋德莉，您的丈夫是我的小叔子。我倒是思忖，最终，收支簿将成为他的媳妇，而我看到，那收支簿中存在着魔术，妹妹！在他那般年纪里,用收支簿的力量获得了如花似玉的美丽媳妇;倘若能够侵吞就侵吞,那就不会产生收支簿的神的咒语力量。妹妹,老实告诉我,您喜欢我这个年长的嫂子吗?"

古姆迪妮听后目瞪口呆,回答什么还来不及思索,什娅玛又说:"您该懂得,但不喜欢又有什么关系!您已经往返转了七次,您再来回转二十一次,也无法解开套索。"

古姆迪妮迷惑不解地说:"姐姐,您说的是什么?"

什娅玛说:"妹妹,把话说明白有什么过错?看,您的脸色,难道我们不会明白吗?但我不会让您犯错误的。我们难道会由于自食苦果就会视而不见,听而不闻吗?妹妹,您已落入了那双巨大的强暴之手,要警惕行事!"

这时,莫迪妈进入屋内,看到这般情景安慰她说:"别害怕,别害怕,我正去采集奇花异草。您此刻不会思考到这一层的,所以我在这时刻来看望新媳妇。话是千真万确的,这是吝啬鬼的财富,小心翼翼地守护着。我说过,它似乎是我们小叔子的基本福祉。他用右额占有自己的媳妇,倘若也用左额占有自己的媳妇,那么事情就圆满了。"

说着,她走出屋,片刻她又返回。在古姆迪妮面前,打开槟榔盒,说:"取一个槟榔!有吸烟的习惯吗?"

古姆迪妮答道:"没有这个习惯。"这时候,什娅玛取了一丁点儿烟草,投进嘴里,大步流星地离去了。

莫迪妈说:"我得去供出身印医世家的姨母用膳,现在还不算迟。"说着,她挪步离去。

什娅玛·宋德莉使古姆迪妮内心树立了一种信念。今日,古姆迪妮最需要财富的庇荫。她脑海里勾勒着财富之梦，勾勒着在天堂世界和大千世界进行着各种色彩的游戏；古姆迪妮力图获得这些幻想创造者的帮助。正在这时，什娅玛进了屋，打破了她梦织的世界之网。古姆迪妮闭上双眼，内心呼唤着自己，以坚定的语调自语道："丈夫的年龄很大，所以我不喜欢他，这永远不可能成为事实，若是这样，则成为奇耻大辱。这种做法只能是小户人家女子们的行为模式。"难道她没有记起萨蒂与湿婆的婚事，湿婆的责难者提及湿婆年龄大这一事实来刺激萨蒂，但萨蒂无动于衷，没有听从他们的挑唆。

至今，古姆迪妮内心没有考虑丈夫的年龄和相貌。通常，男女相爱结成秦晋之好，这种爱必须包含相貌品德、身体心灵的相互吸引，也就是相貌取悦，心心相悦。但古姆迪妮从未思索过这类事。她粉饰自己，压制相爱取悦的情感。

这时，一个身穿印花衬衣、套着锦缎围裤、六七岁的男孩进入屋内，紧紧偎依着古姆迪妮的身体伫立着。他睁大了一双可爱的大眼睛，注视着古姆迪妮，战战兢兢，缓缓且甜蜜地叫着："伯母！"

古姆迪妮不由得把他拉在自己的怀里，问道："你叫什么名字，孩子？"孩子以权威的口吻告诉自己带着先生头衔的名字："莫迪拉尔·考什尔先生"，而大伙戏称他为"哈伯鲁"。通常，人们出于地点、时间、身份考虑，维护他的尊严，不得不以父辈赐予的完整名字称呼他。古姆迪妮的心悸动着，把那个孩子抱在怀里，好像获得了某种保护。突然间，她感到，多少日子以来，她一直在膜拜室里向黑天大神供奉鲜花。现在黑天就以孩子的身份，投到她的怀里。

古姆迪妮在痛苦的时刻，祈祷道："您看，为了得到您的抚慰，我特地赶来。"在呼唤黑天大神时,她抚摩着莫迪拉尔圆圆的面颊说:"戈巴尔(黑天大神之名),您拿着花了吗?"

古姆迪妮的嘴里,除了戈巴尔没有吐出第二个名字,而哈伯鲁突然听到了自己的小名,略微感到吃惊。但是,如此甜蜜圆润的音调传到他的耳畔,他内心不可能产生任何异议。

莫迪的母亲从隔壁屋里听到自己孩子的声音,慌忙跑来说:"死鬼!你这猴子竟然窜到这儿来了!"莫迪拉尔·考什尔先生的尊严陷入进退维谷之中。孩子带着哀怨的目光,默默地凝视着妈妈,左手牵着伯母的衣襟。古姆迪妮用右手紧抱着哈伯鲁,说:"让他待在这儿!"

"不,姐姐,已经很晚了,现在该是睡觉的时刻了。在这个家庭里,他是能够很容易被遇到的——像他那般贱的男孩,没有第二个。"说着,莫迪妈领走心不甘情不愿离开的孩子,催他上床睡觉。这时,古姆迪妮的心灵负担一下子减轻了。她仿佛觉得,她获得了自己请求的答复,今后的生活问题将像这个孩子一样,那么简单、单纯。

第二十三章

深更半夜,莫迪妈突然醒来。她发现古姆迪妮盘坐在床上,双手放在胸前,目不转睛的黑眸仿佛凝视着前面的某个人。古姆迪妮越感到从心灵上获得默吐苏登遇到阻力,越想到自己的夫君就是自己日夜膜拜的大神的化身,丈夫委实是个象征的化身;她应该把自己奉献在神的面前。神明使自己的膜拜变成十分艰难的历程,他的形象不是清澈透亮、能一眼看清的,但这正是对虔诚者的考验。毗湿奴圣地的小径,貌似虚无缥缈,但虔诚者依赖自己内心的力量,在那无形中照亮了通向天国的有形之径。"我现在能在无形中瞥见了有形,终于通过内心实践,实现了亲证。如今,神明藏匿在哪儿,我就去哪儿,把自己作为祭品,供奉到神明的脚下。那时,神明绝不会规避我。"她暗自乞求着。

"我的黑天就是牧人戈巴尔,不会是其他人。"她内心吟唱起从兄长那儿学来的赞神曲。

她获得了默吐苏登的粗鲁印象,此时她只视作水上气泡而已,淡而置之——"而那永恒的真实覆盖一切,不可能有另外的,不会有另外的!"此外,她还有一个痛感,就是她视为幻影的东西即是生活的虚无。迄今,正因着虚无,她才可能建设自己的生活;没有它,生活没有任何意义,虚无与生活的意义是不可分割的。她自言自语地说:

这个虚无是完整的——
父亲撒手归天,母亲步其后尘,
所有人都会消失,上帝依然眷恋人间。

尽管父亲撒手人寰,母亲也紧随而去,但他们没有抛弃存在于内心的永恒期待。上帝为什么不使人弃绝,他为了充实虚无而这样做。她将听从天命,顺其自然。心灵的歌儿何时从她喉咙喷放而出,她自个儿也不晓得。眼前,只有她的眼泪从眼眶里吧嗒吧嗒滴下。

莫迪妈没有说什么,只默默地看着,听着。当古姆迪妮久久向神膜拜顶礼之后,叹了口长气,慢慢躺下时,一股忧虑思潮在莫迪妈心田翻腾。从前，她从未想过婚姻、命运等诸问题。

莫迪妈寻思："我们结婚的当儿，还是群乳臭未干的女孩子，心灵的痛苦从没有在我们身边出现过。正如孩童不经任何处理，把生果迅疾投进口里一样；我们也不经任何思考，接受了丈夫的家务，不知个中有何疑难。我们不寻求索取什么，对我们来说，计算日子是多余的、不必要的。那天有人说，今天将是新婚夜，而新婚夜并不是什么苦药，仅仅是一种游戏。但眼前，新婚夜对这位姑娘却是个多么巨大的痛苦！大伯子现在仍是陌生人，嫂子要花费多少时辰，才能把他变成自己的心上人？他如何接触她？这位姑娘为何要忍气吞声面对这种侮辱？他不知花费多少时间挣钱，现在为获取她的欢心为何不能忍受等待呢？在那个女神（财富）面前踯躅不定，而在这位女神面前为什么不能张开口恳求呢？"

这些话题触发莫迪妈的心灵是有缘故的。莫迪妈见到古姆迪妮，打从心底里喜欢她。这个爱的铺垫她在车站见到维帕勒达斯时就已完成。她一见到他，就觉得，恐怖仿佛从摩诃婆罗多那儿被驱走，他光辉四射的形象犹同天下无双的英雄，他宁静的脸庞犹同痛苦的化身，掺和着一种忧伤的神情。一望见他，莫迪妈心里就想，倘若没有人告诉他是谁，她兴许立即会向他行触脚礼。他的光彩照人的形象至今仍萦回在她脑际。这以后，她一见到古姆迪妮，心里就不由自主地道："这位姑娘长得与兄长一模一样。"

家族特征往往与血缘有联系，而与社会无关联，那种与血缘联系的家族纽带是无法扯断的。这种带有血缘关系的家族的不和谐所带来的打击，对妇女的震撼远胜于男人。因着年幼就成婚，莫迪妈没有刺探那种秘密的机会——但她从古姆迪妮内心无疑感受了它。她的身体显示几许光怪陆离的状况，它仿佛是一幅可怖的图画——图画里一头不知名的野兽伸出垂涎三尺的舌头，虎视眈眈地坐着；古姆迪妮站在黑暗的洞口，向神明乞求救助。莫迪妈暗地愤怒地叫喊："上帝！你从前把她投入危险之中，如今你要解救她！天哪！"

第二十四章

翌日清晨，古姆迪妮收到自己兄长的电报："上帝祝福你。"她把那封电报紧贴在胸前，仿佛那封电报曾被她兄长的右手抚触过。但兄长为何对自己的健康情况一字未提呢？难道他的病情恶化？从前，兄长的所有情况对她都是公开的，一切她都了如指掌；如今所有的门都对她关闭了。

今日是新婚之夜。家里人头攒动，闹声喧天。亲家姑娘不间断地挑逗古姆迪妮，她们一刻也不让她安静独处。而今日，她多么需要独处一会儿。

洗澡间就在卧室隔壁，那儿可以淋浴。古姆迪妮获得了短暂的喘息，从自己盒子里取出双方爱的结合布头，离开了那儿，进入浴室，从屋内关上门。布头放在白玉石的小凳上，自己坐在前面地上，内心喃喃自语着："我是属于你的，今天你就带我走！我不是其他人的，我是属于你的，属于你的，属于你的。你那爱的结合形象照耀我的生活。"

这里，医生诊断说，维帕勒达斯的流行性感冒已转成肺炎。纳沃戈巴尔独个儿赶来加尔各答，为新婚之夜馈赠礼品——一件十分豪华的礼品。倘若维帕勒达斯在的话，不会那么大肆铺张的。

为庆贺古姆迪妮的婚礼，原定召唤她四位姐姐前往。但一得悉考什尔家族不是正统婆罗门，各自家里的人都不允许她们前往参加婚礼。而古姆迪妮的三姐想方设法，不惜与婆家争吵，终于在婚礼次日抵达加尔各答。纳沃戈巴尔对她说："你们到这家，我们的尊严就会丧失。"他今天把家庭的一些年轻姑娘聚集在一块，委派一位年迈的仆人看管。古姆迪妮看到这般情景，心里琢磨，看来双方至今不忘旧怨，没有讲和，恐怕永远也不可能讲和。

古姆迪妮开始梳妆打扮。过去十分亲近的爱取闹的人，现在应该成为被款待的客人。默吐苏登早已嘀咕，再耽搁要误事了，明日他得去上班工作。晚上九点，仆人按吩咐在院子里敲起了响钟。现在，一分一秒也不能延误，谁都没有胆量违反时间的规定。宴席已散。一看到天空秃鹰的影儿，鸽子就心惊肉跳，古姆迪妮的心也战栗不已。她冰冷的手沁出汗，脸色顿时吓得苍白。一出屋子，她马上抓住莫迪妈的手，惊恐万状地说："请您把我带到可庇荫的地方躲一会儿！让我独自待上十分钟！"莫迪妈立即把她带进自己的卧室，从外面把门反锁好。站在屋外，擦拭着眼睛，不禁唏嘘说："这是带着什么命运迈进这个府的！"

十分钟过去了，二十分钟过去了。人们来了，新郎去卧室问媳妇哪儿去啦。莫迪妈答道："如此催命，怎能办好事？难道媳妇不要时间卸妆？"莫迪妈企图拖延，给她更多时间休息。末了，她明白再耽搁要坏事，她打开门一看，媳妇昏厥过去，躺在地上。

一片喧哗、惊慌。众人费了九牛二虎之力，把她扶上床。有的往她头上浇水，有的扇扇子。隔了一会儿，古姆迪妮醒了过来，她不知晓自己身在何处，呼唤着："哥哥！"莫迪妈立即俯下身子，对着她的脸说："姐姐，不用害怕，我是莫迪妈。"说着，她把古姆迪妮的脸放在自己怀里，紧紧抱着她。接着她向大伙嚷道："你们不要拥挤在这儿，我马上把她带出去。"然后，又在古姆迪妮的耳畔安慰说，"别害怕！别害怕！"古姆迪妮缓缓地站起，内心暗自呼唤着上帝的名字，心底向他顶礼膜拜。屋子的一角，哈伯鲁沉浸在睡梦里。古姆迪妮走过去，亲吻一下他的额头。随后，莫迪妈把她带到卧室，说："姐姐，现在还害怕吗？"

古姆迪妮握紧了自己的双拳，说："不害怕了，我一点也不感到害怕了。"内心却说，"这就是我的赴会，外面是一片黑暗，内心却光明普照——'我的黑天就是戈巴尔，不是其他人。'"

第二十五章

这时，什娅玛·宋德莉气喘吁吁地跑来通知默吐苏登："媳妇昏厥过去了！"默吐苏登的心顿时火冒三丈，说："为什么，她的情况怎么样？"

"无法说清，她'哥哥，哥哥'地唤个不停，接着就蔫了，无精打采。您去瞧瞧？"

"怎么啦，我可不是她的兄长！"

"您这种发火徒劳无益，无济于事。孩子，他们是大户人家。现在培育感情需要花费时间。"

"她天天昏厥，我就天天奉陪，在她头上搽涂油膏，难道我就为此与她结婚？"

"我听了您的蠢话，不禁好笑，宝贝！这里有什么过错？在我们这个时代里，许多事情上不得不丧失尊严，这已是司空见惯了。何况，现在还不是那种情况。眼下火烧眉毛的事是设法使她苏醒过来。"

默吐苏登怒不可遏，按兵不动。什娅玛·宋德莉动情地走到他身旁，握住他的手说："孩子，不要如此心情不好！见到你这般情景，我是无法忍受的。"

以往，什娅玛没有这个胆量与默吐苏登靠得那么近劝慰他。聪慧的什娅玛走到他身边，默然无语。她深知，默吐苏登无法忍受多嘴多舌。女人天生的直觉告诉她，今日默吐苏登已不是昨日的默吐苏登。今天，他软弱无力，他无法保持高度警觉，维护自己的尊严。什娅玛把自己的手放在他手里，她深知，他不会讨厌这种做法。新媳妇曾刺伤了他的天然自尊性，那种刺伤在某个地方获得治疗，内心就会平和下来。照理，什娅玛是瞧不起古姆迪妮的，是不会尊重她的，这并不是个低卑的举止。什娅玛难道比古姆迪妮长得丑？尽管她的肤色略微显得黝黑些，但她的眼睛、她的头发、她性感的嘴唇，古姆迪妮是无法比拟的！

什娅玛突然说："你看，媳妇来了，我得走开。你注意，她还是个女孩子，不要同这可怜的女孩动肝火。"

古姆迪妮拖着疲惫不堪的身子迈进屋内。默吐苏登难以容忍地说："你在家里有昏厥的习惯，是吗？但在我家你不许这样做，你应该抛弃努尔那卡尔家乡的陋俗。"

古姆迪妮目不转睛地凝视着他,一句话也不说。

默吐苏登见她一言不发,更是火上加油,气愤异常。在他内心深处有着竭力获猎这位姑娘的心的渴望,这就是他强烈且无故发怒的缘故。他大为光火地说:"我是忙于事务的人,我的时间很少,所以我没有伺候歇斯底里的女孩子的时间。我想清楚地告诉你。"

古姆迪妮怯怯地说:"你想侮辱我?我甘拜下风。但我内心绝不会领受您的侮辱!"

古姆迪妮在向谁用这种独立不羁的态度说话?是谁站在她瞪大的眼睛前面?默吐苏登骤然间目瞪口呆,不由得思索:"这个女子为什么不与他争吵?她的脾性究竟如何?"

默吐苏登挖苦地说:"你是兄长的好学生。但请你记住,我可是你兄长的高利贷者。我一手购买了你,另一手也可把你卖出去。"

他企图把自视比古姆迪妮哥哥高大的想法硬塞入古姆迪妮的心中,并使它生根,这种做法除了愚蠢不会有其他结局。

古姆迪妮不甘示弱地说:"请听仔细,您要成为冷酷无情的人,请便吧,但不要成为小人!"说毕,她"扑通"的一声坐在沙发上。

默吐苏登用极其严厉的口吻叫嚷:"什么,我是小人,你兄长比我高大?"

古姆迪妮答道:"我知道您是高大的人,才到您这儿来。"

默吐苏登讽刺地说:"你是把我看成高大的人而来,还是出于金钱欲望而来的?"

这时刻,古姆迪妮突然从沙发上站起,扭头夺门而出,坐在露天屋顶下的地上。

加尔各答的深夜——空中寒风吹刮，冷雾弥漫。天空似乎也不高兴，星光朦胧，发出犹如从撕破的喉咙里出来的含糊声音。古姆迪妮内心处于无意识状态——没有任何感觉，没有任何痛楚，她仿佛消失在浓雾里。

这时，默吐苏登也不甚明白，古姆迪妮会如此傲慢地、不声不响地夺门而出。他对自己的失败的巨大愤怒都倾泻在她兄长身上。他坐在卧室的椅子上，望着虚无的天际，紧握着拳头。坐了一会儿，他无法自制，风风火火地冲到外面，站在她背后，吼叫道："大媳妇！"

古姆迪妮吃惊地从地上蓦然站起，背朝着他。

"在寒冷的夜里，你出来干什么？走，到屋里去！"

古姆迪妮直勾勾地凝视着默吐苏登的脸。默吐苏登握有多大的权力，现在一切都烟消云散了。他握住古姆迪妮的左手，缓慢地说："进屋去！"

古姆迪妮的右手还握着兄长的祝福电文。她一直把它紧贴在自己的心上。她没有从丈夫手里挣脱出自己的纤手，默默地、缓缓地跟随丈夫走进卧室。

第二十六章

翌日清晨，古姆迪妮从床上起身坐着，丈夫还酣睡着。古姆迪妮没有瞧他，她害怕使他心情变坏；她小心翼翼地站起，向丈夫致以触脚礼，随后去洗澡间。沐浴后，从后门走到屋顶坐着。那时，弥漫霾雾的苍穹的东方出现了一条暗淡的金黄色的带子。

当太阳出来时,她慢悠悠地走进卧室,发现丈夫已起身离去。在书桌抽屉里,放着她的圆钱袋,为放兄长的电文她打开了它,现在她发现,翡翠戒指不翼而飞。

晨祷之后,她的脸上呈现一种宁静且温柔的神情,但想到翡翠戒指不知去向,她眼里顿时火冒金星。莫迪妈叫她进屋吃奶糖,但她一声没吭,如同石雕似的待着。

莫迪妈惊慌地走到她身旁站住,问道:"姐姐,发生了什么事?"古姆迪妮依然一言不发,只是嘴唇颤抖不已。

"您说呀,我的好姐姐,告诉我,发生了什么事?"

古姆迪妮哽咽地说:"发生了偷窃事件。"

"偷走何物?"

"我的戒指,我兄长给我的祝福戒指!"

"谁偷的?"

古姆迪妮没有说出谁的名字,但手指向外面。

"冷静些,姐姐,他与您开玩笑,马上就会完璧归赵的。"

"现在,我不去索回,我等着瞧,他会做出多少欺负人的事!"

"好吧,这件事会很快过去的。现在您该吃点什么,走!"

"不,我咽不下这里的食物。"

"我的女神姐姐,这样我的关切就落空了!"

"请问一句话,难道从今日起,我的任何东西都不能保存?"

"是的,无法保存自己独立的东西。一切都得依附于丈夫的心愿,夫唱妻随。您不晓得,书上不是写着'女奴'两个字吗?"

女奴!她突然想起《罗怙世系》里因陀默蒂的话:

主妇是夫君不可分割的助手，

亲爱的女伴通晓优美的艺术。

这个文本里哪儿都没有写着女奴的名字，刹帝旺的莎维德丽难道是女奴？《罗摩传后篇》里的悉多是女奴？

古姆迪妮理直气壮地诘问道："女人是谁的女奴？他是哪个家族的人？"

"您迄今没有认识这个人。他不仅使别人奴隶般地工作，也使自己从事奴役劳动。哪天他不去办公室，就要克扣自己一份报酬。一次，他生病，一个月没有去办公室工作，他就削减了两三个月的伙食费，以补偿一个月工资的损失。多少日子以来，我担负起全部的家务，他精打细算，也只给我一个月的工薪。他不认谁是亲戚。在这个家庭里，从主人到仆人都是奴仆。"

古姆迪妮沉默了片刻，随后开口说："我也干奴仆工作。我每天获得一份饭食，将会论价偿还的。我不成为工资女仆就不待在这个家庭里。走，让我去工作！全部家务的重担不是压在你的身上吗？你就把我视为你的属从，给我工作做！从现在起，谁也不许对我开玩笑，称我为女王。"

莫迪妈不禁发笑，托住古姆迪妮的下巴，说："您现在得听我的话，我下令——去用早餐！"

一走出房间，古姆迪妮就说："妹妹，你看，我是为奉献自己的意愿来本府的，可他不是这般思量。如今他是获得了一位女奴，而不是获得了我的芳心。"

莫迪妈说:"砍柴人只知道砍树,他得到的是木柴,不是树。园丁懂得维护树木,所以他获得了花果。您落到了砍柴人手里,因为他是个商人,他心底没有称为心疼那种东西的位置。"

一次,古姆迪妮回到卧室发现,三脚凳上放着玻璃做的镇纸。原来哈伯鲁把自己作为奉献的祭品,偷偷地藏了起来。她即刻到户外寻找,发现他躲在门后不作声地站着。因为他母亲不许他进这间房子,害怕主人为此类小事动肝火。家里人都知道,默吐苏登绝不会放弃自己的工作,去帮助别人。每每遇到这种情况,默吐苏登善于退避三舍,躲得远远的。

古姆迪妮抓住了他,把他带进自己的屋里,让他坐在自己怀里。她常把屋里作为装饰用的东西当作玩具给他。于是,他们俩就玩耍起来。古姆迪妮明白,哈伯鲁异常喜欢镇纸——他不懂玻璃里如何嵌进彩色的花朵。他越玩越觉得好奇。

她说:"你要这个镇纸,戈巴尔?"

他从未听到过自己不敢奢望的建议,他啥时能够抱着获取这个镇纸的想法?他怀着难以置信和令人惊诧的眼神,望着古姆迪妮的脸。

古姆迪妮说:"你把它拿去吧!"

哈伯鲁无法克制自己的狂喜——他一把握住它,活蹦乱跳地离去了。

那天傍晚,莫迪妈走进屋说:"姐姐,你干了什么?大伯看到哈伯鲁手里拿着镇纸,怒火中烧,从他手里抢走镇纸,说:'小偷。'并狠狠地揍了他一顿。孩子连您的名字都没提一声。我教唆哈伯鲁行窃这件事将会不胫而走。"

古姆迪妮呆若木鸡地坐着。

正在这时,默吐苏登气呼呼地走了进来。莫迪妈惊慌失措,欲逃不能,呆住了。默吐苏登手拿镇纸,轻轻地放回原来的地方,扶正摆好。随后,他带着自信的神情,以平静且严肃的口吻说:"哈伯鲁从你屋里偷走了这个镇纸,今后要小心放好东西!"

古姆迪妮以尖锐的语调说:"他没有偷。"

"好吧。对,他拿了它。"

"不,我赠给他的。"

"你这样做,想惯坏他?请你记住我的话,没有我的命令,任何东西不许馈赠给人。我不喜欢颠三倒四说话。"

古姆迪妮冷不防站起,气愤地说:"你有没有拿我的翡翠戒指?"

默吐苏登沉着应道:"对,我拿了。"

"难道它不够偿付你的玻璃块的价值?"

"我早对你说过,你不许保存它!"

"你可以保存自己的东西,而我就不能保存自己的东西?"

"这间屋子里任何东西都不是属于你自个儿的。"

"我自己的东西也不能归我自己,那么你这所屋子就没有我的插足之地了。"

古姆迪妮正气呼呼地往外走,什娅玛进屋,说:"媳妇去哪儿?"

"干吗?"

"从早晨起,我一直拿着早餐坐等着,她难道来这家要绝食?"

"究竟发生了什么事?努尔那卡尔的公主不想进餐就不进餐,你们难道是她的女奴?"

"去你的,亲爱的,现在她还是个黄毛丫头。你不应为这区区小事而如此发火。她不进食,身体将会挺不住的。那天她不是昏厥过去了?"

默吐苏登暴跳如雷,说:"不用你们多操心,你们通通离开!她饿了自然会进食的。"

什娅玛怏怏不快地走了。

默吐苏登的头上青筋突暴,血往上冲。他迅即走进洗澡间,打开水龙头,把头放在水龙头下冲洗。

第二十七章

那天,已近黄昏时分。人们四处寻找古姆迪妮,哪儿都不见她的人影。最后人们获悉,她去储藏室旁边的一所小屋,那屋内放着蜡烛、灯盏、煤油灯等杂物,她在地板上铺一张席子坐着。

莫迪妈进屋,问道:"姐姐,您干吗这样做?事情闹到如此地步?"

古姆迪妮答道:"这个家庭里,我只配做清洗烛台、灯盏之类的活儿。这样,这间屋就是适合我待的地方。"

莫迪妈说:"姐姐,您做了天大的好事。您为照亮这家宅而莅临,但您不该为照看烛台灯盏之物而来。现在,您得离开!"

但是,古姆迪妮纹丝不动。

莫迪妈继续说:"好吧,那我就与您一块儿睡在这儿。"

古姆迪妮坚定地说:"不行!"

莫迪妈终于明白，这位品行优秀、纯朴直率的姑娘身上有着实现理想的坚毅力量。她不得不打道回府。

晚上，默吐苏登进屋睡觉，想知道古姆迪妮去向的讯息。当得知她的去向时，他思忖，她能在那儿待多长时间，我等着瞧。越阿谀奉承，她脾气会越固执。

沉吟了一会儿，他灭了烛灯上床睡觉。但他辗转反侧，怎么也无法入眠。每听到脚步声，他都以为她正朝屋子里走来。一次，他仿佛觉得她站在门外，他马上从床上跃起，走到屋外，但屋外没有人影。随着夜晚的逝去，他的心一直忐忑不安。其实，他内心没有力量忽视古姆迪妮的存在。然而，让自己主动走去向她道歉，承认错误，又违反他的"政策"，违反他的自然本性。他起床用冷水洗脸，企图强迫自己入睡，但睡意始终规避他。他焦急不安，无奈起身坐着。他无法抑制自己的好奇和忧虑，手擎一支烛灯，不声不响，经过一排排沉浸于梦乡的小屋，来到了内院的清扫间旁。他侧耳倾听里面的响动，屋内没有传出任何声息。他蹑手蹑脚，小心翼翼地开启房门，看到古姆迪妮在地上铺了一张席子，席子一头卷起，当作枕头，她就这样枕着草席枕头躺着。默吐苏登以为自己没有睡意，古姆迪妮也理所当然睡不着。但他看到，她好像做了一笔马儿生意，甜蜜地酣睡着，甚至灯光落到她脸上，她都没有醒过来。隔了片刻，古姆迪妮动了动身子，翻了个身。默吐苏登像小偷见到主妇醒来似的，慌忙逃了出来，他害怕，可别让古姆迪妮瞧见他的失败屈辱的狼狈相暗自窃笑。

默吐苏登从屋里出来，走进院子，迎头撞上什娅玛，她手执着小灯盏。

"你干什么,亲爱的,你从哪儿钻出来,在这儿现身?"

默吐苏登避而不答她的问话,说:"你去哪儿,嫂子?"

"明儿是我实践誓约之日。我将叫人做婆罗门的饭,我正去筹划这件事。我将邀请您,不过,我可没有香火钱给您。"

默吐苏登正要启齿作答,但他克制住了。

深夜的黑暗里,在烛光照射下,什娅玛楚楚动人。什娅玛嫣然一笑,说:"今日从睡梦中醒来,就见到像您这样幸运的男子,这样,我今天的时光将会愉快地度过,誓约将会成功。"

她强调了一下"幸运"两字——但默吐苏登感到,它犹同是一种痛苦。什娅玛没有勇气清楚地询问古姆迪妮的情况。"明儿,你一定光临敝舍用餐。"说毕,她涨红了脸离去。

默吐苏登走进自己的屋子,躺在床上。他特意把灯盏放在门外——或许古姆迪妮会驾临。古姆迪妮熟睡的脸庞,怎么也不想从他的眼前退去。他一次次回忆,古姆迪妮从披巾中下意识伸出的漂亮的纤手。婚礼时刻,她把纤手放在自己粗大的手里,他不曾仔细端详。今日尽管端详了一番,但仍没能尽兴。他何时能有握有这只纤手的权力?想着想着,他无法躺在床上,一骨碌坐起,点燃蜡烛,打开古姆迪妮的书桌抽屉,发现了那只圆形袋子。他首先从里面取出维帕勒达斯的那份"上帝祝福你"的电文;然后又取出一张照片,那是她的两位兄弟的像;最后掏出一张纸片,维帕勒达斯在上面写了一首歌词。

默吐苏登见物顿生怨恨,像是内心受到打击,满布伤痕似的。他咬牙切齿,暗自下决心要把维帕勒达斯一口吞掉。他自信,吞掉其兄的那天一定会到来。但在眼前,要完全控制十九岁芳龄的古姆迪妮是超出默吐苏登的能力的，然而这时只有抢夺它，他的心灵才能获得平静。他除了采用强制手段外，别无他法。今天。他没有勇气抛弃圆袋子——不像那天，他敢冒天下之大不韪，取走她的戒指；那时候，他满以为，古姆迪妮与普通女子一样能够轻而易举地被降服，而她又喜欢那种制服。今日，他才恍然大悟，古姆迪妮愿做什么，不愿做什么，要领会她的行为举止，不是件容易的事。

唯一能把古姆迪妮的生活与自己绑在一起的途径，是让她做孩子妈妈，他念及这点获得了一种聊以自慰的感觉。

他左思右想，时钟悄悄地打过了五点，然而冬夜的黑暗依然没有褪尽。隔一会儿，天际将吐白放亮，今日他整个夜晚将白白虚度了。默吐苏登即刻走出户外，走到清扫间面前，故意用脚踩出清晰的响声。随着声响，他打开了门，发现古姆迪妮不在屋里。她去哪儿了呢？

听到外院自来水管滴水的声响，他走到廊厅里，发现古姆迪妮用罗望子洗刷多日堆积在屋里的、已生了铁锈的灯架。默吐苏登认为这公然是一种示威，一种按自己意愿的做法的示威：它公然是一种企图在严冬里更加增添他夜晚无眠痛苦的挑战。

默吐苏登呆若木鸡，站在上面阳台上，茫然凝视着。如何能挫败女人的高傲之心，他精思竭虑着。家里人清晨起来，看到她洗刷灯架，他们会如何想？这原本是仆人的活儿，仆人们见状会如何想？在整个世界面前，他除了成为笑柄，还会有其他的好兆吗？

默吐苏登曾在心里闪现过冲动：到下面自来水管处，走近古姆迪妮。但是，大清早，他俩在院子里大吵大闹，整个家里人都会起床跑出来看热闹。念及这种闹剧可能会出现，他就驻足不前。他唤来二弟那温，说："家里正发生着什么事，你去查看了吗？"

那温深知，兄长随时会莫名其妙地发怒，那时谁都逃脱不掉挨骂。

默吐苏登说："大媳妇像疯子般干着蠢活，究竟为什么？我怎么蒙在鼓里，一点也不晓得。"

大媳妇如此装疯卖傻，那温没有胆量解答这个问题——因而他也装聋作哑。他暗自告诫自己，可不要引火烧身。

默吐苏登说："二媳妇惯坏了她的脑子。"

那温战战兢兢地说："不会的，二媳妇自个儿……"

默吐苏登打断话茬儿说："我亲眼看见的。"

那温无以对答。那块镇纸之事，也应属于这"亲眼看见"之中。

第二十八章

当莫迪妈以真心诚意对待古姆迪妮时，那温就料到，家里人是不会容忍这种行为的——家眷就为此事相互间传播着流言蜚语。那温当时就猜到，此事一定会引发某桩意想不到的事故。对抗默吐苏登这种意料之中的责难，是不会有好结果的。他深知，若这样做只会加剧他的执拗。

默吐苏登没有明确指出究竟发生了什么事，或许他羞于启齿；他又含糊其词，没有阻止她那种疯狂的举动。唯有明白的是，他把整个责任推到二媳妇头上。因而，依照夫妻生活的原则，责任分为头和尾，头的那部分自然落到那温的命运上。

那温离开默吐苏登，向莫迪妈道："我们面临一件新的棘手的事。"

"为什么？发生了什么事？"

"它是自身暴露,还是兄长或你通晓?然而诅咒首先落到我头上。"

"什么,你说清楚些不行吗?"

"在他们新交易的进款里,是我来纠正你,还是你来修正我的过错?"

"当然,首先从我头上开始修正活动。我倒要瞧瞧,与你兄长比较,你手中有多大的名望,或者干脆没有。"

那温胆怯地说:"兄长的奥利萨仆人打碎了餐具,而由我支付罚金的主要部分,这你懂的——原因是明摆着的,因为这些东西统归我管理。但眼前那件进他家里的东西,难道也属于我管辖的范围?然而,我俩不得不支付罚金。所以,你想干什么就干什么,但不要增添我的痛苦,二媳妇!"

"你所指的罚金是什么意思?"

"他在勒吉伯布尔搞运输期间,不时给以某种威胁。"

"你胆小怕事,所以他不断得寸进尺地进行恫吓。一次,派车运输,难道付了运输车费,不能使唤车子回来?你兄长即使气昏头脑,也不会算错账的。他知道,他辞退我管理家务的工作,是绝不会省钱的。如果什么地方平白无故地损失一个铜板,他也是不堪忍受的。"

"你都明白,但眼下怎么办,你说?"

"你去对兄长说,不管他是天大的王公,他也应安排靠工资吃饭的人,他这样做不会破坏皇后的尊严——他应自己承担尊严的重负。你劝导他雇请一些苦力工人。"

"二媳妇,我没有必要去开导他。两天后,他自己会清醒过来。你应做女使角色,不管有无结果。他将会发现,我们靠工资吃饭,不会昧着良心偷偷侵吞他的东西。"

莫迪妈去寻找古姆迪妮。她知道，一清早古姆迪妮会去屋顶。那是用高墙围住的屋顶，墙上开着小洞眼，置放着摆得弯弯曲曲的花盆，上面没有栽树，只插着一些奇花异草。一个角落放着一只铁制的破旧的四方形大笼子，它的底部是木板，已破烂了。曾有一段时间，里面关着鸽子或兔子，现在里面放着泡菜、杧果等诸如此类的食物。这样，既可以防止乌鸦等鸟类偷啄，也可以用太阳烘晒。屋顶上面是苍穹，但从那里眺望不到地平线。在西方天际里，人们可以望见铁工厂高耸入云的大烟囱。古姆迪妮前两三天来到屋顶间坐，只遥望到那烟囱里飘逸出冉冉升起的烟圈，其他什么也见不到，仿佛整个天空就只有那是富有生命的东西，它以极快的速度组成一朵朵花束。

做完了洗刷灯架等活儿，在黑暗里洗了澡，古姆迪妮走到屋顶，脸朝东坐着，湿润的头发在她背后飘拂着——没有浓妆艳抹，穿着一件粗纱织成的、黑色细薄边缘的纱丽，为抵挡严寒还裹着一条用黄麻织成的宽大被单。

多少日子以来，这位女子在内心保持着期待中的丈夫的理想形象，消除着自己内心的精神饥渴；多少膜拜，多少誓约，多少神话故事，在她这个理想形象的塑造中起着推波助澜的作用。她是位在自己心灵的森林里与情郎幽会的女子。清晨起来，她用罗摩格利曲调，唱着一支歌：

你我相爱着，
请听，我的心上人！

她自己心灵对未来到的人请求的祭物，仿佛像每天斟满酒的小杯，遣送到他身边。雨季的夜晚，内院花园树木的枝叶因着不间断的雨水洗刷，狂欢起舞，那时她内心响起卡赫拉音调的歌儿：

当脚环响起铿锵声，
我怎能回家呢？

在忧郁的心灵的步履里，响起了脚环的叮当声——那步履毫无目的地在道上踟蹰着。她渴望望见他。在难以名状的欢乐与痛苦的日子里，她若能与心上人邂逅，内心所有的歌儿就会获得生命。但是，旅行者没有在她门口驻足。在自己想象的孤寂凉亭楼阁里，她绝对是孤独的，甚至她成为王公夫人也没有什么特殊的变化。所以，这么多日子以来，她被压抑的爱踩着什娅玛·宋德莉的脚步，在爱的膜拜形式里，盲目地寻找着自己亲爱的人。

正因为如此，当媒人提亲时，古姆迪妮心想"这是上帝的嘱咐"。她不由地问道："这次我能遇到你吗？"不败的花答道："你早已遇到了他。"

这些天来的安排都被证明是徒劳的。石块急速被举起，小舟刹那被沉没。今日，被痛苦折磨的青春又出来寻觅——何处献上自己的花！她放在盘里的祭品，今日也成为难以忍受的重负！因而，今天她释放生命的全部力量歌唱："我的黑天就是戈巴尔牧人，不是其他人。"

但是，这歌儿总在虚无里旋转，它无法抵达某地。这种虚无使古姆迪妮内心充满了恐惧。从今天到生活的最末一日，她心中无限执拗的愿望，难道如同那烟圈一般，在无侣无伴的境况里痛苦呻吟？

莫迪妈退缩到稍远的地方坐着。在清晨清澈的光照下，屋顶上那个不经修饰的美女形象使她惊叹不已。莫迪妈从前曾思索过，自己在这个家庭里如何能获得光辉？这里所有的女子与她相比，归属于哪一类妇女？她们自个儿正与她区别开来，她们由于她的出现而生气，她们没有勇气与她建立亲善关系。

坐着坐着，沉思中的莫迪妈突然发现，古姆迪妮双手用被单边捂住自己的脸，悲恸地哭泣起来。莫迪妈坐不住了，走到她身边，搂住她的脖子，说："我亲爱的姐姐，您怎么啦？向我痛快地诉说吧，这样就会好受些！"

古姆迪妮久久没有说一句话。稍微控制了一下自己的情绪，她终于开口说："今天我仍没有接到哥哥的信。不知他的情况如何。"

"是否错过了收信的时间？"

"没有错过收信时间。我在他患重病时离开他，奔向这儿来。他深知我多么着急，多么期盼他的讯息。"

莫迪妈说："您别杞人忧天，我会想方设法探听他的吉祥消息的。"

古姆迪妮三番五次思忖，想拍封电报去，但叫谁去拍呢？自从那天默吐苏登宣称自己是她兄长的高利贷者，那么高傲自大，盛气凌人，她就无意在他面前提及自己的兄长。今天，她向莫迪妈说："倘若你以我的名义给我兄长拍一封电报，那就为我做了一件天大的好事。"

莫迪妈立即答应说："我一定做到，这又有什么可担心的？"

古姆迪妮说："你知道，我身边一个卢比也没有。"

"您说什么话，姐姐！家里开销的钱都在我手上，它们也都是您的，我是依仗您维持着生计的。"

古姆迪妮高声地说："不，不，不！这个家庭的所有的一切都不是属于我的，一个铜板都不属于我。"

"好吧，我为您花自己的钱。您为什么不吱声？这样做有什么过错？倘若我高傲地给您钱，您可以高傲地不接受；而我是怀着爱的情感为您花钱，您为什么不能以爱的感情接受呢？"

古姆迪妮干脆地说："好吧，我接受。"

莫迪妈问道："姐姐，今天，您将去您卧室睡觉吗？"

"那儿没有我的插足之地。"

莫迪妈再也没有为此多嘴。她的脾性是凡事任其自然，不固执地做任何事。她轻声细语地问道："我去为您取些奶来？"

古姆迪妮急忙说："现在不需要，稍等一会儿再说。"现在，她还没有与自己的神明讲完话，她内心还没获得他的启示。

莫迪妈回到自己屋里，叫来那温说："听着！去大伯子的外间，查看一下他的写字桌上有没有给姐姐的信札——打开抽屉看一下！"

那温慌忙说："要坏事的！"

"你若不去，我就去。"

"这等于去丛林里抓熊崽那样冒险。"

"大伯子去了办公室。他做完工作回来也得花上一个钟头——这期间……"

"二媳妇，你听着，白天，我无论如何不能干这件事，周围来来往往的人太多。今晚我会给你消息的。"

莫迪妈无奈地说:"好吧,只好这么定吧。但能否拍一封电报去努尔那卡尔——探询一下,维帕勒达斯的情况如何?"

"这是应该的。但是,这件事要告知我兄长一声吧。"

"不,没有这个必要。"

"二媳妇,我说,你怎么采取'不死就不能办事'的态度!这个家庭里,没有主人吩咐,连壁虎之类的蝇虫都不能逮的,而我竟敢冒天下之大不韪……"

"以姐姐名义拍电报,这能坏你什么事?"

"但是经我手发出去的!"

"在大伯子办公室里,每天通过差役的手发出成堆的电报。你把它混杂在里面,一起寄发出去!拿着一个卢比,姐姐给的。"

倘若那温没有对古姆迪妮动恻隐之心,他是绝对不敢冒这么大的风险,承担发电报的重负的。

第二十九章

默吐苏登白天规定工作一小时回内室用餐。按惯例,家里沾亲的女子围着他,有的驱赶苍蝇,有的设宴摆席。先前已提及过,默吐苏登内院的布置不是十分豪华,他的膳食也按传统的旧习惯安排,没有粗食就没有滋味,也填不饱肚子。但是,器皿可十分昂贵,有银盘、银罐、银杯,等等。通常,豌豆、大米、冷点、罗望子酱、鱼翅等成为膳食的主要配料;一大罐糖拌的牛奶。用完膳食后,就把酱叶茎挤出,用石灰液浆,拌和着槟榔包,送进嘴里咀嚼,然后吸十来分钟烟管，他就回办公室。默吐苏登从较穷时到今日豪富，这个生活和工作规律从没有被打破过。在默吐苏登眼里，膳食是出于饥饿，而不是由于食欲的贪求。

什娅玛·宋德莉正在往牛奶罐里掺进食糖。她肤色略微黝黑、不胖，但身材丰满。身上披着一件白纱丽，再没有其他服饰。她的穿着无时无刻不显得干净整洁。她已到了青春成熟期的年龄，她像六月的晌午，烈日当空，而黄昏的阴影却姗姗来迟。浓密眉毛下敏锐、漆黑的眼睛，仿佛昂首阔步，不瞧前面任何人，但只要瞥视一下，一切都洞察了。她突前的双唇显示出的那样神情，好像世上许多事都被锁在双唇里。世界没有赐予她多少情味，然而她内心却充溢着丰富的情味。她很看重自己，孤芳自赏，但她从不自私吝啬。她的高贵气质与实践生活是格格不入的，因而，她内心对周围环境持一种恃才傲物的态度。在默吐苏登财源滚滚而来的日子里，她迈进这个家庭的门槛。因着自己青春的魔力，她在这个家庭金字塔顶端取得了一席之地，她非常自信自己的这个能力。如果说见了她，默吐苏登从未动过心，也根本不是那回事。但默吐苏登是从不认输的，因为，他的头脑不仅仅停留在理智上，他是位通才。他依借天才的力量，创造财富，那种创造的欢乐深深地迷恋着他全身心。这种天才的力量使他懂得创造财富所需要的苦行。他因不断遭到因陀罗大神的打击破坏，心底不时浮现出破坏这种苦行的意愿，但他每每以坚忍不拔的力量克制住。还有一个至关重要的因素是他的生意如日中天，他没有闲暇时光去考虑这些享受问题。在那艰巨的商务活动里，他目睹了世事沉浮、人情炎凉、尔虞我诈的世故；只有在与什娅玛若即若离的微妙关系中，他才把自己身心的疲惫驱赶掉。他还自觉肩负传统节日典礼的欢庆活动的重负，这一切补偿了他精神上的缺憾。但是，他从来不会对什娅玛宽容到如此地步，致使内院起火，增添争胜好斗的忌妒。而什娅玛也正确把握住默吐苏登的脾性，不过她内心始终无法消除对他的恐惧感。

默吐苏登用餐时，什娅玛·宋德莉每每在场陪伴着，今天也不例外。有时，她刚刚沐浴过——她那超凡绝伦的黝黑且浓密的长发，散乱地披在她背后，鲜艳明亮的纱丽裹着她的上身，洗头芬芳的香水味，不断从湿漉漉的长发中飘逸出来。

她的嘴还没离开牛奶罐，就嗲声嗲气地说："我去请大媳妇来，亲爱的？"

默吐苏登默不作声，用深沉的神情，目不转睛地凝望着自己嫂子的脸庞。什娅玛·宋德莉见到他这种痴呆的神情，有些慌乱不安。她解释自己所提的建议，说："你用餐时，她在身旁就好啦，她可以悉心服侍您——"

她不懂默吐苏登脸部表情的含义，话说了一半，就不作声了。

良久，他嘴没有离开奶罐，边喝奶边关切地问道："大媳妇现在在哪儿？"

什娅玛·宋德莉惶恐不安地答道："我去看看再来。"

默吐苏登紧锁着双眉，用手示意禁止去寻找。他明白，他虽然希望获得问题的解答，但他无法忍受从什娅玛嘴里听到，然而他心里存在着好奇。当用完餐，登上三楼的卧室时，他心灵的一角存在着一种虚无缥缈的希望。于是，他耐不住踱步到屋顶，走进附近的洗澡间，麻木地站在那儿。隔了片刻，他又踱回屋，躺在床上，吸起管烟。按常规，小憩十五分钟，现在二十分钟过去了，半个钟头也将逝去，他从口袋里取出表，瞧了瞧时间。过去的岁月中，他从没有迟到五分钟到办公室。在办公室的出席登记簿上一直记载着：谁什么时间到来，什么时间离去——按照这种统计，作为增加抑或削减工资的依据。在办公室所有职工中，默吐苏登的罚金是最少的，在这方面他从不袒护自己。实际上，他若有迟到或缺席情况，他会比其他职工加倍罚自己。今日，他暗自决定，下午四点，办公时间结束之后再做些工作，弥补损失的时间。但随着时间的流逝，他对工作感到厌倦，甚至提前半小时从办公室回家。他内心一种愿望强烈地升起，即今日他在不寻常的时刻进入卧室，也许在这儿能遇见谁。从前，他从未在大白天跨入卧室，今日，他穿着办公制服直接奔向内院。

正在这时，莫迪妈在屋顶阳光底下把晒干的酸柽果装进罐里。她发现默吐苏登在不寻常的时刻溜进卧室，马上把面纱往下拉，在它的掩饰下窃窃发笑。不规律的举动暴露在二媳妇面前，默吐苏登感到羞愧。同时，他又感到愤怒。他先按心里所制订的计划行事，蹑手蹑脚地潜入屋——胆怯的牝鹿可别吓跑了。为避开别人惊奇的目光，他急忙跑回自己屋里。一进屋却没有发现预想的结果，屋内空无一人，从办公室迅疾回屋的设想化为泡影。屋内没有人影，也没有任何蛛丝马迹足以证明白天有人在屋里停留片刻。他大失所望，难以忍受这种冷漠。尽管他是大伯子，从未与二媳妇说过一句话，但今日，他耐不住性子，坐立不安——想差人叫唤二媳妇来，询问古姆迪妮的情况。他亲自走到屋外，但莫迪妈走到楼下去了。

为了从被新媳妇抛弃的卧室里孤单单待着的耻辱尴尬境遇中摆脱

出来，他怒不可遏地大步流星走到户外。他装着做一件十万分火急的事的样子，心无旁骛伏案着。面前，有一簿记册，通常他不翻阅这记册，由他的主任先生查阅。今日，为蒙骗家人耳目，他打开了它，正襟危坐地翻阅着。在那本簿记册里记载着他家来往的所有信札和电文的日期。一打开簿记册，今日的记载最先进入他的眼帘，是行将发出的电文，上面明明写着维帕勒达斯的名字与地址。电文寄信人的地方写着女主人的名字。

"叫唤管家来！"

管家立即奉命赶到。

"谁委托你发这份电文的？"

"二老爷。"

"传唤二老爷来！"

二老爷带着打蔫了的脸，出现在他面前。

"谁说过，没有我的嘱咐就寄发电文？"在统辖者面前揭露说者不是件轻松的事，分辨什么呢，那温脑子一片空白，不知所措；尽管是三九寒天，他额上却沁出了大汗珠。

见到那温沉默不语，默吐苏登又开口道："是二媳妇吩咐的吧？"那温低垂着脑袋，无言可答，因为答案是昭然若揭的。默吐苏登的心仿佛冲到了头上，脸顿时红涨起来，怒火中烧，气得连一句话也说不出来。他挥了挥手，示意那温滚到外面去，他自己从屋的一角踱到另一角，徘徊着。

第三十章

那温回到自己的屋子,他脸色吓得发白,向莫迪妈诉说:"二媳妇,现在可闯下大祸了!"

"发生了什么事?"

"把所有物件装进箱子里!"

"如果我按照你的吩咐,把所有物件装进箱子,明儿又要打开取东西。但为什么呢?你的兄长不就发了点儿脾气吗?"

"我可了解他。我觉得,我们不得不离开这儿,到别处安营扎寨了。"

"那你还不快走?你为什么这么想呢?"

"你为什么叫我走?现在他将下达指令,把二媳妇遣送到乡村。"

"你不会接受这个命令的,我是知道的。"

"你怎么知道?"

"难道就我一个人知道。不要如此推想——家里所有人都认为你具有女人气质。男人怎么会具有女人德行呢。你兄长无法明白事理,现在该是他明白事理的时候了。"

"你胡言乱语什么?"

"我倒发现,你们家族有一个毛病。这么多日子以来,你们都没有洞察大哥的这种脾性。他克制住内心要宣泄的情绪,所以凡事总那么冲动。你将会看到我所说的事实。正如他疯狂地聚敛财富,忘了穷人的世界,那种疯狂现在将倾泻在媳妇身上。"

"你住嘴吧！大女人气质的人召集会议，小女人气质的人将带谁前往？"

"我来承担思考这个问题的重任。眼下，我如何说，你就如何行动！你该查看一下他的抽屉。"

那温双手合十说："我对天发誓，二媳妇——我可以伸手进蛇洞，但我不能伸手进他的抽屉。"

"倘若要伸手进蛇洞，我自己也会干的，但抽屉得由你来查看。你明白，这家里的信件没有他先过目，谁都不会得到查阅的指令。我内心告诉我，信件已经落到他手里。"

"我内心也告诉我这个事实，同时还告诉说，我若攫取那封信，兄长不给恰如其分的惩罚是决不会罢休的；他将会下令，给予我七年的酷刑。"

"你不用做什么出格的事，不用偷取信件，只要查看一下有否给姐姐的信，就行啦。"

那温原本就对二媳妇崇拜得五体投地，甚至他认为自己配不上妻子。所以，出于对她的敬重，不管他如何害怕完成这艰难的事务，他最终总带着笑容积极地投入。

那天晚上，那温报告二媳妇：在抽屉里有一封信札和一份电文是古姆迪妮的。

在最初的冲动下，古姆迪妮毅然决然离开卧室，挽起袖子，干起奴仆干的活儿。现在那种冲动逐渐冷却下来，被侮辱所引起的激怒情绪也渐渐平息下来，如今她的心被一种忧伤困袭着。她懂得，这不是长久之计。但不做这样的反应，她如何生存下去呢？不过，世上直到生命结束，人们毫无意义的固执生存的状态夜以继日地呈现着。

从屋内闩上门，她苦苦思索着这个生存状态的问题。这间屋子坐落在廊厅的一角，它是用木头围起来的，除了房门外，整个屋子是全封闭的。墙上端木制的壁龛里置放着各式各样的灯台。整个屋子到处是油斑污迹。为满足自己的美感需要，仆人剪下包在蜡烛外面的封纸上的图画，贴在大门上；屋内一角堆放着洋铁罐、粉笔、石灰之类的什物；它旁边的一间小屋里置放着干罗望子、几块脏兮兮的抹布、刷子等东西，屋旁还扔放着一排洋铁煤油桶，除两三只有油外其余都是空的。

今日清早起，古姆迪妮用自己笨拙的手干着活儿。结束了储藏室的工作，莫迪妈站在门外往屋里窥探，见到古姆迪妮的苦行工作出现了危机情景。她立即明白，一两件短命的不结实的东西已成为不幸事故的牺牲品。在这个家庭里，东西的普通损耗也是不容被忽视的。

莫迪妈无法自制，说："现在我手里已没有活儿，所以我走过来瞧瞧。想在姐姐这儿助您一臂之力——祝好运！"说毕，她把成堆玻璃烛灯和灯罩抢夺过来，进行洗刷。

古姆迪妮没有勇气反对。至于有关自己的能力方面，她心灵的创造业已完成；因而对莫迪妈的帮助，她似乎有些不以为然。但莫迪妈的灵巧也是有限度的。她不能正确地划算，何时点燃煤油灯。不错，这一切工作每天都由她来照管，她应该计算，灯里究竟应倒进多少油，但她自己永远也不会正确计划点燃或熄灭灯烛。所以，她叫唤年长的仆人本古来帮助。

不得不服输。仆人本古来了，没花多少时间，就干净麻利地干完了全部工作。黄昏来临之前，需要把灯送到每个房间指定的地方。本古问道，她有没有时间做这项事。这位老仆人看起来忠诚朴实，然而他提出的话题却包含着某种讽刺的意味，因而古姆迪妮耳根霎时间飞红起来。

在她回答之前，莫迪妈抢着答道："为什么没有时间？"古姆迪妮终于恍然大悟，她固执地坚持劳动，反而妨碍了事务，帮了倒忙。

第三十一章

午餐之后，古姆迪妮关上房门，坐着思量。她内心发誓，今后，在任何情况下也不在自己内心扇起愤怒之火。她自言自语道："今日将在心情平静中度过，明儿清早，带着神的祝福，赶赴家妇职责的正确道路。"

她关在木头屋内，自个儿努力解救自己，在这项工作里，对其兄的回忆是最大的帮助。她早已熟悉兄长内心的令人惊叹的深沉，他脸上总浮现一种忧伤的神情，这正是他内心崇高品行的反映。虽然，他把时代文明社会流行的"实践主义"作为自己的信条，不习惯从外表向神进行膜拜活动，然而他觉得，神仿佛为使他生活充实完善而显示着。

下午，本古老仆来敲门，古姆迪妮开门走出来。她通知莫迪妈，今晚她不用餐了。为使自己心灵纯洁，她想斋戒。莫迪妈望着她的脸，很是吃惊。今日，她那张脸没有心灵火焰的红色光辉，她的额头和眼睛却闪现着宁静温柔的光辉，仿佛她刚刚洗了圣浴，进行膜拜归来，仿佛内心的神攫取了她全部的高傲，仿佛她从自己心灵的树枝上，采撷了无价之花而莅临，而花的芬芳困袭着她。所以，当古姆迪妮谈论斋戒时，莫迪妈立即明白，这不是高傲的心灵痛楚。因而，她没有提出任何异议。

古姆迪妮把自己的神明形象埋在自己心底里，走到屋顶的一角，静静地坐着。今日，她大彻大悟，痛苦不如此强烈地给她打击，她就永远也不可能那么走近神明。望着徐徐西下的夕阳，她双手合十，说道："神，现在我永远也不离开您，您使我哭泣，从而使我归顺于您！"

冬日眼看黯淡下来。尘埃、雾气与机器的烟雾混杂在一起，编织成一块苍白无力的天幕，遮掩着黄昏的光亮，肃穆而庄重。天穹带着一种广袤的昏暗重负，朝向大地垂下；同样，一种对兄长忧虑的不堪忍受的重负，也使古姆迪妮的心沉重下来。

这样，她一面从高傲桎梏中解脱出来，感受到无比欣喜；一面对兄长的忧虑使她痛苦的心灵不堪重负。她带着这双重的感受，又步入自己的屋子，关上了门。她一直抱着那种希冀，想把这种束手无策的忧虑重负扔给上帝。但她一次次自责，无论如何都不能让这种希冀占据自己的心灵。"电文已发出，但为何得不到回电？"这个问题不断刺穿她的心窝。

默吐苏登从未在女人心灵的自我奉献中设置精神障碍。他完全占有了已婚女人的身子，而那女子却成为他难以攻克的堡垒。他无法猜度，他将从哪一方面向命运的非人道阴谋发起进攻。他从没有为某种原因忽视自己的生意，现在他又获得千载难逢的机缘。大家知道，默吐苏登的母亲患病及病故的突发事件，都没有在他生意经营中设置任何障碍，抑或给以任何打击。一些人对他那颗坚强的心深表敬意。但今天，他突然获得了一种新的认识，对此自个儿也觉得惊愕。被禁锢的道路上的外部力量如何把他吸引过去，又将把他带到哪儿去，他还来不及加以深入的思考。

吃罢晚饭，默吐苏登回到自己的屋子就寝。尽管他不相信，但仍在心里存有希望，即他在卧室能见到古姆迪妮。因此，他违反了规定时间，回到了自己的卧室。为保持身体健康，他往往定时睡觉，不允许或迟或早就寝。"可别按时进入梦乡，古姆迪妮进屋见状又会离去。"因着这种疑虑，他没有躺在床上，而是坐在沙发上盼等；片刻，他又去屋顶溜达了一会儿。他规定的睡觉时间是九点钟——今晚，他猛然听到时钟已敲了十一下。他觉得有一种耻辱感袭上心头，然而，他两三次走到床边，默默站着，仍没有躺下的意思。此时，他决定去办公室，与那温一块度过这个难眠的夜晚。

走到办公室前面的走廊，他发现房内灯火通明。他刚跨入屋内，看到那温手擎灯台从里屋走出。突然撞见默吐苏登，那温的脸色刹那变得像死人一样灰白。

默吐苏登问道："这么晚了，你在这儿干什么？"

那温脑筋一转，想出一条理由，说："睡前要给钟上发条，弄准日期。"

"好吧，听着，你进屋一下！"

那温惊魂不定，像牢狱里阿萨姆人一样默默地站着。

默吐苏登说："在大媳妇耳畔念咒的人，我是不喜欢的。我家里的媳妇应按我的意愿行事，不能按其他人的建议行事——遵守这个规矩才能行事。"

那温神情严肃地说:"这完全正确。"

"所以我说,请把二媳妇遣送到乡下去。"

听了他的吩咐,那温依然泰然自若。他若无其事似的说:"这倒是件天大的好事,正中我下怀,我原也这样想,就怕您不许可。"

默吐苏登吃惊地问:"你什么意思?"

那温答道:"二媳妇早就盼等回乡日期的确定,她把所有行装都收拾妥当。选一个吉祥日子,她就可衣锦归乡了。"

看来,提及这件事完全是不必要的,事情早已决定。默吐苏登原心想与她告别完事,但出乎他意料,她早已按自己的意愿要告辞。他所说的话仿佛是多余了,这大大伤了他的自尊心。他生气地说:"为什么,她为何着急离去?"

那温胸有成竹地答道:"现在家里有了女主人,这个家里的全部重负应由她来承担。二媳妇说,她若插手其中,怕把事搅乱了,真不知会发生什么后果。"

默吐苏登不解地说:"你们为什么如此想,把一切重负落在她头上呢?"

那温装出一副好人面孔,无奈地说:"我能做什么呢,请说说!这全是女人的固执。天晓得,兴许她心里已经琢磨过,可别某天主人为某桩不开心的事,把她从这里驱逐走。她是无法忍受这种侮辱的——所以,她下定决心离去。这期间,她要核查工作,弄清账目,那时她就心想事成,高高兴兴地离去。未来的日子将是美妙的。"

默吐苏登说:"那温,你看,这是你惯宠二媳妇的结果。人们稍许生气地说她几句,她就无法接受,不做任何妥协。你是个男人,你在家里的统治权旁落,我简直看不下去。"

那温用手在头上搔痒,说:"我努力试试,哥,不过……"

"好吧,你代我向她说,现在她不能走。适宜时机,我会安排妥善,让她走的。"

那温说:"您刚才不是说,把二媳妇送回乡下,所以我如实说了。"

默吐苏登激动地说:"我难道说了马上送她回乡下?"

那温徐徐离去。默吐苏登点燃了煤油灯,在一把长安乐椅上,两腿伸开坐着。大家庭的巡夜者,在夜间不时地从屋子前面走过,进行巡视。默吐苏登有些打盹儿,眼睛已经睁不开了。正在这时,他突然睁眼,吃惊地看到,巡夜者潜入屋里,手提灯笼,直盯住他的脸。他也许认为王公先生昏迷过去,抑或溘然长逝。默吐苏登有些害羞,慌忙地站起。

新婚的王公老爷竟然坐在外面办公室过夜,这一令人心酸的情景,暴露在巡夜者面前,是件有伤体面的事。此时,这件事大大刺伤着他。一站起来,他就愤怒地说:"把房门关上!"仿佛没有关住房门是巡夜者的过错。在那夜深人静时,摆钟重重敲了两下。

走出办公室房子之前,默吐苏登打开抽屉查看。稍许迟疑之后,他把给古姆迪妮的电文塞进自己的口袋,然后走向内院:在通向三层房子的阶梯之前站了一会儿。

深夜,人们从睡梦里第一次苏醒,不会立即感觉到自己所拥有的整个力量。所以,他白天的性格与夜晚的性格相比,有着天壤之别。深夜两点,四周万籁俱寂,渺无人影,在整个世界里除了自己之外对任何人没有责任,那时候他也有可能在古姆迪妮面前低头认输。

第三十二章

默吐苏登从楼梯边回到了自己的卧室,他心潮澎湃,起伏不定。他提起一盏灯台,走出户外,站在一间亮着灯的、关闭着的小屋外面。他在小门扉上轻轻敲了几下,没有响动,但他发现门扉没有闩上,很容易推开了门。他发现古姆迪妮躺在一张席子上,酣睡着。一盏灯搁在墙的一个犄角上,昏暗的光线一闪一闪的。

默吐苏登脸朝着古姆迪妮,坐在她的左面。古姆迪妮如花似玉的容貌具有强烈的吸引力,因为她的脸庞是那么纯真、充实、完美。古姆迪妮内心从未有过任何矛盾或疑惑,她与其兄家庭生活的匮乏和贫穷,无疑给她带来几许痛苦,但那种痛苦的原因是外部环境的,它不会打击或损害她原有的自然本性,而她家庭生活的各个方面都适合她自然本性的发展。正因为如此,她脸部表情总是那么质朴单纯,她的行为方式蕴含一种完整的自尊。而默吐苏登为获取生活的富裕奢侈,不得不进行搏斗,每时每刻都胆战心惊,保持警觉。这样,古姆迪妮那种温柔、恬静、沉着的品性,对处在高度紧张的默吐苏登来说,无疑成为一种无比惊奇的东西。他深知,他在自己行为实践里没有丝毫的真诚自然可言,而古姆迪妮一举一动犹同神明那么自然单纯。这种鲜明的差异,以巨大的魅力吸引着他。他想到媳妇婚后第一次来婆家,他向她显示了自己的权力统治的无能与愤怒,而与此相反,当他注视着媳妇的脸庞,她内心仿佛闪耀出一种神灵尊严的单纯光芒,她的行为方式丝毫没有平庸女子那种无光彩的低卑性。倘若情况不是这样,他拥有侮辱她的统治权力,施暴中他决不会心慈手软的。但这一切究竟发生了什么?如何发生的?他如坠入云里雾里之中,无法理喻。一种莫名的原因,使古姆迪妮摆脱了他的控制。

默吐苏登下决心:"不唤醒古姆迪妮,我整宿坐在她身旁度过。"但是,坐了不长一会儿,他就耐不住了——他轻轻举起古姆迪妮的手,放在自己手里。古姆迪妮突然在梦乡里挣脱出自己的手,背着默吐苏登方向翻了个身,脸朝另一方向,又睡着了。

他把嘴贴近古姆迪妮的耳畔,轻声呼唤:"媳妇,你兄长的电报来了。"

古姆迪妮的睡意刹那间烟消云散,顿时坐了起来,带着惊异的目光,怔怔地望着默吐苏登。

他把电文放到她面前,说:"兄长拍来的。"而后,取来放在墙上的灯台。

古姆迪妮读着电文。电文写道:"别担心我!我身体渐渐地康复着。我的祝福。"在巨大精神痛苦和不安的折磨中,读到如此慰藉的话语,古姆迪妮顿时泪水夺眶而出,不消片刻泪如泉涌。而后,她一面擦拭眼泪,一面用衣襟小心地包好电文。这件事使默吐苏登的心像猫抓似的难受,但他不晓得该说些什么。古姆迪妮自个儿开腔道:"兄长的信件没有来?"

默吐苏登怎么也不能说信件已到的话。他旋即谎称:"没有,信件没有来。"

在这小小的屋里,深夜时分,两人如此促膝坐着,古姆迪妮蓦然觉得拘束,怪不好意思。她欲想从那儿站起走开些,默吐苏登低声哀求道："大媳妇，请别生我的气！"

　　这不是统治权力的命令，这是心底爱的请求，还包含着犯罪人的心灵内疚和沮丧。古姆迪妮听了非常惊愕。她仿佛恍悟，这是神的一种游戏。她原来整日自言自语告诫自己："你对谁都不要生气！"有谁在深更半夜，鬼使神差，让默吐苏登亲口说出她内心的那句话。

　　默吐苏登可怜兮兮地说："你现在还生我的气吗？"

　　古姆迪妮羞怯地说："我不生气，一点儿也不生气。"

　　默吐苏登惊愕不已，怔怔凝望着她。他仿佛觉得，古姆迪妮在对自己内心自言自语说着这句话。

　　他松了口气，说："不生气，就离开这所房间吧，跟我一块到自己的房子去。"

　　今晚，古姆迪妮不准备这样做。刚从睡梦中苏醒，就束缚住心灵是较难的。她暗下决心，明早洗了澡，去自己的供神处，按规定念颂求神的咒语，然后在那个家庭里开始操持家务。但她又想："当神明不给我时间，在今天深更半夜就呼唤我，我怎能拒之门外呢！"她把自己内心的那种不情愿的想法视为罪过而感到害怕。

　　那种不情愿的想法企图把她拉过去，因此，她使出浑身力量抵抗它，站起身斩钉截铁地说："走！"

　　她走到卧室边，突然呆立不动，请求道："我马上就来，不会耽搁多久的。"说完，她走到屋顶一角坐定。这时皓月当空，银辉四泻。

　　她内心一次次祈祷："主人，您召唤着我——绝对不错，就是您在召唤。您没有忘记我，所以召唤我。您把我从荆棘丛生的道上带出——是的，就是您，唯有是您，我的主人！"

然后，她想隐匿这一切。她思忖，一切都是幻想。倘若到处布满针刺，那么他就是针刺——他就是上帝道路上的针刺。对付布满针刺的道路，她身边只有一个指路明灯，那就是她兄长的祝福。所以。她用自己的衣襟小心翼翼地包好那个祝福。她一次次把那个祝福放到自己头上。这之后，她额头触地，久久向神明致敬鞠躬。

她猛然吃惊地听到，默吐苏登在背后，说："大媳妇，您要着凉的，去屋内吧！"

古姆迪妮原本在内心渴望听到那个声音，现在这个冷冰冰的声调没有与那个声音结合在一起。但是，这就是对她的考验。今天，神明不想用芦笛的爱的曲调呼唤她，他今天想用伪装出现在她面前。

第三十三章

当古姆迪妮作为一个个体存在时，她内心越是充满诅咒、愤怒和不满，世界越是用自己的粗暴权力侮辱她；那时，她在自己四周筑起一堵厚厚的遮掩墙。这个遮掩物能够隐匿个人的爱好和憎恶的情感，也就是能够削弱她自己的意识；这仿佛是一种三氯甲烷治疗法，但这种治疗不是两三个小时就可结束——它夜以继日地压迫着她自己心灵的痛苦和愤懑情绪！在这种情况下，女人们若获得某位贤哲心灵遗忘的治疗就会变得简单容易。但是这种奇迹的出现是微乎其微的，所以，她每时每刻从内心唤醒膜拜咒语：

一切誓言，希望获得

神赐予的豁达宽容,

父亲宽容儿子,

朋友包容朋友,

情人容忍情人。

喔,我心中膜拜的神明,我在您身边低垂致敬,我只希望获得这种宽容豁达,正如父亲宽容儿子,朋友包容朋友,情人容忍情人,您也同样包涵我,您以自己的爱包容我。这样,会出现一种最大的硕果,就是因着您的爱,我能够宽恕一切。

古姆迪妮合上双眼,内心呼唤神明:"您早就说过,人到处注视我,我内心也凝视人,他不拒绝我,我也不弃绝他。为这种亲证,我内心丝毫不敢松懈。"

清晨,洗了澡,她用旃檀水长时间喷洒自己的玉体,使自己的身体清洁而芬芳,然后献给他。她暗自心无旁骛地专注着,她的手在他的手里,他整个抚触不间断地存在于她整个身子,他真实地完整地获得了这个身子。他所获得的身子的外表是虚假的,它是一种幻影,它是泥土构成的,眼看着它会化成尘土。她思忖,她只要感受到他的抚触,这具身躯是何等神奇,它不会是不洁净的。想着这一切,她的眼睛因着这种幸福的欣喜而湿润了。她的身子仿佛从肉体永恒束缚中解脱出来,她明白了身体神圣的会合,内心一种虔诚的情感油然而生。现在她若在那儿获取茉莉花环,就会把它套在颈脖上,抑或绑置在发辫上。洗完澡,她穿上褪了色的白纱丽,纱丽的宽边是红色的。她坐在屋顶上时,觉得一种以阳光为形式的布满天空的抚触,令她全身快乐得战栗不已。

走近莫迪妈，古姆迪妮快活地说："分配我做点事吧！"

莫迪妈微笑着说："您即刻就来切菜！"

面前，放置着大的盘碟，十几把刀叉，篮子里盛放着蔬菜。女眷或寄居的妇女，一面海阔天空地聊着，手一面飞快地切着菜；不一会儿工夫，把切好的菜堆聚起来。古姆迪妮也坐在她们中间，加入她们劳动的行列。从面前的窗棂铁栅中望去，一棵古老的罗望子树挺立着，阳光透过枝叶，细碎的光线洒满大地。

莫迪妈不时朝古姆迪妮的脸望去，思量她在工作呢，还是借着手的运作，使她的心从朝圣中出来。见到她的凝神，仿佛觉得她是条扬帆的船，风涨满了帆，船只也仿佛因着那种抚触而陶醉摇摆着——它切开船两边的水波，专心致志地行驶着；她沉醉于抚触的欢乐之中，没有注意周围的一切。其他劳作着的妇女，找不出任何办法与她攀谈闲聊。唯有什娅玛·宋德莉灵机一动，找出话题说："清晨，您要洗澡，为什么不用热水呢？您这样做要着凉的。"

古姆迪妮若无其事地说："我已习惯了。"

这以后又没有话题，四周又沉默了。那时，古姆迪妮内心像有一股无声无息的水流，在不间断地流淌着——

　　父亲宽容儿子，朋友包容朋友，
　　情人容忍情人，神明给我豁达。

切完了菜，从储藏室取出粮食，妇女们都去内院自来水管旁冲洗。顿时响起一片喧哗声、戏谑声。

古姆迪妮把莫迪妈拉到无人处，说："哥哥来电了。"

莫迪妈略微吃惊地说："什么时候得到的？"

"昨晚。"

"夜晚？"

"是的。深夜获得的。他自个儿送给我的。"

"那您也得到了信件？"

"谁的信件？"

"您兄长的信。"

古姆迪妮心慌意乱地说："没有！我没有得到任何人的信！哥哥来信了？"

莫迪妈缄默不语。

古姆迪妮抓住她的手，焦急地问道："哥哥的信件在哪儿？给我拿来，可以吗？"

莫迪妈慢条斯理地说："我自己没法替您去取那信件。它放在大伯子外面屋子的抽屉里。"

"你为什么不能替我去取信？"

"他若得知我打开他的抽屉，将会掀起毁灭性的巨浪。"

古姆迪妮激动不安，气愤地说："难道我不能有阅读兄长信件的权力？"

"大伯子在办公室读了那封信，又放进抽屉里！"

这种情况下，任何人都很难控制住自己的愤怒。古姆迪妮的脑子顿时发热起来，大声叫嚷："难道我去偷出信件，才能有资格阅读？"

"什么东西属于您自己,什么东西是您所不能拥有的,一切都由这个家庭的主人决定。"

古姆迪妮忘了刚才发出的誓言,在这发怒时刻,仿佛有人从内心突然伸出食指教训道:"别发怒!"

古姆迪妮终于闭上了眼睛,无声无语,两瓣嘴唇颤动着:

情人容忍情人,神明给我豁达。

古姆迪妮低声地说:"倘若有人想偷取我的信件,就偷吧,但我不会以牙还牙、以偷窃报复偷窃的。"

说完这番话,她深感刚才说话过了头。她终于明白,被压在自己内心的怒气,不知何时获得时机,就会公开宣泄在大庭广众面前。应该连根拔掉它。但眼下她无法控制它,更无法与它做斗争;她在自己内心深处的岩洞里筑起堡垒,外面没有任何道路可通向那儿。所以,应该有一股爱的潮流,汹涌澎湃的,借此从停滞中解脱出来,冲走所有的束缚。使心灵迷醉的一个办法操纵在她手里——音乐,但是,在这个家庭里,她羞于抚琴拨弦。同时,她没有从娘家把印度弦琴带来。她会唱歌,但她嗓子没有力度。她内心不时有一种意愿升起——让歌声的潮流,洗涤整个天空。她渴望唱自尊的歌儿。在这歌里她能够说:"我就为听取您的呼唤而来,您为什么躲藏不见呢?我片刻不得安宁,今日您为什么把我坠入这巨大的疑惑之中?"她渴望用歌声,用自由的嗓音说出这些话语。她觉得,那时,她能够在音调的旋律里获得答复的。

第三十四章

古姆迪妮逃避现实世界的唯一地方，是这个家庭的屋顶，于是她经常到那儿。日升中天，强烈的阳光洒满整个屋顶，墙的一角有一小片阴凉处，她走到那儿打坐。她想起一支阿萨瓦利颂曲，歌的开头是："噢！我的芦笛！"但其余的词从这位"行家"的嘴里吐出来的全是些含混、走调的词儿，人们听了无法猜度那些词儿的确切含义。古姆迪妮按照自己的意愿，用不同调门填补那首歌的不清晰的部分，因此，这首歌曲已被她改动得面目全非，一塌糊涂，而她却随心所欲地哼唱着。于是，歌儿开始那些不连贯的词，由于她那些调门的填补，具有了充足的意义：

噢！我的芦笛，你的旋律为什么不充盈？他度过了黑暗，为什么仍然抵达不到那儿？那儿的门扉至今为什么依然关闭着？那儿至今依然睡眠不醒？噢，我的芦笛！噢，我的芦笛！

莫迪妈来这儿说："我的好嫂子，走，去吃饭！"那时，屋顶的一小片阴凉处已全然消失，但当她内心充盈着那个曲调时，她就认为，世上谁对她施暴的想法都是低卑的。默吐苏登对她的信件的处置上显示了低劣品性，这种低卑举止曾在她内心唤起了强烈的藐视情感。而此时此刻，那种情感犹如纸鸢，在充满阳光的天际消失得无影无踪。她愤怒的吼声在那无垠苍穹里不知藏匿到哪个旮旯里。尽管如此，她内心这个无尽的执拗,依然没有一丝一毫减弱:她如何才能获得兄长所寄的充满慈爱的信札呢?

实现这个心愿的期盼和焦虑,始终存在于她心里。因而,用膳完毕,她沉不住气了,向莫迪妈说:"我去外屋取信阅读!"

莫迪妈慌忙阻拦说:"再待一会儿,所有仆人休息用餐时,您再去那儿!"

古姆迪妮态度异常坚决地说:"不!这样做,仿佛我去偷窃什么贵重物品。我现在想在众目睽睽下,大大方方地去,不管别人眼睛如何睨视。"

"好吧,走,我与您一块儿去。"

古姆迪妮阻止说:"不,不能这样。你只要告诉我怎么走就行。"

莫迪妈用手指示靠近内室的走廊旁的一间屋子。古姆迪妮朝那儿走去。仆人们惊愕地向她鞠躬敬礼。她走入那间屋,立即打开抽屉,看到了自己的信件,拿起一瞧,信封口启开着。她的心剧烈地跳动,她无法接受这个事实。在她诞生生长的那个家园里,绝对不可想象她会遭到如此的藐视和侮辱。她内心的激动仿佛使她醒悟,她反复背诵着:"情人容忍情人,神明给我豁达——"尽管如此,心灵的风暴也无法平息,所以,她一次次背诵那个咒语。站在外面的仆人听到女主人嘴里叽里咕噜吟诵着咒语,不禁惊得目瞪口呆。连续不断背诵这几句咒语后,她的心终于平静了。而后,她把信放在面前,坐在椅子上,双手合十,纹丝不动。她暗下决心,决不偷读这封信。

这时刻,默吐苏登突然出现,进屋看到这种情景,大惊失色。古姆迪妮连眼皮都没有抬一下。默吐苏登走近,发现桌子上放着那封信，问道："你在这儿干吗？"

古姆迪妮用平静和无言的目光，望着默吐苏登，那目光不含有丝毫的怨言。默吐苏登问道："你如何进这屋的？"

兴许受这句话的激励，她理直气壮地说："我来瞧瞧有没有我兄长给我的信。"

"你为何不问我？"默吐苏登完全能提出这个问题，但他自己在前夜已经封闭了说这话的道路，所以他说："我正要把这封信送到你那儿去，你没有必要为此事来这儿。"

古姆迪妮沉默了一会儿，使自己的心情稍许平静些，说："您不想让我读这封信，我就不读它。拿去吧，我已经撕掉了它。但这类折磨希望今后不要施加于我，对我来说，再没有任何事比它更能折磨我了。"

说罢，她用嘴咬着衣襟，一溜烟冲出房门。

这之前，午餐过后，默吐苏登的心忐忑不安，骚动的心无法平静下来。他决定，等古姆迪妮吃完饭，派人唤她。今日，他特意仔细地梳理了头发。清晨，他被一家英国商店所诱惑，购买了脂膏油和昂贵的英国香水。生活中他第一次用这些化妆品。他抹上香水和雪花膏，正襟危坐着。这时，过了上班时间起码有十来分钟。

听到楼梯上有脚步声，默吐苏登不由吃惊地站起，他手里没有任何东西。于是随手抄起一份旧报纸，翻阅着上面的广告版。他如此心无旁骛地读着，仿佛是做办公室的一件工作。他甚至从口袋里取出蓝色铅笔，在一两个地方做了记号。

那时，什娅玛·宋德莉走入屋内。默吐苏登皱着眉头，怔怔地瞧着她。什娅玛·宋德莉说:"您却安心坐在这儿,媳妇正到处找您呢。"

"到处找我?她在哪儿?"

"我刚才看见,她在您外面办公室的房间,但多么令人吃惊,亲爱的!她或许思忖,您也许……"

默吐苏登慌慌张张往外走去,后来就发生了前述的信件风波。

帆船的风帆已被撕破,默吐苏登此时的状况正如那个破帆船所处的境遇。他不能有稍许耽搁,风驰电掣地奔向办公室。但在忙于一切事务期间,他那不完整的破碎的忧虑的利刃,一次次刺痛着他的心。处在这种精神的地震间,那天的工作对他来说简直不可能进行。他头痛得厉害,很早就不得不离开办公室回家了。

第三十五章

那温和莫迪妈早就明白,墙已断裂,他们已无法逃避到什么地方隐姓埋名,躲藏栖身。莫迪妈说:"我在这里已经习惯了艰苦的生活,我已不怕世上任何艰难困苦,总能谋得生存的一席之地。但我难受的是,我走了,这个家庭里谁来照顾姐姐呢?"

那温说:"二媳妇,你瞧,我在这家庭里已经遭受了多么大的侮辱,我内心早已憎恶这里的饮食起居。但这次我再也无法忍受寄人篱下了。兄长得到了贤惠忠贞的妻子,然而他不懂得如何很好地对待和珍惜。他毁了一切。而不祥女子却利用好东西的残余,筑起了自己的安乐窝。"

莫迪妈点头同意说:"您兄长不会很快明白这个道理的。断裂了的东西再也无法粘住了。"

那温说:"命中注定,不能成为像罗奇曼[1]那样的小叔子,我内心一直为这件事而苦恼。无论如何,你现在就打好行装,时机一到,是不容耽搁片刻的。"

莫迪妈走了,那温无法待着,悄悄地朝自己嫂子的房间走去。当抵达户外,他看到古姆迪妮躺在卧室的地毯上。看来,她撕毁那封信的痛楚,总是缠绕住她的心。

她瞧见那温,慌忙站起。那温说:"嫂子,我来向您致礼,赐予我您脚上的一撮土吧!"

那温第一次面对面与嫂子说话。

古姆迪妮感动地说:"进来,进来,请坐!"

那温坐在地毯上开口说:"我若能为您效劳,是我三生有幸,我会高兴得心花怒放。但是那温哪有这么大的福分?这么多日子以来,我能够与您住同一个宅院。但这期间,我没有能为您效犬马之劳,为此内心一直觉得痛苦万分。"

古姆迪妮问道:"你们要去哪儿?"

那温答道:"兄长要把我们遣送回乡下。以后,恐怕很难有机会与您相见。所以我特地来向您告辞。"

正当他向她施礼时,莫迪妈跑来,急促地说:"快去,'主人'正在四处寻找你。"

那温立即起身离去,莫迪妈也尾随他而去。

那温走到那间外屋,看到兄长坐在书桌旁。在别的日子,处在这

---

[1] 印度史诗《罗摩衍那》中阿逾陀国王子罗摩(Rama)的弟弟。

种情况下，他的脸上通常流露出疑惑的神情，今日那种神情已烟消云散，毫无踪影。

默吐苏登厉声问道："谁告诉大媳妇，书桌里存放着她兄长的信件？"

那温没有回避地说："我告诉她的。"

"你的胆量突然间大到如此程度？"

"大媳妇问我，她兄长的信来了吗？这些家里的信件，首先到您那儿，集中放在那个书桌里，所以我来察看一下。"

"你怎么没有耐心来问我一下？"

"她非常担心，所以……"

"所以你可以把我的指令，置之脑后于不顾？"

"她可是这个家庭的女主人，我怎么晓得她的指令在这里行不通呢！不听她的吩咐，我可没有这么大的胆量。我还要特别告诉您，她不仅是我的女主人，也是我的师父。我不是出于维持生活的缘故，而是以自己的虔诚，尊重她的指示。"

"那温，我从童年时期起就了解你，你是没有如此机智的。算了，今日已没有时间瞎扯了。你乘明晨的火车回乡村吧。"

"一定遵命。"说毕，那温没有做更多的解释，大步流星朝户外走去。

默吐苏登当然不会喜欢"一定遵命"这种简单的回答。虽然默吐苏登的决定没有任何瑕疵，但对那温也未必不适合。默吐苏登又叫住那温："计算一下自己的月薪。不过从现在起，我再也不能支付你们的花销。"

那温仍然不卑不亢地答道："这我懂得，在乡村有我一份田产，耕耘那份田地能够维持我们的生活。"

说毕，他没有等待回答，径直离去了。

人的天性是由一些相互矛盾的品行混合组成的。默吐苏登十分心疼那温。他的另外两个兄弟在勒吉伯布尔照料田产，默吐苏登平素不特别关照他们，双方互不通气。父亲死后，默吐苏登就把那温叫到加尔各答，让他上学就读，之后就让那温一直跟随在身边。那温擅长处理家务，是位精明干练的人；他处世议事、待人接物，随和平易，通情达理，大家都喜欢他。这座大宅院里发生的任何争执，那温不费吹灰之力就能平息它、调解它。他笑迎宾客，从不与人计较得失、纠纷争吵。他的处世行为往往给人一种错觉，似乎那温袒护着自己的兄长似的。

默吐苏登从心坎里爱护着那温，这里还有一个明显的表现是，默吐苏登无法容忍莫迪妈的存在。他内心存在着对那温的爱，这种爱促使默吐苏登对其弟进行独裁专制控制，不允许别人攫取他的权力。因此，默吐苏登经常思忖，莫迪妈不断地分割着那温的心，这个外来女人一直在他对其弟施行不可逾越的世袭权力里设置障碍。所以，倘若默吐苏登不特别喜欢那温，莫迪妈早就被驱逐了。

默吐苏登原想，处理完家务事就回办公室，但他内心仿佛失去了回到办公室的力量。古姆迪妮撕了信离去，那幅情景深深地镂刻在他内心深处。那是一幅奇异的图画，他以前从未能想象过。他天生疑心重，无端猜想古姆迪妮早已读过这封信，但从古姆迪妮的脸部表露的那种无瑕的真实形象，致使默吐苏登不能对她持不信任态度。

默吐苏登眼巴巴地看着自己对古姆迪妮的严厉统治权力的失落。现在，他自己的不完善给他带来了痛苦。他的年龄已过不惑之年，今天他无法忘记这个事实。他甚至妄想，把自己的花白头发染黑以维护自己的青春生命；他的肤色又是黝黑的。创造者这些不公正的待遇，给他心灵带来了严重的创伤。他内心告诫自己：古姆迪妮的心已从他手中溜过去，其原因是他没有了相貌与青春；在这方面他彻底地不堪一击，毫无作为。他曾企望与吉特尔纪家族的姑娘结成秦晋之好，但他从未料到，他娶了如此一个姑娘。造物主设下了诡计圈套，他不得不在姑娘面前认输。他无法自责，倘若他的命运只配获娶一位普通姑娘，那一切都会时来运转——他完全可以控制住她的。

默吐苏登只有一件事可聊以自慰——对自己财富的炫耀。所以，今天早晨他唤来一位珠宝商，向他购买了三枚戒指。他想瞧瞧，哪枚戒指会博取古姆迪妮的欢心。他把盛有那些戒指的盒子分别装在三个口袋里，踌躇满志地向自己卧室走去。三枚戒指中，一枚是红宝石的，一枚是绿宝石的，一枚是蓝宝石的。他暗自张开自己想象的翅膀，望见一种景象：首先，他慢慢地打开盛装红宝石戒指的盒子，古姆迪妮瞥见它，她渴求的眼睛一定会闪出光芒；这之后又取出绿宝石戒指，古姆迪妮见到它，眼睛瞪得更大了；依次轮到蓝宝石戒指的展现，看见它稀罕的光泽，那位年轻美丽的女子的惊奇，达到无以复加的程度。而默吐苏登保持自己王公的严肃神情说："你按照内心的喜欢，挑一枚戒指吧！"当然古姆迪妮喜欢蓝宝石戒指，望到她贪婪的微弱的勇气，默吐苏登陶醉地微笑着，把三枚——一枚枚分别戴在她三个指头上。这以后，夜晚撩起了床的帷幕。

默吐苏登思忖，这事安排在晚餐后进行为上策。但下午那件不愉快的事发生后，他忍无可忍。他决定把夜晚的戏提前到傍晚进行，所以，他进入内室。

他进屋发现，古姆迪妮打开一个洋铁箱子，坐在卧室地毯上，正往箱子里装着行李。她面前服饰之类的物件，狼藉满地。

"干什么？你去哪儿？"

"嗯。"

"什么地方？"

"勒吉伯布尔。"

"这是什么意思？"

"我打开了您的抽屉，您却惩罚小叔子夫妇。其实，我应该领受这种惩罚。"

要说"不许走"的请求的话，是违背默吐苏登的脾性的，他只是说："去去也好，看你能在那儿待多长日子。"说毕，片刻没耽误，他转身急步离去。

第三十六章

走到外面，默吐苏登唤来那温，说："你们把大媳妇的头脑宠坏了。"

"兄长，我们明日将要起程离开。由于害怕您丧失理智发火，我们压制住自己，没有向您诉说近来所发生的事儿。今天，我清楚地告诉您，不需要谁去惯坏大媳妇的脑子，您一个人就已足够了。我们待在这儿，还能使她脑子稍许冷静些，但这样做您是无法忍受的。"

默吐苏登暴跳如雷,吼道:"不要充当好人!你们教唆她去勒吉伯布尔!"

"我们脑子里压根儿没有这个馊主意,我们怎么会教唆她呢?"

"你们等着瞧,倘若你们驱使她干这件蠢事,没有你们的好下场,我事先说明白!"

"兄长,您在训斥谁?您觉得到哪儿说有利,就去哪儿唠叨吧!"

"你们难道真的没有说三道四?"

"我们可对天起誓,我们从未设想过这个圈套。"

"倘若大媳妇固执己见,硬要干这桩事,你们有何高见?"

"我们将告诉您。您身边有警察、大兵、看守人。您完全能够阻拦她。这以后,倘若您的对头在报纸上渲染这场战斗,请不要怀疑二媳妇!"

默吐苏登不甘示弱,又一次威胁说:"闭嘴!大媳妇若想去勒吉伯布尔,就随她去吧,我绝不阻拦她。"

"我们如何供她吃呢?"

"你卖掉自己妻子的首饰,滚吧!我说了,你从这房间里滚出去!"

那温耐着性子离去。默吐苏登把洒满香水的头巾放在头上,下决心去办公室。

莫迪妈从那温嘴里听到了刚才与默吐苏登说话的所有内容。

她心急火燎地跑到古姆迪妮处。她看到,古姆迪妮正在收拾衣服。莫迪妈说:"您在做什么?女皇媳妇?"

"我将与你们一块儿走。"

"我们哪有能力带您走。"

"为什么？"

"那时，大伯子将永远不见我们的脸！"

"那时，他也永远甭想见到我的脸。"

"这倒也是，但我们可是十分贫穷。"

"我也不是富裕人，我就这样两袖清风离去。"

"人们将会笑话大伯子的。"

"你们为了我而受惩罚，我无法忍受。"

"不过姐姐，这个惩罚与您无关；因着我们自个儿的罪过，才遭受这种发配乡村的惩罚的。"

"你们有什么罪过？"

"就是我们告诉您消息这个罪过。"

"我想知道这个消息，你们泄露了，这里有什么罪过可言？"

"没有获得主人允许，泄露消息就是罪过。"

"倘若这样，你们犯了罪过，我也犯了同样的罪过，我们就得一同自食其果。"

"好吧，不过我得强调，您需要一顶轿子。大伯子已吩咐，不阻拦您走。事情已发展到这个地步，我们就一块儿走吧。我来帮您收拾东西，您自个儿干，会大汗淋漓的。"

俩人一块收拾行装。

正在这时刻，外面响起皮鞋咔嚓咔嚓的响声，莫迪妈急忙跑开。

默吐苏登走入屋里，劈头盖脸地说道："大媳妇，你不能走。"

"为什么我不能走？"

"我的命令。"

"好吧，我不走。还有什么指令下达，请说！"

"停止收拾东西！"

"好吧，停止收拾。"说毕，古姆迪妮起身，往屋外走去。

默吐苏登嚷道："听着，听着！"

古姆迪妮停步回转，问道："您想说什么？"

其实，没有特别的话要吩咐。默吐苏登稍许沉吟了一会儿，搭讪着说："我为你带来了戒指。"

"我曾需要的戒指，您禁止我戴。现在我不需要任何戒指。"

"你先瞧一下！"

默吐苏登一个个打开盒子，让她仔细过目。

"你喜欢哪个，就可戴上哪个。"

"您指令哪个，我就戴上哪个。"

"我考虑，三枚戒指，你都戴上吧。"

"您下了令，我遵命戴上。"

"我给你戴。"

"戴吧！"

默吐苏登亲自一个个给她戴上。古姆迪妮又问道："您还有什么指令？"

"大媳妇，你为何发这么大火？"

"我一点也不生气。"说罢，她又欲往外走去。

默吐苏登又慌作一团说："喂，你去哪儿？听着，听着！"

古姆迪妮又立刻回转，说："您还想说什么？"

默吐苏登没来得及思考该说什么。他的脸顿时涨得通红。突然，他带着怒气说:"好吧!走吧!"接着又气愤地嚷道,"把戒指送回来!"

古姆迪妮从三个指头上拔下三枚戒指,放在三脚凳上。

默吐苏登斥声道:"从这儿滚开!"

古姆迪妮头也不回,大步流星地离开了。

默吐苏登这次真下了决心去办公室工作。其实,那时早已过了通常的办公时间。所有的英国雇员已去打网球,还准备筹建贵族网球队伍。这时,默吐苏登却出现在办公室,正襟危坐,全身心地投入工作。六点过去了,七点敲响了,最终时钟敲了八下。那时,他才合上所有账簿,收拾纸张,站起身久久伫立着。

第三十七章

长期以来,默吐苏登的生活旅程的线从来没有断过。他每天都一板一眼地生活、工作,从不打破规律。今天一个不稳定的情势突然使一切秩序都混乱了,颠倒了。当他从办公室往自己住宅走去时,他无法猜度晚上将会出现什么情况。他忐忑不安地回到住所,无精打采,慢吞吞地用完了餐。然而,他没有勇气立即进入卧室。他在南面走廊里来回踱步,过了好长一会儿,时钟敲过九下,他才鼓足勇气朝卧室走去。他暗下决心,一定准时上床睡觉。于是,他走入空无一人的卧室,掀起蚊帐,就倒在床上,但没有丝毫睡意。夜色漆黑,伸手不见五指。那时,没有谁来打扰他,斥责他,打更人也疲惫不堪地休憩着。

时钟敲响一点,他仍没有一丝睡意,辗转反侧,实在无法熬过,便从床上跃起。他苦思冥想:古姆迪妮究竟去了哪儿?打扫间仍上着锁，看来，曾对打扫仆人本古下达的严厉命令还继续有效。他百无聊赖，去屋顶散步，那儿阒无一人。他脱下皮鞋，蹑手蹑脚走到楼下的走廊里，又来到莫迪妈的房间处，仿佛感到里面有人在交谈。默吐苏登思忖：明儿他们将起程，夫妻俩极有可能正窃窃私语，商议着什么。他悄悄站在门边，耳朵贴在门缝处，偷听里面的动静。里面俩人正在谈话，含糊不清，听不分明谈话的内容，但可以清楚地听到两位女子的柔声细语。无疑，离别前的深夜，莫迪妈正与古姆迪妮交谈着。此时此刻，默吐苏登的心情异常愤怒和激动，恨不得用拳脚砸开房门，掀起令人惊骇的风波，但那温在哪儿呢？他肯定在外面什么地方待着。

卧室外面，窗帷掩映下的小径，一盏灯笼一闪一闪地亮着光。默吐苏登走到那儿，发现什娅玛披着一件红色披巾站在那里。默吐苏登感到有些局促，随即愤怒异常，说："你在做什么，深更半夜站在这地方？"

什娅玛答道："我正睡着，突然依稀听到外面有脚步声，直吓得我毛骨悚然。我想，也许……"

默吐苏登暴跳如雷，嚷道："我看，你越发厚颜无耻。你不要对我耍手腕，我早已戒备着你，滚，去睡觉！"

许多日子以来，什娅玛对默吐苏登频送秋波，流露出亲热的渴求。现在，她的胆子越来越大了。今天她碰了一鼻子灰，才恍然意识到自己在不适宜的时刻来到了这不该到的地方。她怀着令人可怜的神情，瞧了默吐苏登一眼，马上转过脸，用衣襟擦拭着眼泪。抬腿欲走时，她又一次转过脸，说："我不擅长耍手腕，亲爱的，但我亲眼见到的一切，驱散了我眼里的睡意。今天肯定不属于我们了，我们与明天联系着。所以，我怎么能忍受这一切呢？"说完，她踩着碎步，急速地离去。

默吐苏登一声不响，怔怔地站着。而后，他朝外面房间走去。他只顾埋头走路，一头撞到巡夜人怀里，巡夜人这时正在四处巡夜。因为张着严密规章的网，他就算在自己家里，都没有自由走动的权力，四周被警觉的目光包围着。主人在深更半夜，抛开温暖床笫，光着脚在漆黑的走廊里，像幽灵游动着，这真是一件前所未闻的怪事。起初，巡夜者没有认出来，喝问道："谁？"走近一看，马上缩进舌头，连连作揖施礼，说："主人有何吩咐？"

默吐苏登掩饰地说："我抽空出来查看一下，一切是否正常运转。"对默吐苏登来说，这种举止是顺理成章的，没有不适宜的唐突之感。

而后，默吐苏登来到客厅，看到如他所料的情况：那温正在那儿，躺在一条褥子上熟睡着。默吐苏登点燃了房间的煤油灯，但光亮没有惊醒那温。于是，默吐苏登推了他一把，那温迷迷糊糊，睡眼惺忪，突然意识到了什么，便慌忙地起身坐着。默吐苏登没有问他睡在这儿的缘故，只是说："现在就去对大嫂妇说，我叫她来卧室。"

不一会儿，古姆迪妮进入卧室，默吐苏登凝视着她的脸。她穿着一件镶嵌红边的朴素大方的纱丽，把纱丽一角迅即拉到头上。空寂的房子，昏暗的光线，古姆迪妮走到沙发处坐下。她的出现给默吐苏登多大的惊喜和意外！

默吐苏登这时走到她脚跟前的地毯上坐下。古姆迪妮局促不安，霍地站起。默吐苏登拽着她的手，让她坐下，说："不要起身，听我一句话！请宽恕我，我犯下了罪过。"

听了默吐苏登这番秘而不宣的表白，古姆迪妮不知所措，也不知说什么好。默吐苏登又说："我将禁止那温和二媳妇去勒吉伯布尔，让他俩一块儿陪伴你，为你效劳。"

古姆迪妮不晓得该如何回答。默吐苏登沉思着，他毁灭了自己的尊严，也损伤了大媳妇的自尊。随即，他握住她的手，温和地说："我出去一下，我马上就回来，你得保证待在这里，不去其他地方。"

古姆迪妮和解说道："我不走，我不去任何地方。"

默吐苏登朝楼下走去。默吐苏登在表达自己的卑劣性和粗暴脾气时，古姆迪妮觉得情况十分明了，不复杂；但今天，他那么温柔，灭了自己昔日的威风，反而使她摸不着头脑了，不知该如何回答。照理，她曾带着心灵礼物来到这府邸，而那心灵礼物早已散落在地上；从尘埃里再拾起礼物，恐怕已无济于事。她再次呼唤自己的神明："情人容忍情人，神明给我豁达！"

片刻，默吐苏登带着那温和莫迪妈进来，他指着他们说："昨天我让你们去勒吉伯布尔乡下，现在我取消这个指令，你们不必去乡下了。从明天起，我安排你们好好服侍大媳妇。"听了这突如其来的决断，他们怔住了。起初，他俩根本没有料到有这个一百八十度转弯的指令。而后，他们又认为没有必要在深更半夜，郑重其事地把他们从睡梦中叫醒，并马上吩咐这项工作！

但是，默吐苏登无法忍受更长的延误，他不想使古姆迪妮在回心转意里有任何疑惑的余地。从前，默吐苏登在自己生活里从未破坏过自己定下的规矩，从未在别人面前丧失过自己的尊严。他想攫取的东西，从不惜自己的力量去获取。他向古姆迪妮表白："我毫不迟疑地走近你，我承认失败。"

现在，古姆迪妮感到巨大的困惑。她思忖将以什么方式接受这种情势。她身边拥有什么力量能给以回答。当外部的任何阻碍来到生活里，她很容易获得与之做斗争的力量，神明自己就可成为她的助手。但当那外界的敌对方突然认输时，战斗倒是停止了，和约却没有签订；这时，自己内心的反抗反倒消除了。现在有一件事实在古姆迪妮面前越发清晰了：当默吐苏登粗野无礼时，不管对他多么讨厌都能简单对付，但现在当他温和起来时，采取什么态度对待他就难了；在这种情况下，她的愤慨自傲不可能存在了。附属的依赖丧失了，向神明乞求就没有任何意义了。

如果古姆迪妮能找到某种借口，把莫迪妈留在自己身边，她就获救了。但当那温离去时，莫迪妈忐忑不安，也慢慢地随他离去。她走到门口，偷偷地、忧虑地回眸瞧了古姆迪妮一眼。她思忖，现在谁能够从丈夫的喜欢的利爪中拯救出这位单纯的姑娘呢？

默吐苏登说："大媳妇，不卸妆睡觉？"

古姆迪妮缓慢地起身，踱步到旁边的沐浴室，关上房门——自由的时间能有多长，她就想让它有多长。那儿摆了一把椅子，她坐在上面，一动不动。她不安的身子仿佛在自己的内心寻觅自己的间隔。默吐苏登不时抬头瞧着墙上的挂钟，暗自计算着——她可能花多少时间卸妆。这期间，他对着镜子照着自己的脸，稀疏的硬发杂乱无章地散布在头顶上。他几次竭力用木梳压住疏疏的头发，但无济于事，它们不是那么顺从听话；他又在自己衣服上洒了许多香水。

十多分钟过去了。这么长时间换衣服足足有余。默吐苏登耐不住起了身，悄悄地把耳朵贴在浴室门上。他听不到里面有人行动的声响。他思量，兴许古姆迪妮梳理着自己的美发，忙于盘发结。女人喜欢梳妆打扮，默吐苏登明白这个，因此他告诫自己，应该保持耐心。半小时过去了——默吐苏登又一次把耳朵贴在门上，现在一丝响动都没有了。他回转身，坐在一张安乐椅上。床前墙上挂着一张英国油画，他凝望着画出神。猛然间，他慌乱起来，走到门边，叫嚷："大媳妇，现在还没完事？"

此时，门扉徐徐启开，古姆迪妮款款走出。她感觉如在梦里，迷迷糊糊。她现在穿的就是刚才进去时穿的衣服，而不是睡服。她身上穿着一件棕黄色的哔叽料的长袖衬衫；一条红边的、杏黄色的阿勒温毛绒披巾拉过头顶披着。她左手搁在门边，踌躇不定地站着。她亭亭玉立，显出无与伦比的身姿。白皙光洁的手上戴着镂刻着鳄鱼头的纯金手镯——完全是古老传统式的；兴许这副手镯曾在某个时候戴在她妈的手上；那副厚重的手镯，赋予她那双温柔的纤手以荣华高贵的尊严，她接受那种尊严是那么自然简单。她的装扮和修饰没有一丝忸怩作态的影儿。

默吐苏登以新的视角再次审视了她。他再次看见了她高贵的形象，感受到她不可侵犯的凛然的高贵品质。这个富有魅力的形象给他以无比的惊奇感！他多少年聚敛财富，才获得这个幸福。一想及这点，他激动得不能自已。往日，他经常与那些在财富和荣耀方面比他差一截的人交往，今日，在煤油灯昏暗的光线照射下，那位姑娘聚精会神地伫立在房门前。默吐苏登看到她，仿佛觉得自惭形秽，他没有足够的财富可与之相比。他思忖，他恍若是吉特尔纪皇帝，她定能使这个家庭生辉。他清楚地意识到，这位姑娘的性格是从诞生时起就在一个特殊家族的尊严中发展起来的。换言之，她那种高贵品性反映着她诞生前的久远的漫长时代，外界任何人都无法涉及那个领域。其兄维帕勒达斯也具有自然且高贵的品德，出现在人们面前的朴实的自傲如包围古姆迪妮那般永远困袭着他。

默吐苏登是无法忍受这个事实的。维帕勒达斯身上没有一丝粗鲁无礼的影儿，唯有一种豁达的品性显露于他的行为举止中。而默吐苏登不可能突然怀着亲切的情愫，拍打着某人的背脊说："兄长，近来可好？"在维帕勒达斯面前，默吐苏登自愧不如，自惭形秽。为此他大为恼火。正因为那个不易觉察、不便启齿的缘故，他没有向古姆迪妮施加暴力。他在这家庭里称王称霸，但在她面前只能俯首称臣，低声下气，甘拜下风。因为古姆迪妮对他有一种深不可测的巨大魅力。今日，他清楚地看到，古姆迪妮即使不刻意装扮而至，只是站在一个不清晰的掩蔽物后面，一个婀娜多姿的朦胧形象就无与伦比地突现在人们眼前。一种神圣和洁白的光辉在她全身闪烁着，仿佛纯洁无瑕的朝霞呈现在阒无人迹的喜马拉雅山巅上。

默吐苏登稍稍走近些，缓缓地说："大媳妇，不想睡觉？"

古姆迪妮听了，吃惊地待着。她原以为，默吐苏登会大发雷霆，会发出侮辱她的厥词。她蓦然记起一个久远的熟悉的音调——她父亲用温柔的口吻，也如此呼唤她母亲为"大媳妇"！同时，她又记起她母亲阻拦她父亲走近自己而扭头离去的情景。刹那间，她眼里噙满了泪水。她靠近默吐苏登的脚边，坐在毛毯上说："请原谅我！"

默吐苏登握住她的手，扶她起来，让她坐在椅子上，说："你犯了什么罪过，让我宽恕你？"

古姆迪妮说："我迄今内心还没有准备好，给我一些时间！"

一听这话，默吐苏登内心又想发火，说："为什么事需要给你时间，请说明白！"

"我无法正确解释清楚——解释清这件事是异常困难的。"

现在，默吐苏登的喉咙里没有任何情味。他说："没有啥难的。你想说我不讨你喜欢。"

古姆迪妮进退维谷。话既对又不对。她全身心地向神明敬献祭品，但祭品至今没有到来。她心想，坦途上有阻碍，稍许耐心点，祭品一定会来的，不会等多久的。但是篮子迄今空空如也，不能不承认这个事实！

古姆迪妮说："我不想欺骗您，因而我说，给我一些时间！"

默吐苏登越发不能忍耐，用粗硬的口吻说："时间将给你带来什么便利？你想与自己兄长商议，而后再与自己丈夫建立夫妻关系？"

默吐苏登固执己见地认为，在等候与维帕勒达斯见面期间，古姆迪妮停止一切行动，兄长想让她按某种方式行事，她就遵命，照章办事。他挖苦地说："你的兄长是你的祖师爷。"

古姆迪妮霍地从地毯上跃起，激动地说："对，兄长是我的祖师。"

"今日，他不下达命令，你是不会脱衣，不会上床睡觉，对吗？"

古姆迪妮捏紧了拳头，像木偶似的站着，纹丝不动。

"你现在还不拍电报，讨取他的命令——眼下已深更半夜了。"

古姆迪妮没做任何回答，径直朝屋顶的房门走去。

默吐苏登大声咆哮，斥喝道："我说，你不许离开这儿！"

古姆迪妮这时刻回转身站住，平静地说："您想干什么，请说！"

"现在你过来脱下衣服！"然后他瞧了一下钟，说，"给你五分钟时间。"

古姆迪妮进洗澡间，脱下衣服。在纱丽上面裹了一件宽厚的披巾，姗姗走来。现在，她等待第二道命令。默吐苏登见了就明白，这位女子在战争艺术的智能方面胜人一筹。于是他火冒三丈，气愤至极。但他下步该做什么，自个儿都不甚明白。默吐苏登尽管怒不可遏，但没有完全丧失理智，他控制住自己，反问道："你现在想做什么，请说！"

"您让我做什么，我就遵命做什么。"

默吐苏登绝望至极，"砰"的一声跌坐在椅子上。他望着裹着披巾的姑娘，仿佛觉得她像位寡妇站在自己的面前，仿佛丈夫和她之间有一个静寂的死亡之湖在涌动着。咆哮喧嚣是无法通过那个湖的。风帆灌满什么样的风，小舟才能飘动，抑或它永远滞留着？

他默然无声地坐着。钟声嘀嗒嘀嗒响着，除此之外，屋里寂静得听不见一丝响动。古姆迪妮没有去屋外。她背对着默吐苏登，两眼盯着外面漆黑的屋顶，宛如一幅画伫立着。

街道转弯处，一个喝得酩酊大醉的酒鬼喉咙里哼着不清晰的小调；邻居的马厩里拴着一条狗崽，它不知疲倦地哀号着，划破了深夜的宁静。

时间像一座深不可测的洞穴，在虚无里扮出一副怪相。默吐苏登外部机器的每个轮子，仿佛都停止了转动。明天办公室里他有许多事要做，要召开董事会——尽管会有阻力，但必须通过一些复杂的提案。明天的业务现在宛如影子一般附随着他。从前，他已养成一个习惯，把第二天必须做的事写在笔记本里。今日，诸如此类的担忧再没有困袭他的心。他眼下觉得世上最艰难的、最确定的现实就是那位裹着披巾的姑娘，她现在正呆呆地站在窗前。

过了好长一会儿，他叹了口长气。猛然间，他从椅子上站起，走到古姆迪妮的身边，说：“大媳妇，难道你的心是用石头塑成的？"

"大媳妇"的字眼，在古姆迪妮心里犹如咒语轰然响起。在这个时刻，母亲生活的图画突然在她心坎里升腾，光彩照人。这个字眼呼唤了不知多少日子，这个包含着多少单纯情感的字眼激励着她母亲。那个习惯似乎已经融化进古姆迪妮的血液里。所以，一听到那熟悉的呼唤，她就扭头驻足。默吐苏登可怜兮兮地说："我委实不配你，不过你难道不同情我？"

古姆迪妮慌忙地说："不，不，不要说这样的话！"她跪在地上，摸着默吐苏登脚上的尘土，说，"我是您的女奴，您命令我吧！"

默吐苏登激动地握住她的手，扶起她，拥抱着她，喃喃地说："不，我不命令你，你自个儿按自己的意愿来我身边！"

被挽在默吐苏登的臂弯里，古姆迪妮喘着气，但她没有企望从他臂弯里挣脱出来。默吐苏登用通常的哭嗓音说："不，我不命令你，你自愿来我处！"说毕，他放开了古姆迪妮。

古姆迪妮白皙的脸涨得通红，眼望着脚尖，说："您的命令使我的职责变得简单了，我自己没有能力考虑自己。"

"好吧，你卸下这条披巾——它使我无法看清你。"

古姆迪妮不好意思地脱去了披巾，她身穿一件名贵的纱丽，花边做工十分精细。黑色的条纹纱丽披在她身上，仿佛那些条纹是直泻的泉水；仿佛它们在不间断地流淌着，犹同一种黑色的目光镂刻上了不倦运动的印记；仿佛从它的四周进行着敬神仪式，那种敬神仪式从未间断过。默吐苏登看着看着被迷住了。这时，他没有注意到那件纱丽不是这里产的，否则，他是不会忍受的。古姆迪妮身上的纱丽为什么不显出特别的人为修饰？因为它是朴素的，另一方面它是她娘家特有的一种自然风格。

紧挨洗澡间的是换衣服的房子，那里放置着一具大衣柜，檀香木做成的抽屉。它的前面镶嵌着一面大镜子，里面叠放着古姆迪妮婚后的各式各样的贵重纱丽。然而她对这一切丝毫不动心，这就是这位姑娘的骄傲的地方。

默吐苏登记起三枚戒指的事。古姆迪妮带着藐视的态度没有接受它们，然而她对兄长给予的只值三个铜板的翡翠戒指却情有独钟！在维帕勒达斯与默吐苏登之间，古姆迪妮的爱具有天壤之别的价值区分！这类的事情犹同突如其来的风暴，狠狠地冲击着默吐苏登的心。但天哪，有何办法！姑娘是那么绝伦无比、令人惊叹的漂亮，而她那充满痛苦的不服从——犹同是她的一个装饰！就是这样的姑娘能够视荣华富贵如粪土，她就在自己简朴的土地上诞生长大——因而，她不会估评财富多寡，不会计算。这样，她怎么会流露出对财富的贪欲呢？

默吐苏登如此思考着，然后说："走，你去睡觉吧！"
古姆迪妮发怔地望着他的脸庞，他仿佛一点也没情趣。
"难道您不先去床上？"

默吐苏登坚定地说:"去!现在再也不要耽搁了!"

古姆迪妮朝床走去,默吐苏登坐在沙发里说:"我就坐在这儿,你呼唤我,我就来。我会年复一年地等待着。"

古姆迪妮的整个身子颤抖起来——这是何等稀罕的等待!她今朝走向谁的家门口磕头烧香?神明不注意她,她通过那条完全错误的通道,来到这儿。她坐在床上,自言自语地说:"神明,您永远不会遗忘我,我至今仍相信您。您从极地来到森林,为在森林里显示。"

寂静笼罩在那间失去感觉的房间,在街道转弯处已听不到醉鬼的声音,唯有那条围在栏里的狗崽疲惫不堪地发出阵阵哀号。

短暂的时间也仿佛变成很长很长,麻木的时间仿佛没有走动,这难道就是夫妻生活的永恒图画?从此岸到彼岸,俩人默不作声地坐着——茫茫夜晚没有个尽头似的——死亡一般的不可逾越的寂静笼罩着四周。末了,古姆迪妮用尽全身力气,从床上跃起,走近默吐苏登说:"您不要使我成为女罪人!"

默吐苏登表情严肃地说:"你想要什么?说吧,做什么?"他那最后一句话好像是被生拉硬拽出来似的。

古姆迪妮说:"您来睡觉!"

这难道能说战胜了她?

第三十八章

翌日清晨,莫迪妈为古姆迪妮端来一杯牛奶。她发现,古姆迪妮两眼红肿,脸色像死灰那般阴暗。她原以为,像通常一样,清晨屋顶角落里铺着坐毡，古姆迪妮脸朝东为心灵之神膜拜，盘坐着。今朝，她也定会坐在那儿，但她不在。莫迪妈登上楼梯，发现屋顶的一角被遮掩着，古姆迪妮背靠着墙，疲惫不堪地坐在地上，兴许她对神明不满而没有在坐毡上做礼拜。当父亲无缘无故打骂没有过错的儿子，儿子一点也不明白，带着不屈的神情默默地忍受着父亲的打骂，一点也不努力做出反抗。古姆迪妮今天对神明的心情，就是那个挨打孩子的心情。她把那种召唤看作神的召唤，难道那种召唤能坠入不洁之中？难道它坐落于内心之中？难道神明需要女人的祭品？难道他为此迷惑、诱骗猎物，并把它带走？难道他把没有灵魂的身子当作自己祭品的肉团？今日，她内心怎么也唤不起对神明的虔诚情感。许多日子以来，她一次次祈求道"您宽容我"。但今朝，她叛逆的心诉说道："我如何容忍您？我跌入无地自容的境地，如何向您膜拜？您自个儿不能接受自己的虔诚者，难道要在奴隶市场上出售她？在那个市场里妇女确实作为鱼肉标着价格被出售着，那儿谁都不会坐等虔诚的膜拜以获取无谓的价值，那儿的整个花圃只是款待着羊群。"

　　莫迪妈端着牛奶请她喝时，古姆迪妮只是说："放着吧！"

　　莫迪妈吃惊地问："为什么，怎么放着？我的牛奶罐有何过错？"

　　古姆迪妮解释道："眼下，我还没有沐浴，还没膜拜。"

　　莫迪妈说："您去沐浴，我坐着等您。"

　　古姆迪妮洗完了澡。莫迪妈原以为，她洗完澡会去敞开的露天屋顶一角坐着。古姆迪妮慢慢挪动脚步，朝屋顶的通常方向走去，但她最终没有抵达，回转来又坐在那地毯上。此刻，她内心仍没有准备好。

古姆迪妮问莫迪妈:"难道我兄长的信没有来?"

信很可能来了。莫迪妈已想到这点,就在今天天蒙蒙亮时,她偷偷到办公室,想打开放信的抽屉,发现抽屉被锁住了。为了防止小偷行窃,有人已经关闭了通道。

莫迪妈说:"我眼下无法确定信到底来没来。我将去探个明白。"

这时,什娅玛突然来这儿,说:"大媳妇,您怎么啦?这么憔悴,身体不舒服?"

古姆迪妮答道:"没有。"

"您的心为娘家担惊受怕,这是人之常情。听说,您兄长正赶往这里来,将与您相会。"

古姆迪妮很是吃惊,她用强烈的渴求目光,凝望着什娅玛的脸。

莫迪妈不以为然地问道:"您怎么获知这则消息的,恐怕是误传吧?"

"去你的。这个消息已经不胫而走,谁都知道。我们厨娘说,她娘家的'大人'来向王公询问媳妇的情况。从她那儿听到,媳妇的兄长最近要来加尔各答,求医治病。"

古姆迪妮惊愕地问道:"难道兄长的病加重了?"

"我无法说清,不过不必大惊小怪。但听说他肯定要来。"

什娅玛恍然大悟,默吐苏登没有把她兄长要来加尔各答的消息告诉古姆迪妮——或许因为默吐苏登至今还不能得到古姆迪妮的芳心。她若不对娘家的一切淡漠,就不会对其他关心。什娅玛煽动古姆迪妮的心,说:"很难遇到像您兄长那般优秀的人,我从很多人嘴里听到了对他赞扬的话,帕古尔、波尔。我走了,该完成仓库的清扫工作了,迟了就难准时做好工作餐了。"

莫迪妈再次递上牛奶罐,请古姆迪妮喝,说:"姐姐,牛奶要凉了,请趁热喝下它吧,我的女王姐姐!"

这次,古姆迪妮不再反对喝奶了。

莫迪妈贴近她的耳朵说:"今天难道您还去仓库?"

古姆迪妮答道:"今天不去啦——现在你把戈巴尔派到我这儿来。"

一位黝黑、粗暴、贪欲的年事已高的人,从外面像日食般吞没或折磨着古姆迪妮。那个年纪成熟的人原本应是宁和、温柔、洒脱和深沉的,然而他不是那号人,他始终贪得无厌,他的节制软弱无力,他的爱只是迷恋于官能的爱,他那纠缠不休的抚触,使古姆迪妮内心充满着厌恶。但她对丈夫的年纪大没有多少怨言,她的痛苦是因着他完全忘记了自己的尊严而产生的。内心犹同一种果实,应该在阳光与和风中自由成熟,在石磨里压榨生果是不会成熟的!默吐苏登还没有获得足够的时间耐心地等待。正因如此,他们眼前这种关系刺伤着古姆迪妮的心,侮辱着古姆迪妮。现在,她能到哪个避风港躲藏呢?她刚才对莫迪妈说让戈巴尔来身边,那只是寻找心灵避风港的一个借口而已。她寻思从非神圣地逃脱开,走向新的纯洁圣地去。从肮脏窒息中逃跑出去,走进开满鲜花的芳香四溢的花圃里去。

孱弱的哈伯鲁,穿着白花棉布衣服,走到楼梯的门槛,战战兢兢地站立住。他的一双又大又黑的眼睛,像他妈那样犹同雨云一样水灵灵的;棕色肤色,两颊似花,头发剃光,使人一览无余。

古姆迪妮起身,拉着困窘不安的哈伯鲁,抱住他,亲切地说:"小坏蛋,我的宝贝!为什么两天不照面?"

哈伯鲁挨近古姆迪妮的脸颊，对着她的耳畔，悄悄地说："伯母，我为您带来一件东西，您猜猜是什么？"

古姆迪妮亲吻着他的面颊，说："亲爱的，你拿来了红宝石？"

"在我的口袋里。"

"好，现在掏出来瞧瞧！"

"您将无法猜到。"

"我可没有那么聪明。没有亲眼看见的东西，我是不会明白的。我常常猜错没有见到的东西。"

哈伯鲁慢慢地从口袋里掏出一个鼓满的纸包，企图扔到古姆迪妮怀里，然后一溜烟跑出去。

"不，我不许你逃走。"

哈伯鲁用手压着纸包，慌乱地说："现在您不许打开瞧！"

"不打开，你不用害怕。待你离开，我再打开。"

"好吧，伯母，您曾看见过长胡须的老太婆吗？傍晚时分，她在下面庭院的煤炭房里，蹬上蝙蝠背。"

"就是踩在蝙蝠背上的她？"

"她想多小就能变得多小。"

"应该向她学习那种秘密。"

"为什么，伯母？"

"因为当我逃跑到煤炭屋，人们就不会发现我。"

哈伯鲁全然不明白话中含有的意义，他说："她把朱砂盒子藏在煤炭中间。她从哪儿取来的那朱砂，您知道吗？"

"我有所耳闻。"

"好吧，那您讲讲您所掌握的秘密。"

"她是从清晨的云层里取来朱砂的。"

哈伯鲁突然呆立不动，这番话颇使他伤脑筋。专栏新闻记者曾告诉他有关大海彼岸的魔鬼城的故事，但他觉得，伯母的话更真实可信。所以，他毫无异议地说："哪位姑娘找到那个朱砂盒子，然后在自己额上抹上一点点朱砂，俨然她就会成为王后了。"

"灾难临头，哪个坏蛋带来这个消息的？"

"二姑母的女儿可蒂带来这个消息。清晨，钦努提着篮子取煤，可蒂随他一块去——她丝毫也不感到害怕。"

"她毕竟是女孩子，所以，她成为王后，不觉得有什么不安。"

屋外，正刮着从北方吹来的寒风。古姆迪妮赶紧把哈伯鲁带进屋内，坐在沙发里，她从怀里举起他。旁边三脚凳上放置着一个小银盘，银盘里放着冬季的花朵——金盏草花、茉莉花等。每日，园丁采集那些花，码放在那儿。古姆迪妮坐在屋顶角落里，脸朝着太阳升起的地方，向神明敬献鲜花。那些鲜花就是为此放置在那儿的。今日，古姆迪妮把所有作为祭品用的鲜花与盘一起放到哈伯鲁面前，说："想要花吗？"

"想，我拿。"

"难道你要使用它们？"

"我可以做膜拜游戏。"

古姆迪妮取下自己腰间束着的一条丝绸手帕，用它捆住花束，说："拿着！"内心却暗自说，"我也在做膜拜游戏！"接着说，"戈巴尔，告诉我，你最喜欢其中哪些花？"

哈伯鲁欣然答道:"我最喜欢番红花。"

"为什么觉得番红花最好,说说行吗?"

"它们能在黎明前,从老太婆的朱砂盒子里偷取颜色。"

哈伯鲁神情严肃,沉吟了一会儿,猛然又说:"伯母,番红花的颜色犹同你纱丽边缘的红色。"

这样,他道出了心里的全部话语。

正在这时,她蓦然发现默吐苏登站在后面的转弯处。他没有发出一丝的脚步声。此时不是他走进卧室的时间,外面办公室里有堆积如山的有关生意的事,代理人来了,求职者来了,秘书来了——他们带着种种信息和书面信件等着他。

第三十九章

乞丐篮子里只有谷糠,没有喷香的米饭。同样,今日清晨。默吐苏登带着这种心情,十分不满地走出来。但是贪婪的迷恋是十分可怕的,遇着阻碍,它也会把人从阻碍中拽出。

一看见他,哈伯鲁吓得面如土色,他的心剧烈地跳动。他企图逃跑,但古姆迪妮一把抓住他,不让他起来。

默吐苏登已经明白,大声叱责哈伯鲁,说:"你来这儿干什么?不去念书?"

现在老师还没有来,但哈伯鲁不敢争辩。他默默地忍受他的责骂,垂下脑袋,快快地离去。

古姆迪妮几次试图阻止他走,说:"你把自己的花扔在这里,你不拿走它们？"说着，她把手帕包裹的花束放到他跟前。哈伯鲁没有伸手去拿——他害怕地盯着大伯难看的面孔。

默吐苏登突然从古姆迪妮手中抢过小包，问道："这手帕是谁的？"

刹那间，古姆迪妮满脸涨得通红，说："我的。"

那块手帕委实是古姆迪妮自己的，这是毫无疑问的——也就是说，手帕是她婚前的财产，它的边缘的丝织也是古姆迪妮自己的杰作。

默吐苏登把手帕里的花束扔在地上，把手帕塞进自己的口袋里，说："我拿走这块手帕，小孩子拿它有什么用？"接着对哈伯鲁吼道："你滚！"

古姆迪妮见到默吐苏登如此蛮横的态度惊愕不已。哈伯鲁痛苦地离去了，古姆迪妮不知说什么好。

默吐苏登看到她惊愕且不满的表情，说："你在分配施舍物，难道剥夺我的一份？这块手帕从今日起归属我了。你记着，我从你那儿获得了一些东西。"

默吐苏登天性就是如此，他内心总想从获取里显示一种阻碍和抵触的力量。

古姆迪妮垂下眼帘，默不作声，坐在沙发一边。纱丽的红边拉过她的头顶，掩住她的脸庞，下摆垂悬着，随着它一起垂挂着的还有她湿漉漉的飘动着的散发。滑柔的颈脖挂着一条金项链，这条金项链是她母亲的，所以，她一直佩戴着它。她身上只穿一件内裙，现在，她还没有穿全衣服，她袒露的手臂放在怀里，她双手柔滑、白皙，她整个身子的声音仿佛都从那儿响起。

默吐苏登用低垂的双眼，目不转睛地盯着这位高傲的女人。他的眼睛一刻也没有离开过她戴着厚厚金镯的一双纤手。他坐在她近旁的沙发上，企图用手把她拉过来——但他觉得有一种特殊阻碍存在着。古姆迪妮不想把自己的手离开胸怀——手里握有那个压皱的纸包。

默吐苏登问道："这纸包里装有什么？"

"不晓得。"

"不晓得！这意味着什么？"

"意味着什么？我不懂。"

默吐苏登不相信她的话，说："给我纸包，我瞧瞧。"

古姆迪妮说："这是我的秘密东西，不能给你看。"

骤然间，愤怒的激流冲到默吐苏登的脑门上，他咆哮道："什么？你竟如此胆大妄为？"说着，他强硬地从她手里夺过纸包。他打开它瞧着，里面什么也没有，只有几颗豆蔻。在妈妈简单安排的早餐里，对哈伯鲁最具诱惑的东西就是豆蔻。因此，哈伯鲁十分小心地把它包好，让伯母分享他的快乐。

默吐苏登目瞪口呆。他无法明白究竟是怎么回事。他思忖，兴许她从娘家就习惯于这样的早餐。所以，她珍藏着它们。因不好意思，而不愿袒露这件事。想到这儿，他不由窃喜着。他又想："女神的自由享受，需要在获取贡品里花些时间。"蓦然间，他脑子里产生一种灵感，他大步流星步出户外。

古姆迪妮打开自己的抽屉，取出旃檀木制作的一个小方盒子，把豆蔻细地放进盒子。而后，开始给自己的兄长写信，还没写上两三行字，默吐苏登回来了。那时，古姆迪妮压住信纸，一动不动地坐着。默吐苏登手里捧着一只金银花瓶，里面插着的花是由丝绸精细编织成的手帕所折成的。他踌躇满志地微笑着，把花瓶放到古姆迪妮书桌上，说："打开手绢花，瞧瞧什么东西！"

古姆迪妮取下手帕花。她看到，在那只价值连城的花瓶里竟然装着成堆的豆蔻。倘若她独处时，她一定会忍俊不禁。但这时，她忍住笑，神情严肃地、默然不语地坐着。当然，她这样做比笑更难受。

默吐苏登说："藏着豆蔻，偷吃，有何必要？吃豆蔻有什么可害羞的呢？我每天给你取来——你想要多少？以前你为什么不告诉我呢？"

古姆迪妮说："您不会拿来的。"

"我不会拿来？你胡说什么？"

"不会的，您不会送来的。"

"难道我会计算它们的价格？"

"这些东西不是用钱能获得的。"

一听到这话，默吐苏登脑子马上反应过来，怀疑地说："这些豆蔻兴许是你兄长寄来的？"

古姆迪妮无意回答这个问题，她推开花瓶，起身离开。默吐苏登抓住她的手，强硬地按她坐下。

没有给默吐苏登开口的机会，古姆迪妮抢着问道："有人从兄长那儿把吉祥消息带到您这儿来吗？"

古姆迪妮料想默吐苏登听了会发火的。但他狡辩说："我今日一大早来你这儿，就要告诉你这个消息。"不用多说，这纯粹是谎言。

"兄长何时来？"

"一个星期内。"

默吐苏登已确切晓得维帕勒达斯明天就抵达这儿，但他却谎称

"一周内,"他故意使消息不确定。

"兄长的身体状况如何?病情是否更趋恶化?"

"没有。我没有听说过这个消息。"

这话有些蹊跷。维帕勒达斯为治病来加尔各答——意思是明摆着的:他的身体状况不佳。

"兄长有信来吗?"

"我现在还没有打开信箱。倘若有信来,我会马上送给你。"

古姆迪妮开始相信默吐苏登的话,因而她默认了他所说的话。

"兄长的信来还是没有来,请您能马上通知我,行吗?"

"倘若你兄长来了信,午饭后我马上送来。"

古姆迪妮压抑着自己焦虑的心情,默然地同意了。那时,默吐苏登再次企图拉她的手,什娅玛突然风风火火地进屋,说:"喔,亲爱的,你闲坐在这儿!"说毕,即想离去。

默吐苏登说:"什么事,您想做什么?"

"我来仓库叫唤媳妇。尽管是皇后,她毕竟是家里的女主人。不过,今日算了,她想干什么就干什么吧!"

默吐苏登从沙发上起身,什么话也没说,飞快地走出屋。

用过午餐,默吐苏登按常规进卧室小憩,半靠在床头枕头上,咀嚼着槟榔。随即,他派人去叫唤古姆迪妮。她马上赶到。她晓得,今天她定会获得兄长的信。她步入卧室,站在床边。

默吐苏登推掉吸烟水管,用手指着一个地方说:"请坐!"

古姆迪妮顺从地坐下。默吐苏登把信交到她手里。信里,兄长简短地写道:

亲爱的妹妹：

首先向你祝福。

我匆匆来加尔各答，是为了治病。待身体康复，我将来与你相见。倘若你在家务中偷闲给我写信，我就可不时听到你的好消息，我亦将放心啦。

获得如此简短的信，起初古姆迪妮的心似乎遭到了一种打击。她暗自说："现在，我已成为娘家的局外人啦。"

当自尊心增强时，她突发遐想："兄长身体不佳，我心胸却如此狭窄，最先仅考虑自己的情况。"

默吐苏登知道古姆迪妮要起身离去，说："你去哪儿？稍坐一会儿！"

他让古姆迪妮坐下，但还没得空思考对她说些什么。沉闷总要打破，尽快说些什么。所以，他把清早起来搁在心里的事通通倒了出来："你为何对豆蔻的事守口如瓶，为何如此固执，这里究竟藏着什么可害羞的事？"

"那是我与戈巴尔之间的私事。"

"涉及戈巴尔的事，不能告诉我吗？"

"不能。"

默吐苏登的声音严厉起来，说："这是你们努尔那卡尔人的诡计——从自己兄长学校里学来的。"

古姆迪妮不做任何回答。默吐苏登离开枕头，起身坐着说："倘若我不能使你放弃那种习惯，我就不叫默吐苏登！"

"您究竟有何吩咐，请说！"

"谁给你的那个纸包，请讲！"

"哈伯鲁给的。"

"哈伯鲁给的！现在还有必要掩盖真相？"

"我不会撒谎。"

"难道没有第二者通过他把这纸包给你？"

"没有。"

"倘若事实不是这样呢？"

"事实真相就是如此，除此以外，不可能有其他的。"

"那时，你为何极力掩饰呢？"

"您不理解！"

默吐苏登抓住古姆迪妮的手，推了她一把，说："你过分任性暴虐，我简直无法忍受。"

古姆迪妮脸涨得通红，随即用平静的口吻问道："您想要什么，您说明白些！我承认，我没有养成你们这儿的行为习惯。"

默吐苏登额上的青筋又暴突出来，但他又想不出如何回答，这使他恼羞成怒，真想狠狠揍她一顿！

正在这时，屋外传来谁的清晰嗓音："办公室先生驾到，正等候老爷。"他忽然记起，今天要开董事会。想到这儿，他脸红了，他还没为这事做好筹备工作——今日清晨的时光白白流逝过去了。如此疏忽大意是极大地违背他的工作习惯的。想到这儿，他自个儿傻呆住了。

第四十章

默吐苏登一走，古姆迪妮就从床上下来，坐到地板上。难道她一生将在大海里不倦地游泳，永远也抵达不到岸边？默吐苏登说得有理，他们之间的行为方式截然不同。与所有不同相比，这是最让人不堪忍受的，能够找出解决它的办法吗？

她沉吟了一会儿，朝楼下莫迪妈的房间走去。下楼时，她看见什娅玛·宋德莉正走上来。

"媳妇去哪儿？我正要到您屋去。"

"有什么要紧的事？"

"没有特别的事。我发现，心肝儿的脾气十分坏。我想问您一下，新婚里什么地方出了差错？媳妇，请记住应该以什么方式与他相处，我或许能给您几许指点。您现在兴许去黑檀香花丛那儿，去吧——这样，心情可放松放松！"

今日，古姆迪妮突然发现，什娅玛·宋德莉和默吐苏登俩人，似乎是在同一制陶转轮上，用同一块泥土被塑造成的。这个奇特想法如何潜入她的脑海，真是无法捉摸。但仔细分析一下他们的性格，就会明白不是那么回事，俩人的外貌举止不是特别吻合。然而她又觉得这俩人的行为方式仿佛在按同一韵律震颤着——在什娅玛·宋德莉的内心世界与默吐苏登的内心世界里吹刮着同一风息。当什娅玛·宋德莉与他来往频繁时，默吐苏登就把古姆迪妮朝反方向推去。想到这些，古姆迪妮身子里产生了一种无以名状的颤抖。

古姆迪妮走进莫迪妈房间,看到那温同莫迪妈抢夺一件东西。她欲回转身离去,蓦然间,那温嚷道:"嫂子不要走,不要走!我正要到您那儿去,我要起诉她。"

"起诉什么事?"

"稍坐片刻,我要对您诉说自己心头的痛苦。"

古姆迪妮坐在木板上。

那温气急败坏地说:"对我大大不公,这位高贵、富有教养的女子把我的书,不知藏到哪儿去了。"

"她为何这样控制你?"

"纯粹出于一种忌妒,因为她无法读英文书。我是支持妇女受教育的主张的,但它违反男性社会的'教育'。我的理智有多大提高,她与我的分歧就有多大。这就是她不满生气的缘由。我曾多少次解释,不管是多么伟大的悉多,她也要步罗摩的后尘,夫唱妇随。在学识理智方面,我是远胜于您的,请不要在其中设置障碍!"

"兴许智慧女神深知你学识的能力,但你不要过分吹嘘自己的智慧!我只是这样劝你。"

那温把脸弄成这般苦相,仿佛有巨大危机轰然向他扑来似的。古姆迪妮见了这副苦相,忍俊不禁,哈哈大笑不止。来这府上,她是第一次这样开怀大笑。她那种纵情大笑的模样,也使那温感到一种甜蜜的愉悦。他自言自语地说:"这就是我值得一做的工作——我能使嫂子开怀大笑。"

古姆迪妮笑着说:"妹妹,你难道当真把他心爱的书收藏起来了?为什么?"

"姐姐,您瞧,难道教书匠整天坐在卧室里啃书?晚上,我来到卧室,看到了什么,一盏汽油灯点燃着,一盏煤气灯亮着。我们伟大的学者依然一动不动,专心致志地读着书。饭菜凉了,一再催促,他置若罔闻,醒悟不过来。"

"亲爱的,这是真的吗?"

"嫂子,我可不是个伟大的苦行僧,不思饮食,认为酒足饭饱会把肠胃弄坏。但比饮食更美妙的是我获得她嘴里没完没了的甜蜜怨言。因而,我故意拖延吃饭时间——读书不过是个借口而已。"

"你这样争辩是无法通过的,你应该认输。"

"我只有在那时可以认输:她停止了没完没了的唠叨。"

"难道经常发生这样的情况,亲爱的?"

"我可举一两个新鲜例子,它们曾用泪水的耀目字眼写在心里……"

"罢了罢了,你不必举什么例子了。你说,我的钥匙搁在哪儿?姐姐,您瞧瞧,他把我的钥匙藏起来了。"

"警察无法对家里人起诉,所以,通过偷窃来惩罚窃贼,这叫作以其人之道还治其人之身。先还给我书!"

"我不给你,我给姐姐。"

屋内一角放着一只篮子,篮子里装有棉丝线、毛线、布头、破袜等物;在篮子底下有一份英文周报。莫迪妈抽出它,放到古姆迪妮的怀里,说:"姐姐,您把它拿到自己房里去,别给他。我倒要瞧瞧他如何跟您吵架。"

那温从蚊帐上取出钥匙,也交到古姆迪妮手里,说:"嫂子,不要给任何人。我倒要瞧瞧，她怎么对待您。"

古姆迪妮翻阅着书本，说："噢，亲爱的，你十分喜欢这本书？"

"这不是一本引人入胜的书。那天，我看到，他不知从哪儿找来一本有关养育牛的书，坐着津津有味地阅读起来。"

"我可不是为了保护自己的身体而阅读它。所以，我看不出，这里有什么可害羞的缘故。"

"姐姐，您说几句。您说说，我应与这位饶舌的大人告别吧？"

"不，没有这个必要。我听说，哥哥一周内就要抵达这儿。"

那温说："对，他明天将到这儿。"

"明天！"古姆迪妮十分吃惊，沉默了一会儿，叹了一口长气，说，"我怎能与他相见？"

莫迪妈惊奇地问道："您没有与大伯说什么？"

古姆迪妮摇了摇头，没有说什么。

那温说："说说，试试看！"

古姆迪妮缄默不语。她深知，向默吐苏登开口说兄长的事是很难的。在他那儿随时都会发生对兄长侮辱的事，因而她在行为举止中要异常小心，甚至举动的拘谨也会达到使她不堪忍受的地步。

那温见到古姆迪妮的脸部表情，心里十分难受，说："嫂子不必担惊受怕，我们会把一切都安排妥当的。您不要听信那些流言蜚语。"

那温内心一直对兄长存有一种天生的怯懦情态。而今天他仿佛感到，嫂子从他心里驱逐掉了那种恐惧的心态。

古姆迪妮离去了。莫迪妈对那温说："你想出什么锦囊妙计，说说！那天夜晚，你兄长把我们叫去，在自己妻子面前贬低自己。那时我就认为，这样做有所非议。从那时起，他一见你就转身走掉。"

"兄长认为，他上当受骗了。他发怒时打开了钱袋，购货首先要确定价格，但货物没有确定适宜的价格。我们是他这种愚蠢做法的见证人。正因为如此，现在他无法容忍我们的存在。"

莫迪妈说："就算如此。然而，他对维帕勒达斯的气愤像疯子一样如影随形，脱不了身；而且日复一日，变本加厉。这是多么奇特的现象，你说说！"

那温说："他诉说自己的虔诚方式就是如此。这样性格的人们从内心认为优秀的东西，他们非要从外部鞭打它。有些人说，十首王罗婆那对罗摩非同寻常的虔诚，为此，他用十双手去奉献祭品。我要强调，嫂子不可能轻而易举地能与自己的兄长相会。"

"这样议论无济于事，应该想些办法。"

"我绞尽脑汁，计上心来，有一条绝妙计策。"

"什么锦囊妙计？快说！"

"我不能透露。"

"为什么？"

"不好意思启齿。"

"对我还有什么不好意思？"

"就是对你才不好意思开口。"

"我能听听何缘由？"

"应该蒙骗兄长一下。"

"为了自己所喜欢的人，蒙骗任何人都不是罪孽，都不应迟疑不决，都不应不好意思下手。"

"你决心让我施展狡猾的骗术?"

"我若遇到擅长这种技能的人,那就万事亨通了。"

"女主人,我写下契约,当你想要我做时,我就实施骗术!"

"你为何对此有如此大的热情?"

"让我告诉你,造物主想出多少诡计蒙骗你们,他在那些诡计里掺和着许多甜蜜,那种甜蜜的骗术就叫作幻影。"

"去掉那种幻影,才能办好事。"

"去掉幻影,将发生灾难!当幻影消失,人们如何生存于世上?神像的颜色剥落,残存的部分就是泥土粉末。女神,请迷惑住无知者,蒙骗住愚昧者,让他们眼里产生恍惚神情,唤醒他们心里的迷醉,然而你心想事成!"

这以后,他们之间的絮絮细语,已不是我们工作的内容,与这则故事也无关紧要。

第四十一章

那天,默吐苏登第一次在董事会上失败。这之前,他的提案、建议、安排,没有不被通过的。他如此相信自己,他众多的助手也如此相信他。基于这种信念,他在董事会上提出任何必要提议之前,已轰轰烈烈地展开了工作。这次提案是使旧的蓝靛仓库的财产归入自己蓝靛生意交易里的计划。他已在这上面投入了大量钱财,计划实施的大部分工作早已完成,只剩下登记注册、付钱了。还必须委任那些抱着希望的人的职务。正在这时,一个阻碍突然横在面前。最近,一位亲戚的女婿想占有他的一个会计空缺。因着他低能，对偿还债务没有表示任何热情，默吐苏登忽视了他，排除了他。于是，他就犹如土地里埋下的种子一般，突然以反对者姿态冒了出来。恰巧，出现了一个纰漏。一份产业的主人是默吐苏登的一位姑母的大伯子的男孩。当姑母来纠缠给他安排工作时，默吐苏登计算了一下，发现那份产业出十分便宜的价格就可到手，而且利润收入可观。此外，通过这个交易，他还可获得忠于自己亲戚的名声。可是那个低能的女婿被剥夺了填补会计空缺的机会。所以，他们颇费周折，才得悉默吐苏登对亲戚分为三六九等，对他有利可图的亲戚加以偏袒。于是，他们传播了默吐苏登的所作所为，散布流言蜚语，说默吐苏登在公司所有的交易事务里私自获得了一大笔佣金。大多数人不希望在这方面有责难他的证据，因为他们的利益与他的威望休戚相关。不过，有一个原因很容易使人们走入迷途，那原因就是默吐苏登的超凡的财富增长和他的无可纰漏性格的那种威慑。默吐苏登也经常沉没于商海中，被水呛着，那些贪婪忌妒者从中也可获得少许心理平衡。其实，这些人也像鸭子一般渴望潜入深水中去捞一把，但附近看不到深海浅湖的影儿。

　　默吐苏登对产业的主人许下了坚实诺言，他绝不是担心损失的食言者。所以，他自己决定买下这份产业。他会让公司明白，不购买这份产业，他们的利益将会受到损害。

　　他很迟才到家。从前，他对自己的命运充满着盲目的自信。今天，他心里产生一种忧虑：他的命运想把他的生活旅程的火车，从一个轨道拉到另一个轨道。第一次冲撞使他的心害怕得跳动不止。从董事会回来之后，他坐在办公室安乐椅上，用黑色的木柴点燃水烟袋，一缕缕青烟向空中冉冉上升。

那温进屋通报消息：从维帕勒达斯家里来了一个人要求拜见。默吐苏登申斥说："去对他说，滚回去，我没有时间会见。"

那温看到默吐苏登的脸色，即刻明白，董事会上一定发生了什么不幸的事，兄长的心灵此时此刻是十分脆弱的。通常，脆弱是保守说法。他脆弱的心灵负重转化为不可宽恕的残忍：兄长遭受了打击，正想把这严酷打击嫁祸于嫂子。那温对此深信不疑。那温寻思，不管如何，应该设法挽救这种打击的后果。这样，他心里的迟疑顿时一扫而光。他踯躅了好长一会儿，当他重新走进那间房子，发现他兄长打开了通信地址的登记簿，翻阅着。见到那温，默吐苏登生气地问道："你又为啥来，兴许是为维帕勒达斯先生辩护？"

那温说："不，哥哥，不用担惊受怕，他的人吃了闭门羹，离去了。现在即使你亲自唤他，他也不会回头驻足。

默吐苏登也觉得这件事处理得不当，说："我的小拇指暗示，他有事央求。他为何事突然而至？"

"来人告诉您，维帕勒达斯要来加尔各答停留两天。他待身体稍许好些再来拜访您。"

"好，好，他不必着急。"

那温说："我想明儿清早请一两个钟头假。"

"干什么？"

"听了，您会生气的。"

"不听，我更生气。"

"有一位星卜家从恭波苏德尔来，我想求他替我算一下命。"

默吐苏登心怦怦直跳，他盼望自己马上跑到他面前算命，但表面斥责说："你难道相信他那一套鬼话？"

"通常情况下我不予置信，而逢上对某桩事困惑时就信上了。"

"你对什么事困惑？"

那温没有立即回答，只一股劲搔着头。

"害怕谁？为什么不吱声？"

"这个世上除了您，我谁都不怕。这几天，我见到您的神色不好，心灵无法安稳。"

家里人遇见默吐苏登像遇见老虎那般害怕，而他从那温那番温馨的话语里感到十分欣慰。他望着那温的脸，没说什么，神情严肃，吸起水烟筒，颇觉自己举足轻重。

那温说："我想清楚地探听：什么样的星辰目光投到我身上，它们何时解脱我？"

"像你那般无神论者不相信任何星卜之类的事，但最终——"

"倘若我信上帝，就不会信星卜，兄长！不信现代医生的人，就会毫无疑义地相信半吊子的民间医生。"

默吐苏登对自己星辰的考察是十分执拗的，而在表面他又用尖刻的语调说："你读了那么多书，这就是你从书中所获的智慧？你相信别人胡说的话？"

"那位星卜家拥有一部星卜法典——不管谁在什么地方诞生或将要降生，他们的命运天宫图都可在这部法典里一下子找到。它们都是用梵语写的，这不能不令人置信，总而言之，不查阅，您是不会对自己的命运了如指掌的！"

"那些人天天蒙骗愚笨人,上帝为了那些人,创造了像你这样的愚不可及的人。"

"而为了养活那些愚蠢人,上帝也创造了像他们那样睿智的人。上帝既同情被拷打的人,也同情策鞭的人。总之,请用自己的稍许智慧去查阅一下星卜法典,看一看自己的星辰图吧!"

"好吧,别饶舌了,明儿清早带我去试试,我瞧瞧你那个恭波苏德尔星卜家的诡计!"

"兄长,像您那么不信任,他见了就会觉得害怕,可别因此在计算方面出错误。世上通常可以发现,只有相信人,人自己才会成为可信赖的。这个道理也适用于星卜学。您没发现,英国佬不相信星卜,所以星卜对他们不产生任何影响。那天,您的小老爷尽管在不吉利的日子里外出,在赛马场上依旧赢了,绝尘而去!倘若我换了他的位置,成为赛马场上的赢家,脱缰的马儿就会用蹄子踢我的肚子。所以,兄长,不要在星卜的计算里施展自己的智力,应从内心维持一下自己的信念。"

默吐苏登异常兴奋,懒洋洋地微笑着,咕嘟咕嘟吸起了水烟袋。

次日清晨七点钟,默吐苏登与那温一块儿穿过一条狭窄且肮脏的小巷,抵达了星卜家的宅邸。先映入眼帘的是一间阴暗的、布满灰尘的简陋房间,盐碱的侵蚀使墙壁剥落,仿佛它们患有致命的皮肤病,遍体鳞伤,地板上铺着一块褴褛的色彩斑驳的线毯,犄角里杂乱无章地摊着几本书,墙上还悬挂着一幅湿婆的妻子——难近母的画。

那温叫喊:"先生!"

星卜家裹着一件印花布的披肩,棕黑肤色,矮小的身材,头顶上留着一条小辫,头顶前半部已秃光。他蹒跚地走出房间。

那温规规矩矩地向他鞠躬致礼。见了他的脸，默吐苏登心里产生不了一点儿虔诚的情感——但顾念到星卜家用某种方式与上帝保持着千丝万缕的联系，他就迁就地、简单地表示了一下敬意和问候。

当那温把默吐苏登的星辰图放在星卜家面前时，先生似乎不屑一顾，只想瞧瞧默吐苏登的手相。从木头箱子里取出纸和笔，星卜家瞧了瞧默吐苏登的脸，说："第五种姓阶层。"默吐苏登一点也不懂个中道理。星卜家自顾自掐着手指，算了一下，念念有词，说："长层，吉层，埃层，特层，帕层。"默吐苏登听了直闷在葫芦里，一点也不明白。星卜家又像背诵咒语一样念道："帕——波——伯——布——默。"默吐苏登听了，以为婆罗恭大仙用语法的第一篇章，开始自己法典的解释。正在他遐想之际，温卡特老学究开口说："第五个字母。"

那温吃惊地在默吐苏登耳畔嘀咕了几句："我懂了，兄长！"

"怎么理解？"

"'默'就是第五阶层第五音，它之后五个字母分别为默——吐——苏——德——那。因着生辰星的罕见恩惠，三个'五'在一个地方碰撞。"

默吐苏登惊魂不定。在他父母起名的几千年之前，他的名字就写在婆罗恭大仙的天书里，这是星辰图的何等把戏！这以后，他更是惊讶不已，专心致志地倾听着用梵语书写的自己从前的生活历史。语言越是无法捉摸，他的虔诚越是无以复加地膨胀。他觉得，他的生活自始至终成为实在的句子。他不禁用手摩挲着自己的胸，仿佛觉得自己身体是由鼻化之音——前缀——后缀组成的，犹同某个净修林里的天书一般。

这之后，星卜家道出了最后一席话：吉祥女神已在某日降临于默吐苏登家，这个前所未闻的幸运标志，早已铭刻在他的家园上。几天前，吉祥女神化身新媳妇莅临他身边。从现在起，他应该万分谨慎，因为以新媳妇身份出现的吉祥女神稍不遂心意，他将遭殃。

温卡特老学究继续说："狂怒的标志已经显露，如若现在还不觉醒，他的灾难将越发加重。"听后，默吐苏登惊愕得呆若木鸡，久久坐着。正是操办婚事那天，他还心里惦记着生财之事，从那时直至今日，他终于要自食失败之果。吉祥女神亲临房舍，原本是十分幸运的天大福分，但他没有负起职责，以恩报德。

回家途中，默吐苏登始终发呆地坐在车内。那温突然开口说："我对温卡特老学究的话一点也不相信。他肯定从前从别人那儿探知到您的情况。"

"你真是够聪明绝伦！多少人来到他那儿聆听请教，他事先就把他们的事烂熟于心，而且早已写在书上！这难道不是件怪事吗？"

"打从人诞生之前，他们的成千上万的星辰图就铁定写就了，写书与保存书相比要容易得多。婆罗恭大仙从哪儿得到那么多纸？在温卡特老学究屋里如何发现保存这一切星辰图的地方？"

"那些人具有在一丁点儿地方就能写上千百件事的能力。"

"不可能的事，这简直是天方夜谭！"

"你不能理解的东西，就觉得不可能存在。你的'科学理智'真是伟大！现在，你不用多争辩。那天，从那些人家里来的老爷，你自己快去把他叫来！就在今天——不要耽误了！"

由于成功地蒙骗住兄长，那温内心觉得后悔，甚至还流露一种沮丧的神情。撒网捕鱼是那么轻而易举，他捉弄兄长的成功是那么荒唐滑稽，他想到这里自个儿感到难受和害羞。平常，他不时在许多小事上蒙骗兄长，但从未感到如此沮丧和悔恨。今天，他的心灵因为设想出如此虚假圈套而变得不纯洁了。

第四十二章

一种巨大的重负从默吐苏登心上卸了下来，那就是内心骄傲的重负——那种严酷的骄傲感觉仿佛用石头重重地压迫着他停滞的迷恋。当他内心迷上了古姆迪妮时，他内心的矛盾反对着这种迷恋的骚动。他越是不得已把自己奉献给古姆迪妮，抑或落到别人手里，他内心越发对古姆迪妮积聚起无以名状的愤怒。在这种惶遽的心情下，当他从星卜图里获得了那个信息，吉祥女神自个儿抵达了他家里，而且她各个方面都感到满意，那时他内心的所有问题都迎刃而解了，所有疙瘩都化解得无影无踪了。身心由此兴奋得战栗不已。他一次次从内心背诵着："吉祥女神！您莅临寒舍！这是我命运的最好礼物！"他心灵渴望，就在此时此刻，抛弃全部惶遽困惑，向古姆迪妮表达自己的赞颂，说："倘若我不小心犯了错，请宽恕我的罪过！"但今天已没有时间了。生意事务里出现了裂缝，他得马上赶回办公室去补救。他眼下连用餐的时间都没有了。

这儿，古姆迪妮内心整日忐忑不安，翻腾着。她已获悉，明儿哥哥将要抵达这儿，他的身体不佳。不知能否与兄长相会，她为此心急如焚。那温又不知去何方，现在还没有回来。但是，那温深知，今天默吐苏登会亲自来这儿,会从各个方面讨好古姆迪妮,博取她的欢心。首先他要对今天发生的事做出某种暗示,他不想破坏自己美好的情趣。

今日,已不便坐在屋顶上。昨天傍晚开始,乌云密布。从今天晌午起,下起淅淅沥沥的雨。冬季的天变化多端,像满腹牢骚的客人。云雾中没有任何色彩,河水里没有任何韵律,浸湿的风像死了的心无声无息。没有阳光的天穹现出赤裸裸的苍白,大地因此好像惶恐不安地瑟缩着。

从楼梯向上攀登,进入卧室的甬道上有着遮掩的屋顶,古姆迪妮坐在那儿的地毯上。雨点不时飘落在她身上。在阴霾昏沉、布满雾气潮湿的、缺乏色彩的日子里,古姆迪妮仿佛觉得,她自己的生活犹同巨蟒在吞噬着她;而巨蟒富有黏性的肚子没有一丝隙缝可让人钻出。上帝曾经遗忘了她,今天却把她送进束手无策的绝望里,打翻在地。从前她内心对上帝存有的一种骄傲感,如今已黯淡下来,那种自豪仿佛被愤怒的火燃烧尽了。她蓦地起身,打开书桌,取出一幅湿婆-难近母画像,它是用丝绸印花布包裹着的。今天,她正想撕了那张画。她大声叫喊,仿佛想说:"我现在一点也不相信你。"她的手颤抖着,所以她十分艰难地企图解开绳结,扯扯拉拉,绳结更乱成一团。她显得更加烦躁不安。末了,她用牙齿把布撕开。当久已熟悉的偶像呈现在她眼前,她忍不住把它贴在胸前,恸哭不已。木框越是刺痛人,她越是抱紧它。

正在这时,奴仆穆勒利进卧室整理床铺。他的手被冻得直发抖,他披着一件破旧的脏兮兮的披肩,头已秃顶,青筋暴突,面颊深陷。

几天没有剃须，黑白相间的毛发，刺猬般挺立着。几天前，他染上了疟疾，所以身上没有血色似的。大夫劝他辞掉工作，回家休养。但是，他对命运的残酷能做什么呢？

古姆迪妮关切地问道："穆勒利，你觉得全身发冷，是吗？"

"是，女主人，天气不是变化了嘛，所以觉得寒气逼人。"

"你没有御寒的暖衣？"

"主人在封官加爵的美好日子里曾给过我一件暖衣，但我孙子染上了重病，咳嗽不止。大夫嘱咐保暖御寒，我就把那件暖衣给了孙子。"

古姆迪妮从旁边屋子的衣柜里取出一件旧衣服，说："我送给你，拿着这件衣服。"

穆勒利低着脑袋，说："女主人请原谅，王公老爷要发脾气的。"

古姆迪妮记起。在这个家庭里施以怜悯之道是十分狭窄的。她也需要上帝对自己的怜悯，她通向上帝怜悯的道路就是她要积的功德。她激动得把衣服扔在地上。

穆勒利双手合十，说："王公娘娘，您是女神，所以不要生凡人的气！我委实不需要暖衣，我待在装烟工作间里，那儿炉子里的牛粪饼一直燃烧着，所以房间暖烘烘的。"

古姆迪妮说："穆勒利，倘若那温老爷回来，让他来一下！"

那温刚跨进门槛，古姆迪妮劈头就说："亲爱的，请你办一件事，能行吗？"

"即使我厌恶的事，只要您吩咐，我马上会赴汤蹈火去做，若是您讨嫌的事，我永远也不会去做的。"

"如今我有什么事可讨嫌的？我对任何可恶的事都不放在心上。"

说毕,从自己手腕上脱下厚重的金手镯,说,"把金镯卖了,好用钱给兄长治病。"

"这没有必要,嫂子!你内心对他抱有虔诚,那种虔诚的功德无时无刻都是对他健康的保证。"

"亲爱的,我现在没有能力为兄长服务,为他做些什么。倘若可能的话,我愿站在神的门槛,为他祈祷,为他服务。"

"嫂子,您不用做什么,否则我们作为您的仆人,为谁服务呢?"

"你们能做什么,能说说吗?"

"我们是罪人,能犯罪。倘若犯了罪,能对您有用,这就是我们最大的幸运了。"

"亲爱的,你不要挖苦我,开玩笑啦!"

"我不寻开心,嫂子!与积德相比,犯罪是件更艰难的事。倘若神明能通情达理,应该给予我们奖励。"

听到那温出口对神不恭敬,古姆迪妮心灵自然会受到打击;但她兄长也对神不恭敬,平时她也听之任之,因而她也没有对那温这种不虔诚的态度生气。正如母亲看到孩子的淘气,内心一种惊喜的慈爱会油然而生,古姆迪妮对那温那种不恭敬的方式也产生这种情感。

但是,古姆迪妮苦笑着说:"亲爱的,你们在世上可全身心投入工作,活得有滋有味,而我却没有为亲人尽心尽力的便利。倘若我无法抵达我所爱的人的内心,我们怎能做他的工作?任何地方也找不到出路,无法度日。难道任何地方都没有同情我的人?"

那温的眼里淌出了泪水。

"我应该为兄长做些什么,亲爱的,应该奉献些什么?这手镯是我妈的，我把从妈那儿获得的手镯供奉给上帝。"

"上帝的手不需要保存这副手镯，嫂子，他今后会欣然接受它的。再等两天吧，如果那时您觉得他仍不高兴，只要您吩咐，我一定赴汤蹈火去执行您的旨意；倘若上帝不同情您，我将忍受一切困苦。"

深夜，四周漆黑一片——外面楼梯上传来熟悉的脚步声。那温大吃一惊，旋即明白，兄长正朝这儿走来。但他无法逃遁，也无处藏身，只得斗胆等候兄长的到来。这时，古姆迪妮的心刹那间觉得十分尴尬，不自在。当无形的对峙的撞击强有力地震撼着她的每一根神经，一种巨大恐惧顿时涌上心头。这罪过为什么如此紧紧折磨她呢？

她猛然问那温："亲爱的，你了解哪个像先哲般的人，他能给我以亲切的教诲？"

"嫂子，发生了什么事？"

"现在，我已无法与内心做巨大的搏斗。"

"这不是您内心的过错。"

"灾祸是表面的，但过错是心灵的。我一次次从兄长那儿听到这个入情入理的教诲。"

"您的兄长也将会教导您，不用害怕！"

"现在，那种有依靠的日子，已经一去不复返了。"

默吐苏登的爱与自己世俗观念妥协之后，这种爱弥漫于他所有的事务里，古姆迪妮的美丽容貌成为他命运里无所畏惧的礼物。屈辱将消除，他今天已看见了曙光。昨天，那些反对他意见的人，今日其中大部分已改变态度写信给他。有些人认为，默吐苏登以自己的名义所签订产业的建议，不会损害他们的利益；有些人表达了将重新考虑他的建议。

办公室的看门人无故缺席,被扣发了半个月的工资。今天午餐时,他向默吐苏登致触脚礼,表示歉意,默吐苏登宽恕了他。这种宽恕的含义,就是他从自己口袋里掏出钱来弥补损失,而账簿上照旧写着罚金,因为默吐苏登不允许有违反法规的事出现。

今天,默吐苏登称心如意,一阵阵,惊喜袭上心头。外面,天空乌云密布,雨淅淅沥沥下着,但他内心无比欣喜。从前,他从办公室回来,用晚膳之前一直待在外面屋子里。结婚后,在不适宜的时间进入内室,他总要规避众人耳目;但是,今天他故意用自己的脚步声告诉众人,我正去与古姆迪妮幽会。今日,他认为自己福星高照,全世界的人都羡慕他的好运。

雨停了,那时所有屋子还没有亮灯。杭蒂老婆子手执香炉,去所有房间散放香气。一只蝙蝠从天井飞到狭窄的甬道,一次次来回盘旋。女仆们在台阶上伸展双腿,在大腿上搓捻棉灯芯。她们看到默吐苏登,急忙害羞地跑开。

什娅玛·宋德莉听到脚步声,从自己闺房里出来,她手里还拿着槟榔盒子。每次默吐苏登从办公室回来,她都有规律地手持槟榔盒子,为他送到外屋来。大家都知道,唯有什娅玛·宋德莉能制作适合默吐苏登胃口的槟榔。这种"知道"里包含着对"其他一些事的了解"的含义。什娅玛·宋德莉仗着这种特有权力,在默吐苏登面前打开盒子,说:"亲爱的,槟榔准备好了,拿吧!"倘若在往日,他们会寒暄几句,她还会在一些事上添油加醋,渲染一番。但今日不晓得发生了什么事,连什娅玛的影子也没有碰上默吐苏登的身子。默吐苏登不理会她那种疑惑，大步流星地走掉了。什娅玛睁大了自己的眼睛，由于自尊受到伤害，眼睛也红肿起来了；不一会儿，大颗大颗的眼泪掉了下来，仿佛要洗涤一切污泥浊水。众人晓得，什娅玛一直自作多情，深深爱着默吐苏登。

默吐苏登跨进房门槛，那温正向古姆迪妮行触脚礼，然后起身毕恭毕敬地站着，说："我把祖师的事记在心上，我即刻就去寻找。"而后不卑不亢地向兄长说："嫂子想听祖师在经典方面的教诲，我们有祖师，但……"

默吐苏登激动地说："什么经典的教诲？好，我将亲自去请他，你不用去瞎忙了。"

那温知趣地一溜烟走了。

默吐苏登在整个路上，暗自背诵着这些句子："大嫂妇，您的莅临，使我家四壁生辉！"他从来没有说充满感情的恭维话的习惯，所以，他暗下决心，一进屋就要不迟疑地说出这些话。但是，一见到那温在场，那些准备好的话便哽在喉咙里了。况且，在他之前还有什娅玛半路上杀出，弄得他无所适从。因此，他一进屋，竟哑口无语傻待着。

那些他内心精心策划的事，遇上一星半点儿的障碍，立即土崩瓦解了。这之后，他又清晰地看到，古姆迪妮脸上的一种恐惧神情——她拘谨不安的神情明显地袒露着，若在其他日子这种事不会进入他的眼帘的，因为他根本不关心别人。但是今日，他内心有一种光亮炽燃着，使他观察力陡然增强，他内心对古姆迪妮举动的感觉，比往常细腻、亲切；今天，他觉得古姆迪妮心灵流露的那种冷漠神情，对他是一种残忍，一种不公。然而，他暗自下决心，他绝不能动摇。但是，那种事理原本可能是简单明了的，现在可是不明不了的。

难堪的沉默维持了一会儿，默吐苏登终于首先打破沉默，说："大媳妇，您去哪儿，不能赏光待一会儿吗？"

一听到默吐苏登的亲切且礼貌的话语，又看到他说话的央求的表情，这一切大大出乎古姆迪妮的意料，她吃惊地喃喃说道："不，我为什么要走开？"

"我为您带来一件东西，打开瞧瞧！"说着，默吐苏登把一个小盒子放到古姆迪妮手里。打开小盒子，古姆迪妮看到，就是她兄长给的那枚翡翠戒指！她的心剧烈地跳动，她不知所措，说什么好呢！

"我替你戴上这枚戒指！"

古姆迪妮不假思索，不由自主地把手伸向前。默吐苏登把她的手放在自己怀里，慢慢地给她戴上。其实，他故意放慢了动作，戴好后，把她的手举高，亲吻了它，说："我曾脱下了你手指上这枚戒指。我犯了不可饶恕的错误，任何宝石戒指戴在你的手指都没有它光彩夺目、纯洁无瑕。"

倘若默吐苏登大发脾气，打骂她，她不会感到吃惊的。看到古姆迪妮脸上的孩子般惊奇的神情，默吐苏登异常兴奋。这不是寻常的礼物，古姆迪妮脸部表情明显地说明了这点。但是，默吐苏登还对她保密了一件事，现在，他把它揭开，说："你家的伽鲁·穆卡尔吉来了，你想见见他吗？"

古姆迪妮听了喜不自禁，脸上立即绽出笑容，说："伽鲁兄？"

"现在我派人去请他，你俩好好谈谈，我去用餐后再来。"

古姆迪妮眼里充满了感激之情。

第四十三章

伽鲁·穆卡尔吉与吉特尔纪家族的地主保持着密切的关系，所有重大的事委托他来操办，他都能圆满地完成；他的一位前辈为了吉特尔纪人的利益坐过牢。今天，伽鲁受维帕勒达斯的委托，代表维帕勒达斯来默吐苏登公司取债款的分期付款的收据。他身材短小，肤色白皙，脸庞丰盈，大大的褐色眼睛，眉毛粗且半白，胡子也全然花白了，但头发依然黑油油的，他身穿一件经过精心挑选的桑迪布利产的围裤，披着一件适合维护主子荣誉的陈旧且高贵的披肩，他手指戴着一枚戒指，它的宝石价格不菲。

伽鲁进了屋，古姆迪妮向他鞠躬致礼。而后，俩人坐在毛毡上。伽鲁先开口说："孩子，你来这儿已达数日，但仿佛度日如年，好似几年没有见你了。"

"请您告诉我，我兄长情况怎么样？"

"你恐怕一直为兄长担忧。你离乡那天的次日，他病情加重，但他身体底子强健，所以病情很快得到控制，大夫对此也惊诧不已。"

"哥哥明日来这儿？"

"原先是这样决定的。但现在还要耽搁几天，因为望日，所有人都禁止他动身——怕高烧压不住又复发。你说说自己近况如何？"

"很好。"

伽鲁没有再问下去，但开始寻思：古姆迪妮的那种温顺性子跑到哪儿去了呢？为何她眼边生出一圈黑线呢？她漂亮的色彩为何黯淡了呢？

古姆迪妮心里也嘀咕：他为什么不明白地告诉我哥哥委托的事呢，难道兄长没有给我任何口信？仿佛为了回答她那个不言自明的问题，伽鲁开口说："大老爷托我带给您一件东西。"

古姆迪妮着急地说："带来什么东西？东西在哪儿？"

"我放在外面。"

"为什么不拿到这儿来？"

"不必担心，主人说，他自己把它送进来。"

"什么东西，先告诉我！"

"他不让我说。"伽鲁朝房四周环视了一下，说，"我发现，默吐苏登老爷十分疼爱您，把您精心安置在这环境优美的地方，我回去将禀报大老爷，他听了一定会十分高兴的。开始两天，没有获得你的好消息，他急得像热锅上的蚂蚁。最近，邮政有些混乱，最后他一次竟然收到三封信。"

邮政信件的混乱原因是什么，古姆迪妮不难猜到。

古姆迪妮想询问伽鲁吃饭没有，但她没有勇气开口。最终，她还是带着不好意思的神情问道："伽鲁，你现在还没有吃饭吧？"

"没有，孩子，在加尔各答我没有赶上晚餐时间。所以，我从罗摩达斯桂冠诗人那儿讨取了一些干鱼片吃了，但不顶事。"

伽鲁终于明白了，古姆迪妮现在是这个家庭里的新媳妇，她手里不握有管家的权力，不能说请他吃饭，因而她难以启齿。

正在这时，莫迪妈从门掩那儿，用手暗示古姆迪妮过来，说："您让穆卡尔吉先生出来，我已为他准备好了饭菜。我把他带到楼下房间，就在那儿请他用膳。"

古姆迪妮回来对伽鲁说："伽鲁兄，放去你那桂冠诗人的虚假故事，你下楼去用餐！"

"这怎么行？这可是你的压迫虐待！今天算了吧，隔日我来看你。"

"不行，不许推托，走！"

伽鲁用完了膳，古姆迪妮回到自己的卧室。

今天，她整个心被对娘家的回忆充盈着：努尔那卡尔的内院里，花园的杧果树兴许正绽开花蕾。水池畔，盛开鲜花的番石榴树荫下，古姆迪妮把头放在手上枕着，头发披散着，慵懒地躺卧着，度过了多少寂静的晌午。那是些多么美好诱人的晌午——蜂群的嗡嗡声伴随着阳光与阴影的游戏！她内心不时出现一阵阵甜蜜的疼痛，她自己也不明白它的含义。因着那阵阵的甜蜜疼痛，黄昏时分，徘徊在道上的牛群蹄子猛踢，尘土飞扬，给她的梦幻染上了斑斓的色彩。她那时还不懂得，她青春没有显现的同伴把自己的幻影撒落在河水里、大地上，在她对湿婆－难近母偶像的膜拜里眼睛一闭一开地游戏着。在弦琴奏着莫拉达尼曲调时，她为了满足自己的心灵把它拽拉到自己身旁。她在自己家园的不知多少地方，获得了她最初青春的未知悸动的影儿。她也记起自己故里屋顶的房子，从那儿，她可以一览无余地遥望到乡村逶迤的小径旁仿佛在鲜花丛里燃烧的芥子田地。她又记起靠近后院墙的阳台，坐在那儿凝视旧墙，那座墙的色彩斑驳的线条上，真不晓得多少往事的模糊图画被描摹着。清晨醒来，一起身，就从坐落在第二层的卧室的窗户里眺望着，远处色彩斑斓，天际的白帆在地平线上像心灵无目的的希冀一样游弋着。最初青春的那种幻想彩虹，伴随着她来到加尔各答，融进她的祈祷和歌声之中，就是那种理想彩虹采用了种种语言的化身，使她盲目地陷入婚姻的罗网之中！而彩虹自己很快在耀眼的阳光下，不知消遁到哪儿去了。

这期间，默吐苏登不晓得何时站在她身后，举目凝视着悬挂在墙上镜子里的古姆迪妮的脸庞。他明白古姆迪妮的心失落在何方，那种无形的、不知晓的较量是怎么也无法进行的。倘若在其他日子，见到古姆迪妮那种忧郁的神情，他准会火冒三丈，但今天，他默默无语地怀着忧伤的心情坐在古姆迪妮身旁，说："大媳妇，在遐想什么？"

古姆迪妮大吃一惊，吓得面如土色。默吐苏登握着她的手，轻轻地挥动，说："你难道现在还绞尽脑汁，设想妙计，不使自己落到我的控制之中？"

古姆迪妮一时想不出用什么话回答他的问题。她为何没有进入他的控制之中，她也扪心自问。当默吐苏登对她采取十分粗暴的态度时，回答是简单明了的；但当他异常温顺时，古姆迪妮除了自责之外，无法找出任何答案，也没有任何办法解脱自己。她深信不疑，女人若不把自己的心和生命献给丈夫，就犯下了弥天大罪。然而她此时此刻的心态究竟如何呢？女人唯一的生存目标是成为贞洁的妻子，她现在渴望从目标失落的泥坑中拯救出自己。所以，今天她惶恐不安起来，向默吐苏登乞求道："宽恕我吧！"

"为什么事让我宽恕你？"

"把我作为您自己的——请您下令，给予我惩罚！我深知，我配不上您。"

听后，默吐苏登尽管陷入莫大的痛苦之中，但仍然装出一副笑容。古姆迪妮渴望履行忠贞妻子的责任，倘若她仅仅是位普通的家庭妇女，这样做已足够了，但她曾为默吐苏登念咒起誓，想带来比普通妇女更多的东西，她为了这个"更多"要付出更多的代价，而这一切努力都化为泡影，只有自己的卑贱显示在前面。

默吐苏登看到自己与古姆迪妮间难以逾越的障碍，他的忧虑惶惑越发严重。

默吐苏登长叹了一口气，说："我若给你一件东西，你将给我什么，请说！"

古姆迪妮猜度，那肯定是兄长给的东西。因而，她怀着焦急不安的心情，凝望着默吐苏登。

"给你那样东西，我要同样索取对等代价的东西。"说毕，他从床下丝绸被子里取出一把印度弦琴，掀开了它上面的布罩。

古姆迪妮惊喜地看到，那是久已熟悉的印度弦琴，它是用象牙制作的。离家时，她把它留在那儿。

默吐苏登说："现在你该喜出望外了吧！付我代价，我要索取报酬！"

古姆迪妮不明白，默吐苏登想要什么样的代价。默吐苏登说："你弹奏它，我洗耳恭听！"

这倒不是天大的价格，然而这个要求十分蹊跷。古姆迪妮知道，默吐苏登内心对音乐毫无兴趣，对他奏乐犹同对牛弹琴。所以，她显得局促不安，很难放胆弹奏。

她垂着脸，开始摆动弹奏弦琴的木板。默吐苏登见状说："大嫂妇，你放开胆子弹奏吧！在我面前为什么那么拘谨，不好意思呢？"

古姆迪妮随口说："曲调没有想好。"

"你自己内心没有构思好曲调，为何不说明白呢？"

事实的真相冲击着古姆迪妮的心，她说："弦琴需要做一些调整，改天我奏乐给您听！"

"什么时候奏乐让我欣赏，说准啦！明天行吗？"

"好吧，明天献丑奏给您听。"

"傍晚时分，从办公室回来？"

"好，就这么定吧。"

"得到弦琴，高兴吗？"

"当然，非常高兴。"

默吐苏登从披肩里取出一个皮匣子，说："这珍珠项链是我为你带来的，你得到它，为什么没有那么高兴？"

询问这样难以回答的问题有何裨益？古姆迪妮不吱声地玩弄着弹奏弦琴的木片。

"我懂，你不同意我的要求。"

古姆迪妮不太明白他话中的含义。

默吐苏登继续说："我曾抱有这样的希冀，将自己内心的请求拴在你心上——但你早已拒之门外了。"

那条项链放在古姆迪妮面前的地上。俩人中谁都不多说一句话。古姆迪妮时常习惯性地陷入梦境幻觉之中，但不一会儿，她觉醒过来，把项链戴在脖子上，向默吐苏登鞠躬敬礼，说："您想听我的演奏？"

"当然想听。"

"好吧，我马上弹奏给您听。"说毕，她调了调琴弦的音调，开始奏起盖拉达曲子，她很快进入角色，忘了屋内还有人坐着。她从盖达拉曲子奏到恰亚那特曲子。她唱起了她最喜欢的歌曲，《请在我眼前站住！》。古姆迪妮曾在曲子里和生命里获得的那个形象，出现在布满欢快影子的旋律天空里，渴望亲眼见到他的请求融化在她内心里，她内心永恒弹奏着《请在我眼前站住！》。

默吐苏登不会欣赏音乐的味[①]，但在古姆迪妮脸上所显露的对宇宙惊奇上所表现的曲调，弦琴因着古姆迪妮手指的抚拨，翩翩起舞的韵律，震撼着他的心灵——他仿佛感到，谁正走来向她献礼。

古姆迪妮不经意弹奏着，突然抬头望见，默吐苏登正目不转睛地凝视着她的脸，刹那间，她的手猛然停止了拨弄，琴声戛然而止。一种局促不安的情绪困袭着她，她不得不停止了弹奏。

默吐苏登心灵的堤坝蓦然间断裂，一种高尚情感的浪潮，汹涌澎湃。他说："大媳妇，你企盼什么，请说！"

那时刻，倘若古姆迪妮说，她想为其兄服务数日，默吐苏登肯定会同意她的请求。他两眼直勾勾注视着古姆迪妮沉浸在弹奏中的脸庞，他暗自说："她莅临寒舍，这是人生中多大的惊喜！"

古姆迪妮把弦琴放在地上，木板扔在另一角，又沉默不语起来。

默吐苏登又一次哀求道："大媳妇，你向我要什么，只要你开口，

---

① 印度诗学术语。味指艺术化了的人类基本情感，即人类基本情感的艺术符号，即通过一定艺术程序被表达或被欣赏的人类基本情感。一般认定，有悲悯味、英勇味、暴戾味、艳情味、厌恶味、恐怖味、滑稽味和奇异味等八种味。有的印度学者认为，味即艺术感悟、艺术快感。

你一定会如愿以偿。"

古姆迪妮冷不丁地说:"我想送一件棉衣给穆勒利仆人,使他能抵御寒冷。"

这个要求太令默吐苏登感到不满了。倘若她说自己不需要什么,也比这个要求好,这个要求竟然是给穆勒利一件棉衣,而不是古姆迪妮索取什么,他多么希望她为自己的需求提出什么。他有给别人头上戴皇冠的能力,而现在她只向他索取鞋带!

默吐苏登惊呆地坐着,突然他把愤怒倾注在仆人身上说:"似乎那个可怜的穆勒利百般刁难你?"

"没有。我自个儿想给他一件毛坎肩,他不肯接受。唯有您的话,他才有勇气接受。"

默吐苏登惊愕不已。隔了一会儿,他说:"你想施舍!我让你好好瞧着,你的毛坎肩在哪儿!"

古姆迪妮取来了自己那件陈旧的杏黄色坎肩。默吐苏登竟然自己披上了它,然后按了一下放在三脚凳上的一只小铃,一个年迈的女佣走进来。默吐苏登对她吩咐道:"去唤穆勒利仆人来这儿!"

穆勒利进屋,双手合十站着。因为寒冷和害怕,他双手颤抖得厉害。

"你的女主人想慷慨赠物给你。"说毕,默吐苏登从口袋里取出面额为一百卢比的一张钞票,把折痕抚平,送到古姆迪妮手里。

这之前,在自己的生活航海里,默吐苏登从没有未经请求,大方地施舍这么重的礼物。出现这种意想不到的事,仆人穆勒利的恐惧无以复加,他用颤抖的声音哀求道:"老爷……"

"老爷，老爷！干吗那么啰唆？蠢驴，快从女主人手里拿走钞票。这些钱足够你买几件御寒暖衣，拿去吧！"

事情到这儿打住——那天所有的一切也随着它而结束。古姆迪妮的心灵像漂流的河水突然停止了流动。而默吐苏登内心的自我牺牲的浪涛，超越了心灵的狭窄界限，一度汹涌澎湃，但那个浪涛为了一个普通仆人与卑下请求冲撞之后，终于又回落到河流的底部。

这之后，俩人之间直率坦然的交谈是微乎其微了。

这期间，默吐苏登昏头昏脑，忘记了一件商务事，即今天傍晚，商议那份产业交易之事。许多人正在外面客厅等着他。相隔这么长时间，他才蓦然想起。他大吃一惊，自责不已。他即刻起身，说："误了事，有业务等我料理，我走了。"说着，他拂袖离去。

途中，在什娅玛·宋德莉屋前，稍稍停留了一下，他拉开嗓子喊："屋里怎么样？"

什娅玛·宋德莉今天没有用餐，她裹着一件披肩，慵倦地躺在床上的一张席子上。听到默吐苏登的声音，她猛然起身跑到门口，说："亲爱的，什么事？"

"你没有给我槟榔吃！"

第四十四章

外面漆黑一团，有一个人长久站在门掩处，他就是哈伯鲁。他没有干多大的冒险事。他像怕阎王那样惧怕默吐苏登大伯，这样，他呆若木鸡地守在门后，不敢越雷池一步。从那天默吐苏登大声斥责他起，他就不敢来伯母处——不过，心里总是放不下心，焦躁不安。今天傍晚时分，他母亲让他躺在床上睡觉，自己却去外面忙于料理家务。哈伯鲁躺在床上，心向往着伯母处。他知道去伯母处是有风险的，所以每每不敢贸然前去。突然，一阵阵琴声传到他耳畔。奏的是什么曲调，他不甚了解，谁在弹奏，他也不知道。不过，可以肯定地说，这琴声是从伯母房间里飘过来的。他还相信伯父不在场，因为谁也不敢在他面前抚琴弹曲。于是，他耐不住了，壮着胆子，蹑手蹑脚摸到上层房屋门边。一见到伯父的鞋，他准备掉头逃跑。但他还是从门缝往里窥视了一下，他见伯母竟然弹着琴，他的脚好像被地吸住似的，怎么也挪不动。他躲在门掩处偷听着。他从第一天起，就惊奇地凝视着伯母的形象，现在他的惊奇无以复加了。

默吐苏登一离去，他怎么也压抑不住自己内心的欢乐。一跨入屋里，他立即扑到古姆迪妮的怀里，挽住她的脖子，小嘴贴近她耳畔，亲昵地叫道："伯母！"

古姆迪妮也紧紧地拥抱他，说："怎么回事？你的手特别冷，受了风寒了？"

哈伯鲁不做任何回答，他心里还害怕着。他思忖，伯母可别催我上床睡觉去。

古姆迪妮用自己的披肩严严实实裹住了他，用自己的体温使他身子暖和过来，说："戈巴尔，你现在还不去睡觉？"

"我来听您演奏的。伯母，您怎么学会演奏的？"

"你只要努力去学它，就能弹奏了。"

"您教我弹奏，行吗？"

正在这时,莫迪妈像一阵旋风似的闯进屋里来,气急败坏地说:"这个坏蛋竟然敢钻到这儿来!来这儿躲藏!我到处寻觅他。一到晚上,他出房门害怕得直发抖,而来伯母处,倒一点也不害怕。走,去睡觉!"

哈伯鲁抓住古姆迪妮,央求着。

古姆迪妮劝说道:"好孩子,行了,不能再待下去了,延误睡觉时间不好。"

"这样下去,他胆子越来越大。最后会出事的。我一定让他回去睡觉!"

古姆迪妮心想,赠给哈伯鲁什么玩的或吃的东西,但那深夜时分,她身边没有什么东西可赠他的。所以,她亲了亲他的脸,说:"我的孩子王,现在去睡觉。明儿晌午,我再弹琴给你听,好吗?"

哈伯鲁垂头丧气站起身,跟随母亲怏怏地离去了。

隔了一会儿,莫迪妈又回来。那温的这则诡计究竟成功与否,收效如何,她迫切想了解。她在古姆迪妮身边坐下,瞥见了她手指上的翡翠戒指,她一切都明白了,事情成功了。为引起话题,莫迪妈说:"姐姐,这把弦琴是从哪儿获得的?""哥哥寄来的。"

"大伯亲自送给您的?"

古姆迪妮简短地答道:"是的。"

莫迪妈没有发现古姆迪妮脸上有任何欢乐或惊奇感觉的印记。

"他没有告诉您有关您兄长的什么情况吗?"

"没有。"

"他倒是前天来的。大伯没有提起您要去兄长那儿的任何事?"

"他委实没有说起有关兄长的任何事。"

"您为什么不提呢?"

"我十分想他,我为什么不说呢,但我最终没有能开口提及见面的事。"

莫迪妈迄今还不明白,对古姆迪妮来说,迁就默吐苏登的想法是一种危险的信号。她尽管心想,但她无法满足默吐苏登的愿望,使他获得想要的东西。她自己的心早已破碎了。这样,从默吐苏登那儿接受了礼物,而要她加倍偿付给他,对这点古姆迪妮十分不情愿。她甚至想,兄长若晚几天来就好啦。

稍等了片刻,莫迪妈又说:"今天我仿佛觉得,大伯心情很好,喜形于色。"

古姆迪妮用惶惑的目光望着莫迪妈,说:"他有什么可高兴的。我不太明白,我还为此感到害怕呢。我真不知道能做什么。"

莫迪妈托住古姆迪妮的下巴,亲昵地说:"不必多烦劳。您无法想象到,多少日子以来,他只忙于生意事务。在这之前,他从没有遇到像您这般既漂亮又聪明的女子。随着时间的推移,他会慢慢地理解您的,他会对您越来越尊敬,越来越爱护的。"

"多观察观察,就会认识我,理解我。我身上没有你所说的特殊品格,我是个很平常的人。我自己觉得,我内心很空虚,这种空虚与日俱增,越来越明显地表露出来。正因为如此,当我突然看到他高兴,我觉得他或许受骗了。一旦真相大白,他会变得更加暴躁不满。其实,他那种暴躁是真实的。所以,我反而不害怕他气急败坏地发火。"

"您自个儿如何料知自己的价值,姐姐!您来到他们这些人的家庭里，您所给予的是他们从未见过的。我自己的夫君就是这样看，因而他愿意赴汤蹈火为您效劳。否则，他心灵无法平静。倘若我对您稍有不遂意，他就会与我吵得天翻地覆，不得安宁。"

古姆迪妮忍俊不禁，说："我多么幸运，遇到了如此菩萨心肠的小叔子。"

"而您像女神拉豪或盖杜一样来到您命运的驻地。"

"看来，你们俩没有必要置换名字。你们的思想行为，完全像一个模子里铸出来似的。"

莫迪妈用右手挽住古姆迪妮的脖子说："我对您有一个请求。"

"什么请求，请说？"

"您一定要对我说心里话！"

"这倒是天大的好事。我们俩人早已心心相印，凡事都心有灵犀一点通。"

"那就不许对我隐瞒任何事！今天，您为何如此愁眉苦脸地坐着？我简直无法猜透。"

古姆迪妮久久凝望着莫迪妈，然后才开口说："让我实话实说？我自个儿也不晓得，为何总是心悸不安，仿佛觉得害怕自己似的。"

"您胡说八道什么！怎么会自己害怕自己呢？"

"多少年来，我一直在设计着自己，今天突然发现，我根本不是我所设想的自己。我原本在心幕上描摹了许多东西，无忧无虑地来到这里。当兄长和他的同伴陷入不幸困境之中，我被迫踏上新的陌生之路。但是，我迄今在任何地方都找不到可以信赖依靠的人。"

"您不爱他。好吧，对我说实话，您爱着谁？您知道吗，什么人可被你爱?"

"我若说知道,你一定会见笑。正如太阳升起前,天空就会出现霞光。我天空里的爱也是那样被唤醒,心里也不时坚信:现在太阳已经出来了。我就是带着朝圣的水和花,伴随着那个日出的幻想外出的。多少年来,我用整个心灵拥抱着神,我不时仿佛感到我从心里的神那儿获取了勇气和力量;正如某个姑娘为了幽会而外出,我也是怀着与神相会的目的外出的。因而,漆黑的夜晚,我从不感到漆黑一团,也从不害怕;但是今天,我在光明中看清了一切:我在内心获得了什么,我在外部正获取什么?现在我如何挨过年复一年、月复一月的光阴呢?"

"难道您认为,您将不会爱上大伯子?"

"我能够付出爱。我内心带来的那样东西,它能根据自己的喜爱塑造一切,这对我来说是举手之劳,不成问题的。但是,他从一开始就把我心中的东西碾成齑粉。现在,周围所有的东西变得坚硬之后插入我的心灵里,仿佛有谁剥去了我身上暖和的皮肤,这样,四面八方来的一切仿佛把我刺穿,随之,我所接触的东西令人惊讶。这之后我的皮肤能在什么时候变得坚硬,也许那时我会忍受住一切。但现在,任何情况下我的生活永远也不可能幸福和快乐。"

"姐姐,您不用多说了。"

"为什么不能说呢?今天,我内心没有丝毫迷惑,我清醒得很。现在,我的生活好像彻头彻尾、厚颜无耻地公开了。而我为了忘记自己的生活遭遇,我努力寻觅什么地方能掩饰自己。但除了死的解脱,女人还有什么可适合活动手脚的安心养身的地方呢?残忍无情的造物主，难道花费了全部力量创造了世界，为的是使女人受侮受辱？"

莫迪妈从未从古姆迪妮嘴里听到过如此充满激动的言辞，尤其是在今天。莫迪妈他们成功地使大伯让古姆迪妮高兴的日子里，古姆迪妮的嘴巴犹同决口的河堤，滔滔不绝；她的心激动得如同潮水那般汹涌。此时，莫迪妈感到了一种可怕。她恍然大悟，蔓生植物的整个根部已经受到了致命的伤害。尽管园丁在它上面浇了清洁的水，也无济于事，无法使它恢复生机。

歇了一会儿，古姆迪妮又继续说："我深知自己无法把虔诚献给自己的夫君，这是一种天大的罪孽。但是，我不怕那种罪过，因为我总记着那种毫无虔诚的奉献，它会使人感到十分沮丧、虚假。"

莫迪妈一筹莫展，该劝说什么呢？她以迷惑不解的目光，怔怔地望着古姆迪妮。

沉默了片刻，古姆迪妮又打破沉默说："妹妹，你是多么幸运，你积了多少功德，你由此能够用整个心灵去爱自己所爱的人。起初，我认为爱是举手之劳的事——所有女子都会很容易爱着自己的丈夫。但今天，我发现能够做到爱是件十分艰巨的事——要经历毕生的亲证。才能做到。好妹妹，说真的，难道所有女子都爱自己的丈夫？"

莫迪妈微笑着说："尽管没有爱情，好的妇女照样存在着，不然，世界如何运转呢？"

"赐予我这个信念吧！假如什么也没有，我也会成为好女人的。就在她身上存在好多功德，这就是十分艰难的亲证实践。"

"但她也不得不面临从外界来的阻力。"

"从内心来说，那个阻力能被消除。我将能克服那个阻力，我永远不会服输。"

"倘若您不能这样做，其他人谁能这样做呢？"

外面，雨越下越大，煤油灯被风吹得摇曳不定。蓦地，一阵风像一头打湿的猫头鹰，拍打着翅膀，钻进屋里。

古姆迪妮身心战栗着，她说："现在，尽管我祈求自己所期待的神给予护佑，但我仍没有获得力量。我持续不断地念咒，但心和口来回打转，无法稳定下来。正因为如此，我感到十分害怕。"

莫迪妈没有想用虚伪的语言给她以虚假的慰藉。她拥抱着古姆迪妮，不做任何答话。

正在这时，屋外传来呼唤："二媳妇！"

古姆迪妮高兴地说："进来，进来！亲爱的，你去接他！"

"傍晚时分，不见屋舍亮灯，我就来这宝地寻觅。"

莫迪妈说："天哪，天哪！没有宝石，蛇将遭受不幸，将会有那不测之灾出现。"

"谁是宝石，谁是蛇，有证据解释清楚吗？嫂子，您说呢？"

"不要让我做证人，为难我，亲爱的！"

"我懂，嫂子。我这样做，曾经落入圈套。"

"那时你将欠下丢失宝石的债务，我将拥有它。"

莫迪妈说："姐姐，他压根儿没有掉失宝石的沮丧样子！他只不过借口看望嫂子的莲足！"

"为何要有借口？莲足自个儿走进我控制之中。谁完成难以做到的亲证实践，谁就容易抚触那个莲足！地球上成千上万的人比我更胜一筹，更有能耐，但抚触那漂亮的莲足的幸运，却偏偏落到我头上，别人就不配有这种幸运；那温的诞生没有大的价值，但他获得了幸运。"

"啊哟，亲爱的，你在胡说什么？"

"嫂子，您的话就不一定对了！触脚的确切含义是什么，这不是信口雌黄的人会知道的。他用像母山羊的蹄爪一样的小小脚后跟的鞋子把自己女神的脚束缚住，关闭在狭窄的闺房里。这样，他哪儿有对女人脚的庄重的理解力？罗奇曼仅仅抚触了一下悉多的莲足，整整度过了二十四年的流放期。所以，我说，只有我们的小叔子才能够知道女人脚的庄严分量。您用纱丽掩住自己的莲足，那是完全正确的防范。但我必须说，没有什么可害怕的事。荷花在傍晚要凋萎，但不是一切时候，它都是这个状态——而后，不知何时，它又将会绽开花蕾的。"

"妹妹，现在我懂了，你亲爱的总是以美妙的赞颂迷惑着你。"

"姐姐，一点也没有，他根本不是会说甜言蜜语的人。"

"兴许你已经没必要颂扬了！"

那温终于耐不住，开口了："嫂子，对女神赞颂的饥渴是从来不会消除的，颂扬是十分必要的。但我不是像湿婆一样有五张面孔，只有一张嘴的颂扬已是明日黄花了，所以如今，她们已不可能在这种单调乏味的颂扬里汲取情味了。"

正在谈兴方酣时，穆勒利仆人传消息给那温："大人正在外面办公室，唤老爷您去。"

听后，那温的心冷了半截。他寻思："今天默吐苏登刚从办公室回来，径直奔向自己的卧室。兴许小船又撞上高耸的悬崖峭壁了。"

那温离去后，莫迪妈轻轻地说："不管怎样说，您应该懂得，大伯是爱着您的。"

古姆迪妮说:"竟有这种事,你让我大吃一惊。"

"您说什么?他爱您,天经地义,有什么可惊诧的呢?他难道是石头雕的铁石心肠的人?"

"我不配他。"

"您配得上的男人出生在哪儿?"

"他拥有多大的力量、何等的尊严、何等的智慧?他是世上多么出类拔萃的人?他在我身上能够获取什么呢?我十分幼稚、平庸,我来这儿两天,就明白了这个道理。所以当他爱我时,我特别感到害怕。我在自己内心什么也得不到,我内心如此空虚、苍白,我如何为他服务呢?昨晚我闭门思过,终于恍然大悟。我委实是一张没有色彩的信封。他付了钱娶了我,但一打开信封,里面空空如也,连信纸都没有。"

"姐姐,您的话使我好笑!大伯的生意十分兴隆,在生意智慧方面很少有人能与他相匹敌,这我清楚。但是,您难道来这府上是要做他生意上的经理?您就害怕没有这个能力?我看,倘若大伯敞开心说话,他也会说,他配不上您。"

"他曾向我说过这种话。"

"您不相信?"

"没有。相反,我觉得害怕。我觉得,他在认识我方面犯了错误,那个错误抓住了他。"

"您为什么有这种感觉呢?能告诉我吗?"

"你让我实说?我的婚姻是突如其来的,仿佛是我一时冲动的杰作,都是在我的操作下进行的——但我陷入一种奇异的迷恋,一种孩子般的诱惑之中!其实,那些迷惑我的事纯粹是子虚乌有的。然而,我如此坚信，如此固执，谁都无法阻拦我。兄长肯定洞察到了这一切，但他从不愿徒劳地设置障碍，然而他忧心忡忡，害怕意外。难道我不明了？尽管我也了如指掌，却无法从渴望中获得解脱——我是多么愚不可及；从今日起直至永远，我只能受折磨地生存，也只能给人以折磨，别无其他出路。我感到这就是我今后生活的全部内容，仅此而已。"

莫迪妈如坠入五里云雾中，古姆迪妮说的究竟是什么？她久久地沉默着，而后她打破难熬的沉默，问道："好吧，姐姐，您自己决定这门亲事，那时您内心是怎么考虑的？"

"那时我想，不管丈夫好与坏，我唯一的目标是证明自己做妻子的贞操。我内心叮嘱自己，掌管婚姻之神不管安排什么样的丈夫，我应该直截了当地爱他，仿佛自己内心与信念法规的吻合是那么简单容易。"

"姐姐，法规经典可不是为十九到二十岁妙龄姑娘写的。"

"今日，我恍然大悟，世上存在的爱是一种超额的收入。倘若不把爱划入计算范围内，法规就会束缚住，爱就会在世俗的大海里漂流。倘若法规不含液汁使爱情开花结果，那么它至少干枯，成为人们在大海游泳的助手。"

莫迪妈自己没有特别要说的，只能给古姆迪妮不断唠叨的机会。

第四十五章

默吐苏登一进办公室，就获悉一则不好的消息："马德拉斯一家大银行破产了。"这家银行与默吐苏登的公司有着千丝万缕的联系。这之后，他又听说，某位董事煽动一些职员，在默吐苏登不知晓的情况下，审查了账目档案。迄今，谁也没有胆量从任何方面怀疑默吐苏登，但当谁抓住了账目档案中的混乱情况，咒语就会疯狂乱窜。一般来说，抓住巨大事业中的某些小错误是轻而易举的。任何一位有才能的司令官，不知遭遇了多少次失败，而后才前进的，但总体来说，他的胜利是辉煌的，无可否认也不容诋毁。默吐苏登也是那样一直前进着，才获得光辉的胜利。因而，谁也不把注意力投到他小小的失误上。但那些不怀好意的人搜集了材料，制作了那些失误的账单，把默吐苏登的失误暴露在光天化日之下，他们借此大肆吹嘘自己的智慧超凡绝伦："倘若是我们经营的话，就永远不会出现这样愚不可及的失误。"

但谁能向他们解释清楚——默吐苏登拖着破旧不堪的小舟，为了航行不得不驾舟出海，不然，任何旅行都无法开始。事实胜于雄辩，默吐苏登历经千辛万苦，终于使小舟抵达了岸边。今日，小舟靠了岸，那些乘客才没有任何困苦抵达了口岸。倘若那些上了岸的人，蓦然回首，望到那破旧不堪的小舟，他们定会不寒而栗。

那些批评家使愚笨者陷入惊奇是轻而易举的。通常，愚笨人的行为逻辑是，渴求利益，但不动脑筋。但当他们偶尔思考时，他们会采取破坏的方式。默吐苏登对这一切愚昧举动，内心产生一种藐视和愤慨的情绪。但当愚蠢占据上风时，除了对它妥协外，别无选择，犹如旧木头梯子被折弯，摇晃着，随时有断裂之势。当人踩在上面攀高，他就得小心翼翼地踩好自己脚下的这些支柱。若对旧木梯子发泄愤怒，狠踩它们一顿，除了添加更多的麻烦外，不会有其他结果。愤怒冲动在这种情况下是无济于事的。

见到自己的孩子有可能遭受攻击的危险，母狮马上会忘记猎物的欲念，奋起保卫自己的幼狮，默吐苏登对生意方面眼下抱的也是这种心态。生意的事业是他呕心沥血的创造，他内心对它所产生的痛苦，一般来说不是金钱迷恋的痛苦，其中含有一种创造力量的发挥，他总是殚精竭虑使自己的创造日趋完美。当那种创造里出现困难险阻时，在他眼里，生活中的其他一切欢乐和痛苦、成功和失败都是微乎其微的，都无法与之相比。

数日来，古姆迪妮努力且迅猛地把默吐苏登往自己身边拉，但现在，那种拉力突然松懈了。默吐苏登在自己成熟的年纪里强烈地感受到生活中爱的意义。他这种惯常生活的附加成分不适时地显示，自然地超出了他的控制。默吐苏登受到了不少冲击，但今日，他的痛苦消失在何方？

那温一进屋，默吐苏登就劈头盖脸地问："我私人的收支账本怎么落到外人的手里？"

那温大吃一惊，说："您说的是怎么回事？"

"你一定知道这件事，谁都不能在会计室出入走动。"

"勒迪伽特是可靠的人，他难道什么时……"

"在我不觉察的情况下，有人与我手下的职员串通一气，他们获取了材料，掌握了一些情况，这些都是我的判断。你应十分小心谨慎地去调查，幕后有哪些人插手捣鬼。"

仆人前来通报，饭菜已经凉了。默吐苏登没有理会他的话，继续向那温吩咐说："赶快准备好我的车！"

那温说:"不吃就走?已是掌灯时分了。"

"在外面随便吃些,眼前要紧的是工作。"

那温低头一面走一面思索。他精心设置的事,眼看要化成泡影。

猛然间,默吐苏登叫唤那温回来,说:"把这封信送给古姆!"

那温看到,那是维帕勒达斯的信。他明白,这封信件是那天清早送到的。默吐苏登为亲自送给古姆迪妮,让她有一个惊喜,就随身带了这封信;再说会面时手里总要带些什么,有个借口,实现渴望见她的愿望。但今天,办公室里突然出现一件像暴风雨似的事,他爱的愿望的实施方案就沉没于突发事件的海底去了。

破产的马德拉斯银行原先无疑是被大众信任的。戈什尔公司与这所银行有着密切关系,这种关系的确定,无论是经理还是董事股东都抱有希望,都不存有疑虑。但当破产的事情发生了,有些人就散布流言蜚语,说风凉话,放马后炮,讲他们一开始就料到会发生这类情况云云。

在受到打击的关键时刻,不能有丝毫的疏忽闪失,应以种种努力,控制经营业务。这时刻的任何举措出台,绝不能雪上加霜,错上加错。因而默吐苏登不受怂恿,绝不能辞退那些被自己信任的、受人忌妒的关键人物,否则,经营就会毁于一旦。马德拉斯银行倒闭,戈什尔公司受到多大的损失还无法确切估价。况且,现在还不是清算的时候,默吐苏登眼下要紧的事是维护公司及自己的信用。有人企图火上加油,破坏公司及他的信用,从中捞好处。默吐苏登认为,这时要忘记一切杂念,集中精力处理公司的金融问题,他现在必须勒紧裤腰带做一切事。

晚上，与默吐苏登交谈之后，那温回屋，看到古姆迪妮正与莫迪妈促膝交谈着。他说："嫂子，您哥哥的信来啦。"

古姆迪妮心急火燎地拿了信。打开信时，她的手抖得厉害。可别有任何不测的消息；兄长可别告诉说，现在他无法来府会面……她缓缓启封，读起信来。读后，她沉默不语，从她那阴沉的脸色看，仿佛有什么痛苦之矛刺穿了她的心窝。末了，她向那温说："兄长今日下午三点抵达加尔各答。"

"他今天抵达？"

"他写道，原决定过一两天来，但因着某些特殊缘由，他不得不提前赶到。"

这之后，古姆迪妮不吱声了。信末尾写道，待身体稍有好转，他将来与古姆迪妮会面。古姆迪妮从不为这点有任何忧虑或着急，因为兄长以前来信多次提到这点。但是，究竟为什么？发生了什么事？她犯了什么过错？兄长以明白的语言说："眼前你不要来我们老家。"她真想躺在地上，敞开心扉大哭一场。但是，她压抑住自己内心的哭泣，像石头雕像一般，直挺挺地坐着。

那温猜度，信里一定隐藏着什么事，使古姆迪妮受到了严厉的打击。看到她的脸色，他不免产生恻隐之心，说："嫂子，您明儿应该去兄长那儿。"

"不，我不去。"说毕，她无法克制住自己，用双手捂住嘴，抽噎起来。莫迪妈见状，没有吱声，紧紧拥抱着她。古姆迪妮用哭泣的声音说："哥哥不允许我去。"

那温说："不对，不对。嫂子，您肯定理解错了。"

古姆迪妮用力摇摇头，告诉他一点也没有理解错。

那温满腹狐疑地说："我说，您一定在什么地方理解错了。维帕勒达斯先生兴许认为，我兄长不想让您去他那儿。倘若您坚持去了，今后您可别因此受到侮辱而痛苦。所以，他自己使您的道路变成简单易通。"

蓦地，古姆迪妮的心情平静下来，噙满泪水的眼睛朝那温身上抬起，用温柔且感激的目光注视着他，而后她缄默不语。那温话里含有充分的真实性，她无法怀疑。因着一时冲动，对兄长的慈爱产生怀疑，她自责着自己。现在，她觉得力量又回到了自己的心灵上，她现在不去兄长那儿探望，在家里等待他的到来。这是最正确的举动——她这么下着论断。

莫迪妈抚摩着古姆迪妮的下巴，亲昵地说："嘿，姐姐，兄长说话的态度有一点儿变化，您自尊的大海就汹涌澎湃！"

那温说："嫂子，明儿安排您去拜访？"

"不用了，没有这个必要了。"

"您不需要，我可需要。"

"你怎么需要？"

"妙极了，您兄长那么了解我兄长的脾性，我怎么就这样忍气吞声地承受？我将代表兄长出战，不想在您面前认输。明儿，您应该去他那儿。"

古姆迪妮不禁笑起来。

"嫂子，这不是件可笑的事。我们家辱门败户的事不能成为您骄傲的理由吧！现在，稍许洗漱一下，去用膳。在经理先生那儿已安排好我兄长的膳食。我相信，他今天不会来这儿睡觉！在外屋我差人铺好了他的床铺。"

乍听到这个消息，古姆迪妮心里感到一种轻松。但不一会儿，她又感到害臊，也为此事感到高兴。

夜晚，那温与莫迪妈在卧室里为这件事窃窃私语着。

莫迪妈说："您这次安慰了姐姐，但以后怎么办，如何蒙混过关？"

"以后会发生什么，事情将会如我所说的进行。嫂子就是去了，该发生的还是我所说的那样情况。"

王公们新塑造的家庭尊严感越发强烈。这些人始终无疑地认为，结婚之后新媳妇的地位与从前她自己的地位相比，大大提高了。所以，娘家的名字或许是某种不幸的表征，他们认为新媳妇忘记娘家是种适宜之举。这种情况下，要维持两个家的名声是不可能的，那么只能维护一方面的声誉。这样一来，那前景究竟如何？那温暗自琢磨着。凡其兄有直接管辖权力的地方，他就斗胆与其兄斗争。以前，那温做梦也没敢这样想。

夫妻俩磋商决定，明儿清晨，应该让古姆迪妮去会见维帕勒达斯。他们将把这个提议摆到默吐苏登面前。如果默吐苏登点头同意，就把古姆迪妮送去。但他要制造某种合适的理由，在那儿多停留几天，这就困难了。

默吐苏登夜晚很迟才回家，随身带着一捆纸包。那温从屋外往屋内窥探，默吐苏登没有睡觉，他戴上眼镜，握着一支蓝色铅笔，坐在书桌前，一忽儿冥思苦想，一忽儿在笔记本上写着什么。

那温突然闯入屋内，说："哥哥，我能在您的工作中，助您一臂之力吗?"

默吐苏登简短答道:"不需要。"在生意经营的危机情况下,默吐苏登要自己洞察一切,他不想依借别人的眼睛审视形势,从而显示自己的无能。

那温再也没有获得说话的机会,也看不到可说话机会的征兆,于是,他快快离去。他暗自决定,明儿一早,必须把嫂子送过去会见其兄维帕勒达斯。今晚,再争取一下,获得兄长的首肯,这事就周全了。

夜间,那温手执灯盏进屋,放在兄长的桌子上,说:"您用的灯光太暗。"

默吐苏登觉得,这盏灯使房间的光亮度陡增,方便了他的案头工作。但是,它也没有使那温获得开口提及古姆迪妮去见兄长的机会,他又一次快快走出屋子。

隔了一会儿,那温又进屋,为默吐苏登的烟斗装烟丝,然后,把烟管轻轻放在桌子上。默吐苏登顿时烟瘾上来,觉得需要吸几口。于是,他放下铅笔,背靠椅子,惬意地咕嘟咕嘟吸了几下。

这时候,那温引起了话题:"哥哥,还不去睡觉?夜色已深,嫂子也许坐等着您。"

"嫂子也许坐等着您"这句话,刹那间进入默吐苏登的心坎里。当船只在浪尖上摇摇晃晃行驶着,岸边的一只小鸟突然飞到船的桅杆上站着。这仿佛使人想象着,在惊涛骇浪之间的一个绿色岛屿的温柔形象,蓦然在眼前生动地出现了。但是,没有悠闲的时间可以去注意即将出现的那个景致,因为,眼前船仍旧处在危险中,躲开恶浪险礁,安全行驶是人们目前最迫切要做的事。

默吐苏登对自己内心瞬间出现的激动感到害怕。这时刻，他压住自己的万端思绪，说："去说，让大媳妇自个儿睡觉！我今晚在外面休息。"

"您自己说吧，我把她叫到这儿来。"说毕，那温往烟管里使劲吹气，让火更加旺起来。

默吐苏登猛然生气地说："不，不！"

那温没有气馁，没有动摇，坚持说："她坐等着与您商量一些事。"

默吐苏登心事重重，说："眼前没有空闲的时间商议。"

"您没有时间，哥哥。不过，嫂子也没有更多的闲暇时间。"

"什么事？发生了什么？"

"听说，维帕勒达斯今日已抵达加尔各答。所以，嫂子明儿一早……"

"明儿清早，她想去见他？"

"不用许多时间，只占……"

默吐苏登挥了挥手，说："让她去吧！眼下，我要处理的事务太多，走不开。你去与她说好了！"

获得兄长的允许，那温拔脚就往屋外走，但脚刚跨出门外，听到默吐苏登的呼唤："那温！"

那温满腹狐疑，兄长可别收回自己的允诺，他又回到屋。默吐苏登说："大媳妇可能要在自己兄长那儿待上几天，你好好安排一下。"

兄长的提议使那温脸上流露出情不自禁的表情。他装出一副疑惑的神情，抓耳挠腮，说："嫂子一走，整个家将会冷清清的。"

默吐苏登没有做任何回答，把旱烟管放下，又沉浸于工作中。一

第四十五章

切都明白了，道路上的诱惑已被清除，通畅无阻。

那温异常高兴地走了。默吐苏登埋头于工作中。但是，不知什么时候，他另一股心灵的浪潮悄悄地流经他工作潮流的旁边。那件事很长一段时间没有进入他的注意中心。突然，蓝色铅笔将用光之前，他获得短暂休息，把水烟管送到嘴边，吸了几口。白天，默吐苏登的心从有关古姆迪妮的感情纠葛中解脱出来，那时，他像从前一样对自己实施专政，颇觉得扬扬得意。但是，随着夜色加深，他内心满腹狐疑，敌人现在可别乘机放弃碉堡逃跑，躲藏到地道中去。

雨停了，黑半月的月儿升起在花园的一棵老树上空，月光倾泻在潮湿的土地上，寒冷的风吹刮着。默吐苏登身心开始渴望在被子里获取一种暖乎乎的温柔抚触。他握住了铅笔，又狠命在纸上划动。这时，一句话细微且清晰地在他心灵的清澈天空里响起："嫂子也许坐等着您。"

默吐苏登暗自决定，就在今晚，一定要结束一件特别的工作。其实，明儿完成，对他也没有特别的损失。但是，履行自己的决定是他经营的根本方针，丝毫不能动摇；当出于某种原因推迟实施，他是无法原谅自己的。多少年来，他身体力行维护着这个原则。由此他获得了人们的极大尊重。但是，白天的默吐苏登与晚上的默吐苏登无法等量齐观，它们好像是一把弦琴的两根弦，各发出不同的音色、音高、旋律。他怀着坚强的决心潜心于伏案工作，但随着夜色加深，那句话从他决心的某个隙缝中像一只大蜂嗡嗡直叫，在他耳畔鸣响不止："嫂子也许坐等着您。"

他蓦地起身，没有熄灯，纸张原封不动地摊开着，径直往卧室走去。穿过内院天井的走廊，进入第三柱旁，看到走廊的扶栏边上，什娅玛·宋德莉正坐在那儿。皓月当空，月光泻在她身上，她的身形犹同某则神话故事书里的图画一般显示着。换言之，她不像每天习以为常的熟悉女人的形象。她优美的身形仿佛从极其熟悉的坚硬掩护物中解脱出来，从远方款款显现。她早就料到，默吐苏登要经过这条道去卧室——他去那儿的景象浮现在她眼前，她的心痛如刀割。他始终对她有一种巨大的吸引力，她期盼着他的爱。但是，在这种等待里，不仅出现一种无谓的痛苦刺穿她心的疯狂行为，还确确实实包含着一种期待——某时刻可能发生她所期盼的事；有时，不可能实现的希冀也可能成为现实，她正抱着这种希冀，在地上警觉地坐等着。

默吐苏登不经意瞥了她一眼，就径直往上走去。什娅玛·宋德莉诅咒自己的苦命，用力地抓住栏杆，用头猛撞着。

走进卧室，默吐苏登发现，古姆迪妮没有醒着坐等他的到来。屋里漆黑一片，只有洗澡间敞开的门隙中，透出一丝光亮来。默吐苏登思忖，应该马上回转，但他没有挪动脚步。他点燃了煤油灯，发现古姆迪妮正躺在床上，打鼾熟睡着。刺目的灯光也没有催醒她。默吐苏登见到她如此舒坦地酣睡，心中大为不满。随即，他走到床前，轻手轻脚打开蚊帐，呼一声，一屁股坐在床上。床随之吱呀作响，颤抖起来。

古姆迪妮被惊醒，搓揉着惺忪睡眼。她曾获知，默吐苏登今晚不来她身边。突然见到他的身影，古姆迪妮的血顿时冲到脸上，仿佛她发现长矛刺入默吐苏登胸膛一般惊恐万状。

他说道："你总不能接受我、忍耐我，是吗？"

古姆迪妮毫无思想准备，一时想不出如何回答他的问题。一看到默吐苏登，她的心因着恐惧而战栗不已。在这之前，她的心完全放弃了戒备，眼下她的心狂跳着，她自己也不知心儿为什么如此剧烈地跳动，她极力想掩饰那种恐惧情绪，但那种惶恐情感却自个真实地显现着。

默吐苏登用愤懑的口吻说："你是否想与我商议去你兄长那儿的事？"

古姆迪妮原准备向他行触脚礼，但从他嘴里一听到其兄的名字，她顿时变得坚强起来，说："不！"

"难道你不想去与兄长会面？"

"不去，我不想。"

"你没有让那温去我那儿请求这件事？"

"没有，我没有派谁去您那儿。"

"你没有表示过这个愿望，想去兄长处？"

"我向那温说过，我不去会见兄长。"

"为什么？"

"这我不能告诉您。"

"无法奉告？你想行使那个努尔那卡尔的行为方式？"

"我可就是努尔那卡尔的女子。"

"你走吧，走到那儿的人们中去！这里不适合你。我早就请求过你，但你不理会名誉。现在，你将会后悔莫及的。"

古姆迪妮仿佛铐上了镣铐，呆若木鸡。她没做任何回答。默吐苏登握住了她的手，用力一握，然后问："你不懂得请求宽恕？"

"我为什么事请求宽恕呢？"

"你睡在我床上，就是为这个应该请求宽恕。"

古姆迪妮刹那间一骨碌从床上站起，走到隔壁的房间去。

默吐苏登到外间屋子看到，什娅玛·宋德莉躺在走廊里瞌睡着。默吐苏登走近她，弯下腰拉她的手，说："什娅玛，你干什么？"

什娅玛霍地坐起，把默吐苏登的双脚贴紧自己的酥胸，紧紧地抱住，用断断续续的嗓音说："您把我打死吧！"

默吐苏登抓住她的手，拉她起来，无奈地说："唉！你身子像冰雪般冰冷。走，我送你去屋里睡觉。"说着，用自己的披肩护盖着她，用右手有力地紧裹着她，送到卧室。

什娅玛轻声柔气地说："您不坐一会儿，陪我一会儿？"

默吐苏登答道："我有要紧的工作要做。"

夜晚时刻，不晓得从哪儿来的一个妖精使他着了魔，鬼使神差地使他花了那么多时间转悠于女人间，而那个妖精企图破坏他的全部工作热情。"许多事已经发生了，现在不会有更多的突发的事了。"他自言自语地说着。他从古姆迪妮那儿遭受轻蔑，而弥补它损失的金库在其他地方还完整地被保存着。他心里隐约感受到这点。人们会在爱里获得最高价值的东西，今晚，默吐苏登应该感到这种体验的需要。什娅玛·宋德莉献出了自己的全部生命和心灵，始终如一等待着他。默吐苏登今晚从她的爱中获得了某种慰藉，这种慰藉赋予了他投入工作的力量。那颗被轻蔑的钉子曾经刺入他的心窝，他经历了无法忍受的痛苦；现在，这种痛苦因着什娅玛奉献的爱而减少到最低程度。

这里，古姆迪妮也感受到一种冲击，但她内心却存在着一种安慰。当默吐苏登向古姆迪妮表露爱的心迹时，她的心有一种莫名的紧张。她对他的偿还应该超过爱的价值,她因着这种责任感而忐忑不安。在这场战斗中,古姆迪妮是没有希望获得胜利的。但失败是不光彩的。所以,她使出浑身解数,企图抵住失败的到来。但是,昨晚被她压住的失败情绪,突然被他猎获了。在古姆迪妮的不设防的心理中,默吐苏登清晰地看到古姆迪妮的整个本性与他自己的本性是相悖的,不能调和的。这个事实清楚地被显示着。其实,真实地显示差异是件好事。今后相互间存在着的责任,不必乔装打扮,双方各自维护自己的责任,成为一种可能的实践。当默吐苏登想爱她时,问题、冲突就冒出来了;当他沮丧地抛弃她,现实就以自己的真实面目显露出来。这是确实的,她没有权利睡在默吐苏登的床上,她若睡在他床上,仅仅是在蒙骗。在这个家庭里,她的地位只是一种伪装而已。

今晚,一个疑团一次次升起在古姆迪妮的心坎里——默吐苏登渴求她的缘由是什么?他一次次提及的努尔那卡尔的行为方式的话语,刺伤着她的心。它的含义明白无误:默吐苏登与古姆迪妮有着一种截然不同的自然且本质的差异,这是一种不可调和的观念上的差异。但尽管如此,默吐苏登为何还一股劲儿企图倾诉对她的爱呢?这种爱难道在任何情况下能够成为真正的爱情?古姆迪妮坚信自己,今日不管默吐苏登做何考虑,她的心永远不会对他不满。默吐苏登这点理解得越快,对大家都越有裨益。

那温昨晚从其兄那儿获得允诺的答复后,心满意足地去睡大觉。但今天,那种高兴劲儿,荡然无存。昨天深夜二点半,默吐苏登结束了工作,叫来那温吩咐道:把古姆迪妮遭送到其兄维帕勒达斯那儿去。他还说,只要他自己不下邀请令,她就没有必要从那儿回来。那温听了这番吩咐，恍然大悟，这是对她驱逐的惩处。

由院子围住的方廊，正是昨晚什娅玛与默吐苏登会晤的地方，它的正对面是那温的卧室。那时，夫妻俩正议论着古姆迪妮的处境，突然隐隐约约听到有人说话的声音。莫迪妈打开房门，看到月光下默吐苏登与什娅玛约会的情景。她立即意识到，那天夜晚，在古姆迪妮命运的织网里悄悄地增添了一个结结实实的扣结。

她向那温说："在这危急关头，姐姐这样走掉，合适吗？"

那温应道："当嫂子嫁到这个家来以前，事情还没有走到这种地步。所以，嫂子自己制造了这种契机。"

"您怎么如此说话呢？"

"嫂子唤醒了昏睡者的饥渴，但她却没有给予足够的食物。正因为如此，她遭到了不幸。我说，现在嫂子远离是件好事。不管事情发展到什么地步，她至少可以安静地生活。"

"难道就让事情这样发展下去？"

"没有任何办法可以熄灭这燃起的火焰，让我们坐等着它自个儿燃烧成灰烬吧。"

次日，哈伯鲁故意泡时间，纠缠住古姆迪妮。当老师差人唤哈伯鲁到外屋读书时，他目不转睛地、可怜兮兮地望着古姆迪妮的脸。倘若古姆迪妮叫他离去，他就不得不乖乖离去。但她对仆人说："今日，放哈伯鲁一天假。"

新媳妇要赶往娘家住上几天。谁都没有觉察古姆迪妮这次的远行。今日，这个家仿佛永远失却了她，就像关在笼子里的鸟儿，从敞开的门缝间飞了出去，永远也不会飞回笼子似的。

那温说:"嫂子,不要耽搁回来的时间——倘若我能出自内心说这句话,我就心满意足了。但这句话如何脱口而出呢?您将走到您真正受到尊敬的那些人中去。倘若有某种原因需要那温的话,请不要忘记。"

莫迪妈把亲手制作的枑果干、咖喱干果装进一只土罐,放进轿子里。她没有什么特别的嘱咐,但她内心存在着固执的反对的想法。当古姆迪妮遇到艰难险阻时,当默吐苏登明显地对古姆迪妮施行侮辱时,莫迪妈的整个心向着古姆迪妮;当阻碍粗暴地存在着——通过思辨也无法确切地了解它,而阻碍的力量又变得十分强大时,莫迪妈就更无法理解了。一般来说,只要丈夫高兴,妻子就简单地把这个时刻视为自己幸运的时光。莫迪妈就是这样简单且自然地理解这件事的。她承认嫂子的个性强,甚至现在,她心里还为嫂子痛苦着。

古姆迪妮的本性渴望完全不是虚假的,她也没有虚假的高傲——而且古姆迪妮自个儿十分厌恶这种品行。一般妇女是难以理解这点的。正如中国妇女无法反对裹小脚的习俗,认为它是天经地义的。倘若她们听到,世上竟还有这样的女子,把认同这等级束缚的痛苦视为侮辱,她们肯定会嘲笑这类女子是精神病,认为她们是在发疯,这类女子把习以为常的极其自然的事理解为不自然。

莫迪妈曾经有一日,遭受了比古姆迪妮的痛苦高出数倍的痛苦。也许正因为如此,莫迪妈的心变得冷酷无情。当逆反命运为施予礼物而降临,那些女人尽管顺从那些命运,但没有获得礼物。莫迪妈不可能同情那些逆来顺受的妇女——甚至她不会施以宽恕之心。

第四十六章

古姆迪妮一抵达家门前,就掀开轿子的门帘,往上瞧去。

往日这时刻,维帕勒达斯坐在街道边沿的走廊里,读着报纸。但是,今天那儿没有任何人影。

今天,古姆迪妮将要回到这儿,但这个消息没有传到这个家庭。这个家的差役见到随着轿子一块来的,胸前挂着大王的奖章的仆人,立马慌乱起来。他们此时此刻明白女王公回来了。

轿子经过外屋走廊,正朝内院走去。古姆迪妮让轿子停下,她走出轿子,大步流星地拾级而上。她渴望在遇到别人之前,首先谒见兄长。她还确信,病人正在外面休息室里休息着。

紧邻那窗户的是花园里一片由黑檀木树、旃簸花树、毕钵罗花树簇成的树丛。晨光穿过那些树梢,首先照射进那间屋子。维帕勒达斯喜欢那间屋子。

他们豢养的狗最先汪汪叫着奔跑过来,跳上来抓住她的身子,欢乐地吠叫着,欣喜地摇着尾巴,它把古姆迪妮摇晃得几乎站不住脚。它跟随着她,一面欢吠,一面奔跑。

维帕勒达斯半躺在安乐椅靠背上,一条披巾盖在他的脚上。他右手拿着一本书,左手伸摊在床上,仿佛十分疲倦。他刚刚合上书本,正闭目养神。

茶杯和一只盛着残羹剩食的盘碟放在地上。床头近旁的壁龛里乱七八糟地摊放着几本书。整夜点燃的灯盏放在房子的一个犄角上,现在还冒着缕缕残烟。

古姆迪妮朝维帕勒达斯的脸庞望去，不觉大吃一惊。她从未见过他如此苍白且虚弱的模样，往昔记忆里的那位精力充沛、谈笑风生的维帕勒达斯与眼前见到的病病歪歪、萎靡不振的维帕勒达斯，简直判若两人，不可同日而语，仿佛不知隔了多少年代。

她把头放在其兄的脚上，恸哭起来。

"古姆，你回来啦？来，坐下，来这儿！"说着，维帕勒达斯把她拉向自己的身边。虽然，维帕勒达斯在信里一股劲儿阻拦她回来，然而，他心里仍希望她能回来见面。现在她来了，他看到了她，心里获得了一种宽慰。他觉得，兴许在这桩婚姻里从来就不存在什么障碍，全是杞人忧天——家务事对古姆迪妮来说是举手之劳的事，轿子和人应该从这儿被派遣走——这是沿袭千百年的习俗。不管如何思虑，古姆迪妮终于回娘家探亲来了。从这点可表明，古姆迪妮在那儿获得了足够的自由，尽管维帕勒达斯对默吐苏登家存在着不切实际的幻想。

古姆迪妮用纤手梳理好维帕勒达斯蓬乱的头发，细声柔气地说："哥哥，您的脸色怎么成了这个样子呢？"

"现在，不可能发生能改变我脸色的任何事。不过，你先谈谈自己的情况，你的脸色为何变得如此糟？仿佛血色全然消退了。"

获悉古姆迪妮到来的消息，克什玛姑妈马上跑来。同时，男女仆人簇拥在门口。古姆迪妮向克什玛姑妈施礼，随后伸开双臂紧紧抱住姑妈，在姑妈的脸颊上亲吻了一下！男女仆人也纷纷向古姆迪妮施礼致敬。听到大家安好的消息，古姆迪妮伤心地说，"姑妈，哥哥的脸仿佛一下子枯萎了。"

"怎么会不枯萎？没有你亲自侍候，他的身体在任何情况下都无法复原，这已是久已沿袭的习惯所养成的嘛！"

维帕勒达斯打岔道："姑妈，没有为古姆准备饭菜？"

"怎么会没有准备？难道非要您吩咐才办？我还要安顿那边来的轿夫和差役，叫他们用膳休息。你们兄妹俩推心置腹好好聊聊，我去了。"

维帕勒达斯示意克什玛过来，咬着她的耳朵嘱咐。古姆迪妮见状立即明白，他们正在商议，以什么方式辞退从婆家来的人们。今日，她已成为局外人了，成为第二方面的人了。对于这件事，他们不会听取她的意见了。这件事十分刺激她，她很不乐意。她准备改变这种处境，她要为实现这个家庭里的永恒地位和重新获得权力而做出努力。

首先，她在兄长的管家戈古尔的耳畔，低声吩咐了几句。随后，她根据自己的爱好，把家里的所有家具重新布置。她使人把盘碟、杯子、灯盏、汽水瓶、断腿椅、脏毛巾和杂物都清除出去，放到外面廊厅里。把壁龛里的书码整齐。把一只三脚凳搬在兄长手边，凳上放着供兄长阅读的书籍。同样，把文具盒、玻璃水杯、水瓶、小镜子、木梳和刷子等物件，也有序地码放在兄长近边。

这时候，戈古尔在青铜壶里灌上了热水，取来一条干净毛巾，放在一把藤条制作的椅子上。没有获得兄长的允许，古姆迪妮就浸湿了毛巾，擦洗维帕勒达斯的脸和手，梳理他的头发，而维帕勒达斯则像孩子般默默地接受她的摆弄。当她获悉了什么时间服药、用病号饭，她就接替别人服侍哥哥。仿佛生活中除了这以外，她没有其他职责了。

维帕勒达斯暗自思忖,这一切事情的含义是什么呢?他曾想过,古姆来与他见面,然后她将会离去。但这一切交往方式仿佛是局外人的交流似的。他一直想知道古姆迪妮在婆家是如何过生活的,但他十分拘谨,怕直截了当地提及。他默默地希望,古姆迪妮自己开口讲述自己的生活情况。只有一次,他怯怯地问道:"今天,你该什么时候回去?"

古姆迪妮爽快地答道:"我今天不走。"

维帕勒达斯惊讶地问道:"难道你婆家对此没有任何异议?"

"没有,我丈夫同意的。"

维帕勒达斯沉默不语。古姆迪妮在屋内犄角的一张桌子上,铺上了一块桌布,在上面放着药瓶等物。

片刻,维帕勒达斯又问:"难道你明天走?"

"不走,我要陪您待上几天。"

狗准备在安乐椅下安静地睡觉。古姆迪妮喜欢它,打断了它均匀的呼吸。它霍地跃起,把爪子放到古姆迪妮的怀里,用充满爱意的甜蜜声音,与古姆迪妮攀谈起来。维帕勒达斯明白,古姆迪妮突然与狗玩耍,是想借此掩饰自己的内心活动。

过了一会儿,古姆迪妮停止了与狗玩耍,转脸朝兄长望去,说,"哥哥,您吃饭的时间到了,我去取来。"

"不要,现在还没到吃饭时间。"说毕,维帕勒达斯指示古姆迪妮坐在床边的椅子上,把手放在她的手上,说,"古姆,你清楚地告诉我,在婆家,你的情况如何?"

古姆迪妮马上不吱声了，低垂着头坐着。而后，她脸涨得通红，像孩子般把脸埋藏在维帕勒达斯怀里放声哭泣，说："哥哥，我一切都理解错了，我一点也不谙世故。"

维帕勒达斯用手缓缓地抚摩着古姆迪妮的头，过了一会儿，说："我没有能正确地开导你，倘若母亲健在的话，她会为你正确地选择婆家的。"

古姆迪妮说："我生活中只了解像您这样的人。我不知道别的地方与这里的环境存在着巨大的差异。从童年时代起，我都是按您的模式加以思考的。所以，我内心对外界存在着天真的幻想，一点儿也没有害怕的心理。我知道，父亲五次三番折磨母亲，但仅仅停留在他脾性的粗暴上，它的打击只是表面的，不是内在的。但在那儿，我内心一直受到侮辱。"

维帕勒达斯没有说什么，只是长叹了一口气，默默地沉思着。默吐苏登与他们是截然不同的人，他是在筹备婚事的时候才明白了这个事实。正因为那难以忍受的揪心和担忧，他的身体怎么也无法康复，如同支撑宇宙的八只大象的无法涂抹掉的墨迹的污染，他一筹莫展，想不出任何办法可以解救古姆迪妮。最大的麻烦是，因着向默吐苏登借的债，他整个财产被冻结着。古姆迪妮也自然会感受到这种关系的侮辱和打击。许多日子以来，躺在病榻上的维帕勒达斯把所有时间都花在这件揪心的事儿上，即如何从欠默吐苏登债务的桎梏中解脱出来。

他原先没有想来加尔各答，他怕他们这些人会简单地款待古姆迪妮婆家人。他是握有对古姆迪妮爱的权力，而这个权力可别一步步受到别人的嘲笑和鄙视。所以，他决定一直待在努尔那卡尔不动，但他不得不去加尔各答,向别的高利贷者借债度日。他深知这是件艰难的事。就是这个缘由,这个不安的重负压得他透不过气来。

隔了一会儿,古姆迪妮把头扭向维帕勒达斯怀里的另一方向,说:"哥哥,我无法使自己的心喜欢丈夫,难道这是我的罪过?"

"古姆,你早已晓得,我对于功德与罪恶的意见,与传统法典是相反的。"

古姆迪妮心不在焉地翻阅着一张彩色插图的英文月刊。维帕勒达斯继续说:"生活习俗各不相同的人,在处理事务的方式和文化氛围上,可能会存在着天壤之别的差异。他们紧紧抱住好好坏坏的流行习俗规范,不过,仅仅是习俗规范,无法成为宗教。"

古姆迪妮把目光投在月刊上,说:"正如米拉巴依①在自己生活中所体验着的。"

当古姆迪妮内心的职责与非职责之间的冲突剧烈时,她蓦然想起了米拉巴依的话。在米拉巴依心坎里存在着专注的渴望欲念,有人把它视作米拉巴依的理想。

古姆迪妮抛弃了巨大拘谨,说:"米拉巴依在自己内心获得了自己的真正丈夫。就是这个缘故,她成功地抛弃了社会标准认同的丈夫。但难道我拥有蔑视世俗的如此巨大的权力吗?"

维帕勒达斯劝慰说:"古姆,你用整个心灵赢得了自己的神。"

"曾有一天,我也曾这样想过。但当危机降临时,我发现,我生命的情味仿佛都被榨干了。尽管我做了巨大的努力,好像我内心依然无法真实地获得他。我最大的痛苦莫过于此。"

---

① 米拉巴依,印度神话传说人物。印度教毗湿奴大神的信徒、女仆。

"古姆，心灵内部一直存在着涨潮退潮的交替活动，你不用对此感到惶恐。黑夜不断降临，不过白天并不因此而消失。你所获得的东西，已经与你的生命结合成一体了。"

"哥哥，这就是您给我的祝福，我千万不要失掉自己真正的神明。不过，他毫无慈悲心，不断给予人们以痛苦。他可能通过这个办法让人们奉献自己。哥哥，您始终如一为我操心，我使您心力交瘁，这使我万分不安。"

"古姆，当你还是小女孩时，我就为你考虑有关方方面面的事，这已成为我的习惯。今天，倘若我无法了解有关你的事，无法为你操心，那么我生活中的一切就会变得毫无意义了，一切都会变得荒凉孤寂。在那荒凉孤寂里到处寻觅失落的东西，心灵就因此感到疲倦了。"

古姆迪妮摩挲着维帕勒达斯的脚，说："您不用为我多操心啦，哥哥！保护我的人就存在于我的内心。所以，我从未感到有任何忧虑和危险。"

"好吧，现在，不奢谈这些事儿。我从前那样教你唱歌，今天我想，还那样教你唱几首歌曲。"

"您那样教唱对我具有很大神益，它使我恢复生气。但今天不必了，您首先要养精蓄锐，使自己的身体恢复元气！今天我唱给您听也许会更好！"

坐在兄长的床头上，古姆迪妮轻缓地唱起来：

亲爱的莅临家门，

米拉的主人——毗湿奴大神

我向您的莲足，

献上我心中的贡品！

维帕勒达斯闭着眼睛，静静地倾听着。唱着唱着，古姆迪妮泪水盈眶，一个天神形象充塞于她的脑海中。内心的天空光明灿烂，亲爱的莅临家门，她仿佛急忙用自己的心抚触他的莲足。她的内心世界一旦与最亲爱的情人会面，一下子变得真实起来。唱着唱着，她仿佛抵达了彼岸。"向莲足奉献贡品"——那亲爱的莲足好像抚触了她的全部生命。神的界限是绵绵无尽的。这之后，现世上哪儿还有痛苦和受辱的地方！"亲爱的莅临家门"，世上还有比这更大的希冀吗！倘若这首歌曲没有个完结，古姆迪妮的渴望永远也不会结束！

戈古尔把烤好的面包和一杯柠檬汁放在三脚桌上。歌唱终止后，古姆迪妮说："哥哥，数日之前，我内心一直在寻觅祖师，但现在仔细一想，我有什么事需要祖师的开导呢？您早就给我解开歌曲的秘密了！"

"古姆，你可不要羞我了！祖师在我面前的道上踯躅，他们给别人的咒语，自个儿都不懂其中的含义。好吧，眼下你告诉我，你在这儿准备待多少天？"

"若婆家方面不来召唤，我就……"

"难道你曾表示要来这儿待些日子的意愿？"

"没有，我没有表示过这个意愿。"

"这中间的意思是什么呢？"

"深究这中间的意思是没有啥好处的，哥！绞尽脑汁我也无法弄清楚。我到您身边来,这就足够了。我能在这儿待多久就待多久,这样,就我而言,再好也没有的了。哥哥,您现在还没有吃什么东西,现在用膳吧!"

仆人进屋禀报,穆卡尔吉大人驾到。维帕勒达斯慌忙地说道:"快请他到这儿来!"

第四十七章

伽鲁一迈进房间,古姆迪妮就向他施礼。

伽鲁欣喜地说:"小王后,你来啦?现在,你兄长康复的日子为期不远了。"

古姆迪妮满含眼泪,竭力阻止它落下来,说:"哥哥,再往杯里挤些柠檬汁?"

维帕勒达斯冷漠地推开,仿佛他想说,挤这么多柠檬汁有何好处?古姆迪妮深知,维帕勒达斯不甚喜欢过多的柠檬汁水,所以,从前古姆迪妮在杯里掺和些玫瑰汁水,加些冰块,做成清凉果汁饮料。今天,她省略了这些程序,然而,维帕勒达斯没有在任何人面前提出苛刻的要求。他往往见到送来什么,就喝什么,即使不大称心,也将就着承受。

古姆迪妮好生地准备了冰块柠檬果料,离去了。

维帕勒达斯忧郁地问:"伽鲁兄长,有什么消息?请说!"

"您单独的签字,谁都不准备贷款,还必须有苏鲍塔的签署。高利贷者肯定会贷款的,但他们要的利息很高。这种高利息贷款已超出我们偿还的能力。"

"伽鲁兄长,拍电报叫苏鲍塔快来加尔各答,耽搁太久,要误大事的。"

"我也觉得不好,这次,您的戒指拍卖掉,所得的款项可以偿还欠默吐苏登债务的一小部分,但他怎么也不同意这种付偿法。我早就预料到,事情不会那么简单。天晓得,他哪天根据自己的意愿,突然勒紧圈套的绳扣。"

维帕勒达斯默然无语,沉思着。

伽鲁继续讲:"老弟,小王后今天清早突然从那儿回来,难道吵了架回来的?现在,不是我们招惹默吐苏登生气的时候,应该注意这点。"

"古姆说,她是获得自己丈夫的允许来这儿的。"

"那种允许的含义究竟是什么?不弄清楚是无法高枕无忧的。当因为愤怒而全身热血沸腾,我得先泼泼冷水,应当默默忍辱负重——正如戈里商羯罗山峰一样,它上面的积雪就是在中午的阳光下也不会轻易融化。一方面他是位高利贷者,另一方面他是你的妹夫——自由地游弋在两者之间,是件轻松的事吗?"

维帕勒达斯没有做任何反应,默不作声思考着。

古姆迪妮又送来柠檬汁,把杯子伸向维帕勒达斯的嘴边,说:"哥哥,请喝!"

维帕勒达斯的沉思被打断,他显出某些慌乱。古姆迪妮见状明白了,他一直沉浸于严肃的思考之中。

伽鲁离开房间,古姆迪妮尾随他离开。在走廊里,她追上伽鲁关切地问道："伽鲁兄长，能告诉我实际情况吗？"

"告诉你什么事，我的小王后？"

"我看得出，你们在为某桩重要的事做着殚精竭虑的思考、商议。"

"有关财产方面的事，用不着你操心。世上哪有十全十美的事呢？它像带刺的果实，由于饥不择食，采了它，吞下肚子，于是，果实中的针刺也就会扎破身子。"

"这一切道理今后再讲吧。首先告诉我，究竟发生了什么，不要瞒我。"

"财产之事，是禁止让女人知道与插手的。"

"您不用瞒我，我早已探听到你们之间议论的内容，让我直率地告诉您？"

"好吧，请说！"

"我哥向我丈夫借债之事！"

伽鲁没有做任何回答，惊讶地睁大了自己的一双大眼睛，脸上闪现出狡黠的微笑，凝眸盯着古姆迪妮。

"您应该告诉我，我说的对不对。"

"您不是维帕勒达斯之妹吗，我不说，你也一切都了如指掌了。"

婚姻之后的第一天，默吐苏登以高利贷者的身份冲着自己的兄长破口大骂。从那天起，古姆迪妮就认识到，丈夫与自己兄长之间的关系不是亲戚的和谐关系，不是值得高傲的关系。从那时起，她每天全身心地祈愿这种关系能够结束。这种不体面的关系刺伤着维帕勒达斯的心，古姆迪妮对此深信不疑。

那天，当小叔那温解释维帕勒达斯的信时，古姆迪妮就明白了，所有一切都涉及债务关系。兄长尽管身体虚弱不堪，为理清债务关系，也得只身来加尔各答。古姆迪妮很快明白了哥哥来加尔各答的奥秘。

她说："伽鲁兄长，不必对我隐瞒，兄长肯定是为借债这事而来的。"

"借了债，要偿还的，钱不会从天上掉下来，不会白送给你的。亲戚关系成为债务关系不是件好事。"

"确实是如此。那么还债的款项有着落了吗？"

"我正四处周旋，筹款将会落实的，不必操心。"

"我晓得，哪儿都没有着落，都没有筹到钱。"

"好吧，小王后，你一切都已了如指掌，为什么还故意要问我呢？孩提时代，曾有一天，你拉着我的胡子，询问胡子是怎么长出来的？那时我答道，我到播种季节就播下胡子的种子，喏，问题就这么容易地解决了，不过，现在倘若你再提这个问题，非请教授来回答不可。所有事都要清楚地告诉你。这种规则在世界上都是罕见的。"

"我要对您说，伽鲁兄，您应该告诉我有关兄长的所有事情。"

"兄长的胡子如何长出的，这也要告诉你？"

"您瞧，您不能如此胡搅蛮缠，掩盖事实真相。说实话，我一见到兄长满脸胡子拉碴，我就明白，钱还没着落。"

"倘若没有着落，你知道了有何好处？"

"我无法说清，但我应该知道。你们没有筹到钱，是吗？"

"没有，没有筹到钱。"

"难道筹到款很难？"

"肯定能筹到钱，但不容易。我若能不花费时间回答你的问题，尽快投入筹款的紧锣密鼓之中，事情可能有所进展。我走了。"

走了没几步，伽鲁又回转身来，说："小王后，你今日来这儿，其中有没有什么烦恼的缘由，请直率地告诉我。"

"有否烦恼的事，我也无法确切地晓得。"

"获得丈夫同意来的，是吗？"

"他不是心甘情愿地下达了允许之令。"

"他生气了？"

"这我不清楚。他说，他不召唤我，我就没有必要回去。"

"这无关紧要，也不要认真。你自个儿应该在这之前回去。"

"回去，就不能遵守他的指令了。"

"好吧，我等着瞧。"

今日，兄长陷入巨大的危机之中，这危机的全部罪过都是古姆迪妮所造成的，她不能不承认这个事实，否则她是无法心安理得地生活的。她心想，应该自己狠揍自己一顿。她曾听说，一些苦行僧为了获取正果，睡在带刺的床上修炼。倘若这样做，能获得正果，她会心悦诚服地接受这种修炼；倘若有哪位出家人或瑜伽道者能够给她指明正确道路，她将毕生感恩图报，把自己托付在他的手上。但这样杰出灵通的人肯定蛰居在某处的隐蔽山林，她这弱小的女子到何处寻觅呢？真的是踏破铁鞋无觅处了。她若是位强壮男子，定会找出某种办法，一切都会迎刃而解的。但是，二哥正在做什么呢？把所有的重负压在大哥肩上，他自己能心安理得在英国待着？

进入屋内，古姆迪妮看到，维帕勒达斯脸朝着天花板，默然无语地躺在床上。这样整日愁眉不展、闷闷不乐的心情，他怎么能恢复健康呢？古姆迪妮真想把自己的头撞在背运的门槛上死去，一了百了。

她坐在兄长床头，用手摩挲着他的心口说："二哥几时回来？"

"无法说准。"

"写封信叫他回来！"

"为什么？你说说。"

"家庭的一切责任都压在您一人肩上，您如何承担得起？"

"有人拥有享受的权力，有人负起给予的责任，世界携带这两者运转着。我扮演着给予的角色，我自己所拥有的这个权力，为何要转嫁于别人呢？"

"倘若我是个男子汉，一定从您手中夺走这个权力。"

"倘若你是男子汉，一定会懂得，责任重负压在头上，是一种不折不扣的诱惑。你自个儿无法承担这个责任，所以异想天开，让二哥来实现你这个意愿。那时，我可要犯下罪过了。"

"哥哥，您难道不是为了借钱到这儿来的？"

"你怎么知道？"

"一看到您的脸色，我就猜个八九不离十。好吧，我难道不能助您一臂之力吗？"

"什么方式的帮助，你说说？"

"您最清楚，怎么样的签署最有效，我的签字难道没有价值？"

"它应有巨大的价值，但只对我们有价值，对高利贷者毫无作用。"

"我向您致以足礼起誓，哥哥，告诉我，我能够做什么，才能为您效劳？"

"你应该像吉祥天女那般宁静地坐着，耐心等待时机！请记住，这也是一项十分巨大的工作。暴风雨来临之后，正确安置好船只是件具有头等重要意义的事，它需要心灵保持沉稳。拿我的弦琴来，弹奏一曲！"

"哥哥，我最大的心愿是能为您做些什么。"

"弹奏曲子，难道不是你所能做的事？"

"我渴望更艰巨的任务。"

"弹琴与签名相比，更为艰难。快去取弦琴，去！"

第四十八章

正如大家害怕默吐苏登一样，什娅玛有时也惧怕他。她早已窥探到，默吐苏登内心不时被她的魅力所吸引。但她无法确切地猜度，她可以从哪个缺口越过障碍，抵达他身边。她不时试探着，寻觅着，但每次她自认为有了机会，伺机进攻，都遭受到意外的打击，只好退回原地固守。

默吐苏登全身心投入生意经营，在聚敛财富的实践里他蔑视美女，认为她们是低贱的阻碍物。正因为这个缘故，女人都惧怕他。然而，这种惧怕里也含有一种魅力。什娅玛·宋德莉带着怦怦直跳的心，施展有限的轻佻举动，在某种烟幕掩护下，在默吐苏登周围如痴似醉地踯躅着。

有时，默吐苏登处在不清醒状态，对她表示些许的爱怜，那时会酿成现实可怕的因素。之后的数日里默吐苏登会竭力朝相反方向证明，女人在他生活里是完全无足轻重的，他无视她们的存在。所以，长久以来，什娅玛·宋德莉异常克制自己，等待着再寻觅时机。

默吐苏登结婚之后，什娅玛更加焦躁不安。倘若默吐苏登像对待其他女子一样蔑视古姆迪妮，她会心安理得地忍受目前的纠缠不清的处境；但当什娅玛看到默吐苏登为这个女子不顾一切地疯狂痴迷时，让她忍受更多时间是不可能的。多少日子以来，什娅玛小心翼翼，一步步往前踩道。因为，她觉得如此这样，不会遇到什么障碍。当然，她不时也会遇到阻碍，但她总能设法逾越过去。她牢牢掌握着默吐苏登的弱点。眼下，她内心已无法保持更久的耐心，她对自己的约束正在松绑。

在古姆迪妮离去前夜，默吐苏登把什娅玛拉得那么近，以前从未发生过。这以后，一种莫名的恐惧在什娅玛心坎里油然而生。但什娅玛心里明白，倘若她自个儿抛弃怯懦，滋生莫名恐惧的原因自然会消失。

一清早，默吐苏登出了门。约莫中午一点光景，他才回家。几天以来，没有发现他打破自己用膳和洗澡的习惯。今天，他拖着疲惫不堪的身子回家，关心的第一件事不是膳食和洗澡，而是古姆迪妮是否高高兴兴地去自己的兄长那儿。长久以来，他坚守自己的阵地，不为女人动心，但不晓得何时，他放松了自己的心。在身心不安的瞬间，依赖女人爱的渴望，在他内心被唤起。正因如此，古姆迪妮突然离去使他有落寞之感，一种自责不由产生了。

今天，在他用膳时，什娅玛·宋德莉故意不坐在他身旁——谁能料知，昨晚默吐苏登被她控制之后，今日会不会冲她生气，还是退避三舍为上策。吃完饭，默吐苏登走进空无一人的卧室，若有所思地待了一会儿。而后，他耐不住了，派人叫唤什娅玛。

什娅玛披着一件猩红色的英国披巾，怀着稍许羞涩的心情，走入屋内，眼帘低垂着，站在一边。

默吐苏登说："过来，到这儿来坐着。"

什娅玛坐在床头，说："今天，您看上去十分疲惫。"说毕，她朝躺在床上的默吐苏登俯下身，用纤柔的手抚摩着他的头。

默吐苏登说："喔唷，你的手十分冰冷。"

夜晚，默吐苏登已进入梦乡，不经召唤，什娅玛悄悄潜入他的屋，说："喔唷，您孤独一人。"

什娅玛·宋德莉鼓起了勇气，不让两人间存在阻隔，仿佛她这样毫无顾忌，让所有人作为见证人，她自己拥有这个权力。

她思忖着，天晓得，古姆迪妮什么时候回来。所以，趁她不在，什娅玛想完全控制住默吐苏登。

她有足够的力量施行控制手腕。时间不容她犹豫或羞涩，否则耽误了时间办不成事，她将前功尽弃，悔恨终身。仆人们也睁一眼闭一眼，眼巴巴地望着事态的发展。

许多日子以来，埋在默吐苏登心底的欲念火焰，在什娅玛的不断煽情下飞快地蹿了出来。所以，他也不顾忌别人的说三道四，在大庭广众面前袒露自己的本性。

那温和莫迪妈两人都明白了，现在已不可能阻拦住这股洪水泛滥了。

"难道您不能设法叫姐姐回来？再耽搁下去合适吗？"

"我也在思考这步棋，但没有兄长的首肯，我毫无妙计可施。让我再稍做努力看看。"

那天清早,那温抱着与兄长谈谈知心话的目的进屋。但他看到,兄长正准备外出,门口还停着一辆车子。

那温问道:"哥哥,要到哪儿去?"

默吐苏登毫不隐瞒地说:"我去那位星卜家——温卡特先生那儿去。"

他本想在那温面前掩饰自己的软弱,但突然他觉得,带着那温一块去更为方便。所以,他立即说:"你也跟我一块去吧。"

那温心想,难道灾难要临头?随即,他战战兢兢地说:"先让我们去瞧瞧,他在家没有。我感到,他可能出门了。我曾从他的话中得出这个印象的。"

默吐苏登说:"那好吧,我们去瞧瞧。"

那温跟随他一块去,内心紧张不安,他想,可别捅出乱子。

车子停在星卜家的屋前,那温稍许向里窥探了一下,说:"仿佛家里没有人似的。"

他话一出口的当儿,温卡特口衔牙刷,走到门口。

那温急忙抢步上前,迎着他,向他施礼,低声说:"请小心说话!不要出纰漏!"

在矮小屋子的地板上,坐着他们三个人,那温坐在默吐苏登的背后。

那温抢在默吐苏登开口之前说:"王公近来的情况十分倒运。学究先生,请您赐指,星辰何时安静。"

默吐苏登对那温所披露的事十分不满,拧了他腿一把。

温卡特星卜家摆弄了星辰盘,上面清楚地表明,在默吐苏登财富的地方上,落上了土星的视线。

默吐苏登不会从熟悉的星辰名称中获得好处，因为让他妥协是很难的。他想彻底搞清那些曾与他作对的人的姓名，不管那些名字列入字母表的哪个阶层。

那温眼下感到为难的是，他不了解默吐苏登办公室的情况。

所以，他给的暗示也起不了什么作用。

温卡特星卜家一面口中念念有词地念着咒语，一面斜眼瞟着默吐苏登。突然，学究大人嚷道："有一个女人正在作对。"

那温吸了口长气，一颗吊着的心放了下来。那个女人是什娅玛·宋德莉，倘若能获得证明，任何忧虑都是多余了。

默吐苏登急于想知道那个女人的名字。学究先生开始计算字母表的字母。念到"Kavarga"的声音，他一面仿佛侧耳倾听无形大仙的声音，一面斜眼瞧着默吐苏登。

"Kavarga"的声音一进入耳朵，默吐苏登的脸上闪现出光泽。在那温指示"不"之后，又使头左右摇晃。那温不晓得，在马德拉斯，这种摇头是具有相反含义的暗示。

温卡特大人见到认可暗示，高声说："Kavarga！"他见到默吐苏登的脸部表情，十分清楚明白了，"Kavarga"中的第一个音"Ka"具有重要意义。所以，他以更清楚的语言解释说，这个"Ka"的内部包藏着默吐苏登的所有"Ka"。

这之后，默吐苏登对了解名字的全称没有任何固执的要求，只是急切地问道："有可能避开它吗？能逢凶化吉吗？"

温卡特斯瓦米带着严肃的神情答道："'Kankeneava Kanfhakam'，也就是说，通过某位别的妇女您将获救。"

默吐苏登惊呆住了。温卡特斯瓦米炫耀起人性方面的学识。

那温无法忍受了,他突然张口说:"斯瓦米先生,赛马中,王公的马儿如何能获胜呢?"

温卡特斯瓦米知道,大部分马儿是不可能获胜的。他装模作样地屈指计算之后,答道:"我发现了其中的损害。"

不久前,默吐苏登的马儿在一次大赌博里获了全胜。这时,那温没有给默吐苏登开口的机会,那温以沮丧的口吻问道:"斯瓦米先生,我姑娘的情况将会是怎样?"这里姑且不提,那温还没有姑娘。

温卡特斯瓦米确切地猜到了,那温为自己的女儿寻找对象。他看了看那温的脸,早已明白,姑娘不可能是仙女,说:"对象不可能很快遇到,需要花费很多钱。"

那温仍是没有给默吐苏登说话的任何机会,他一个接一个的自相矛盾的问题提出,而从斯瓦米嘴里又吐出接二连三的稀奇古怪的答案。那温又说:"哥哥,现在还有什么问题?走吧!"

一坐上车子,那温就开口说:"哥哥,斯瓦米是位十分狡猾的家伙。"

"但那天倒……"

"那天,他事先已经得悉有关您的一些情况。"

"他如何知道我将去他那儿?"

"这就是我的愚蠢。那时已经发生了许多事,我就把您带去。但这次我没有主动带您。"

尽管获得了星卜家的狡猾欺诈的证明,但"Kavarga"中的"Ka"依然深深地扎入默吐苏登的心坎里。他反复思考之后发现,尽管星卜家七拼八凑,胡诌一气,随心所欲地回答一些不着边际的问题,但解答现实问题时却往往是不会有闪失的。默吐苏登从未预想的事,伴随倒霉的婚姻接踵而至。还有能比这更明显的证明吗?

那温慢条斯理地引起话题:"哥哥,两个星期已过去了。现在,可唤请嫂子回来啦!"

"干啥?为什么那么着急?那温,你瞧,我再三向你强调说,从现在起再也不要在我面前提及此事。哪天我心情好,我就会唤她回来的!"

那温太了解自己兄长的脾性了。他知道,事情已到此结束。

然后,他又鼓足勇气,问道:"二媳妇若去与她相见,有错吗?"

默吐苏登带着蔑视的神态,简短地答道:"她可以去。"

第四十九章

维帕勒达斯慌忙地指着安乐椅,说:"那温先生请进来,坐在这儿!"

那温说:"迄今,似乎您对我的一切还不了解。您也许想,我是王公家庭的宠儿。其实,我可是您妹妹的卑贱仆人。请给我以尊严,请不要剥夺对我的祝福。不过,您怎么把自己的身体糟蹋到如此地步?您如此漂亮的身材只剩下个影儿了!"

"身体不是真实的,只有影儿才是真实的——经常获得这个讯息是件好事,这有利于读懂人生的最后课本。"

古姆迪妮一进屋就嚷开了:"亲爱的,走,去吃一些东西!"

"我将去吃,但得满足一个条件。当这个条件没有满足时,婆罗门客人将在您门上忍饥挨饿待着。"

"那是个什么稀罕条件,请说给我听听!"

"您在家时,我恳求您赐予礼物,但在那儿我不便胡搅蛮缠。现在,您应该向一个虔诚者馈赠自己的一幅照片。那天,您曾说过,您身边一无所有。但今天您不能这样推辞我,那幅照片就挂在您兄长房间的墙上。"

那幅照片是偶然的机会给拍下的。古姆迪妮这幅照片宛如是神的创造。古姆迪妮表现在脸上的内心情感化作光泽,闪现在额上。那充满纯洁、智慧的光泽显现在照片上。眼里充盈着肃穆且庄重的同情。她站立在中间,她美丽的右手扶在一张空椅的把手上,仿佛使人感到,她瞥见了自己从前逝去的日子的影儿,突然呆立不动地站着。

古姆迪妮没有注意自己那张照片。她兄长在她出嫁前,从加尔各答请来摄影师给她拍的。这之后,兄长就把它挂在自己屋内。想起这件事,古姆迪妮内心就十分感动。相册保留与否,为得悉这个消息,她凝望着兄长。

那温说:"维帕勒达斯先生知道吗,嫂子已经同情我,请稍许瞧瞧她的眼神就会明白。尽管我不配,但她仍然施以我特殊的恩惠。"

维帕勒达斯微笑着说:"古姆,我的一只皮盒子里还放着一些照片。倘若你想施舍给自己的虔诚者,请不要犹豫。"

古姆迪妮正拿食物给那温吃的当儿,伽鲁突然闯入,说:"我已拍电报请二老爷快回来。"

"以我的名义拍的?"

"是的,兄弟,以您的名义拍发的。我知道,您做事总是犹豫不决,这里情况一天比一天艰难。从大夫所说的话中我们感到,您不能再忍受如此重负。"

大夫说，在心电图里发现心脏病恶化的征兆。所以，不应该给他的身心再施加压力，他心灵应该保持安静。然而，超出异常的竞争的痛苦，像恶魔般压在维帕勒达斯身上，病情恶化就是它的直接结果，精神忧虑一直纠缠着他。

派人去把苏鲍塔硬拽回来，这种处置是否得当，维帕勒达斯一直没有把握。他默默地寻思着。

伽鲁说："大老爷，您多虑徒劳无益，是多此一举的。现在，对财产的最后安排是十分必要的。否则，任何事情都无法顺利进行。只出百分之十二的利息，我们不可能从高利贷者手中夺回自己的全部财产。他们将从全部财产中扣除作为先前利息的二十万卢比，此外，还需花费代理费。"

维帕勒达斯无奈地说："好吧，请苏鲍塔回来吧。但他会听从我的话很快回来啰？"

"不管他是多大的老爷，一获悉您的电报，不回来以后是无颜见面的。所以，这方面您尽管放心！不过，兄弟，有一句话要相劝，不能再耽搁了，您得把姑娘送回婆家去！"

维帕勒达斯沉吟了一会儿，说："默吐苏登不亲自来唤她，她回去将受到阻碍。"

"什么，难道姑娘是默吐苏登工厂里的工人？她去的是自己的家，这里面还有下达命令的必要？"

用完膳食后，那温回到维帕勒达斯房间。

维帕勒达斯说："古姆对您好吗？"

那温答道:"兴许我不配,她对我溺爱有加。"

"我想问您有关她的几句话,您不用对我有所保留或隐瞒!"

"我向您保证,我没有什么事向您诉说时会迟疑不决的。"

"古姆到我这儿来,我总觉得,她内心藏有不可言说的蹊跷奥秘。"

"您的理解是正确的。世人不能想象不使别人受侮的人自己有时会受到侮辱的。"

"她受到什么样的侮辱?"

"我就是因着那种羞耻来这府上的,但我不能多说什么,只想把她的脚尘放到自己的头上,暗自请求宽恕。"

"倘若今天古姆就回婆家,这会有什么损害?"

"事实是,您眼下没有勇气提及让她回去的事。"

事情正如那温所意料的,维帕勒达斯没有敢向古姆迪妮询问,掏出她的心里话。但他内心烦躁不安,唤来伽鲁问道:"您经常来往于他们之间,您一定会听到默吐苏登的一些情况。"

"我有这方面的一些经验,但当我不掌握事情的全部情况,我就不想对您说什么。让我待两三天,我将全面地获取消息,然后告诉您。"

维帕勒达斯因着这种忧虑而心情不愉快,但抵御的任何办法不掌握在他手里,所以,他忧心如焚,无法排遣。

第五十章

古姆迪妮多少日子梦寐以求的愿望实现了。她来到自己久已熟悉的故里,来到自己兄长赋予的慈爱环境中。但是她发现,现在这里已不是她从前熟悉的那个淳朴的家园,她不时浮现回婆家去的愿望。但如今她清楚地看到,大家内心都产生这样一个疑问:"她为何回来?究竟发生了什么事?"

在自己兄长的无限慈爱中,那个愿望不时浮现在她面前,其实,两人谁都不会公开评判这个愿望。评判的权力应属于她,她因此隐瞒着这个愿望。

掌灯时分,太阳正在下山。古姆迪妮坐在卧室窗前,乌鸦呱呱地聒噪不停,外面街道上辗过的车轮声、沸腾的人声不时飘来。新鲜的春风还不能在城市砖瓦尖塔上染上自己的色彩。前面的房间掩藏在一排榕树丛中,活跃的春风摇曳着那树丛的稠密绿叶。夕阳余晖被捣碎,散落在叶缝间。这时刻,一头豢养的牝鹿,总想往自己不知晓的林子里逃遁去——那些日子里,风可抚触到春天的气息,大地仿佛满怀激情,凝眸望着蔚蓝天空上的遥远的道路。其实,那些包围四周的一切,似乎都是虚假的,无法捉摸。倘若力图描绘它,色彩却散落在天际。然而,它的形象却在陆地、山水之间的种种暗示中窥探着,随即,消失得无影无踪。心灵就把它视为最高的真实。

今日,古姆迪妮的心惴惴不安,渴望从所有现实环境中,从自我中逃遁去,但是,她的四周像是被围墙团团围困住!今天,她在这个家里也得不到解脱,她曾经想象死亡也是甜蜜的。她在内心自言自语:"我的主一直蛰居在黝黑的朱木拿河畔。我为与他约会,日复一日行走着。天晓得,道路是那么漫长,又充满着艰难险阻。"

她看到兄长的健康每况愈下。她原本是来服侍他的,但正因着她的缘故,兄长的病格外加重。现在,她做的一切,都适得其反。她用双手捂住脸,久久号啕大哭。当停止哭泣,她毅然决心回婆家去。以后,该发生什么就发生吧,她将硬着头皮忍受。于是,她最终获得了解脱——肃穆、宁静和甜蜜的解脱。她在自己心幕上越是清晰地想象到自己的死亡,越是深刻感受到生活的重负不是不堪忍受的。她哼起了歌儿:

　　道上,夜晚漆黑一片,
　　林里,灯盏闪闪亮着。

　　晌午时分,古姆迪妮服侍兄长睡着,悄悄离去。到了吃药和用膳时刻,她又进屋,这时她看到维帕勒达斯站立着,取来一只公事包,取出纸笔,给苏鲍塔写了封长信。

　　古姆迪妮用斥责的口吻说:"哥哥,今天您又没有好好睡午觉。"

　　维帕勒达斯说:"你只知道从睡眠中能获得休息,但我心中念念不忘写信这件事,只有写了信,我才能获得身心休憩。"

　　古姆迪妮明白,写这封信就是为了她自己。在大海此岸,她折磨着一位兄长;眼下,她又将把大海彼岸的另一位兄长投入苦恼之中——难道两位兄长之妹就是带着这个命运而降生的?

　　让兄长喝了茶,古姆迪妮轻声地说:"我已在这儿住了许多日子,现在我决定回婆家去。"

　　维帕勒达斯凝眸盯着古姆迪妮的脸,力图琢磨透:古姆迪妮是带着怎样的心情说这句话的。

　　这么多日子以来,兄妹之间没有进行开诚布公的交谈。今天,古姆迪妮再也忍耐不住了。眼下，为了琢磨另一件心事，维帕勒达斯只好搁下笔，停止写信。让古姆迪妮坐在身边，他没有说一句话，只是用手轻柔地摩挲着她的手。

古姆迪妮懂得他的这种语言，这世间的情结十分坚实，她在爱里至今没有感到任何匮乏。眼泪在她眼眶里转动，她极力阻止它流淌出来。古姆迪妮暗自说："我再也不能在这爱中增加任何重负。"所以，她果断地说："哥哥，我决定回婆家去。"

维帕勒达斯没有能够想出如何回答。他殚精竭虑思索着，古姆迪妮回去的选择也许是正确的，是吉利的，因为归根到底，这是有关职责的问题。

维帕勒达斯默然无语。这时刻，家狗醒来，把自己的爪子放在古姆迪妮的怀里，为了维帕勒达斯一份烙饼的恩赐，诉说着自己的感激。

罗摩斯瓦鲁帕仆人进屋禀报，穆卡尔吉大人驾到。

古姆迪妮担心地说："今天晌午，您没有睡觉，您与伽鲁交谈，将十分劳心。我独自去会他。倘若有特别重要的事，听后我将如实向您汇报。"

"你俨然是一位伟大的大夫了！让别人代我接见客人交谈，病人的心就会安静，你是这么想的吧？"

"不用争辩了，我将去那儿听取情况。今天，您一切都不用管了。"

"古姆，一位英国诗人说过，用耳朵听音乐是甜蜜的，不用耳朵听，音乐不会是甜蜜的。同样，用耳听对话可能会使人疲劳，而不用耳听所进行的对话更让人疲劳，所以，不能依赖别人，还是亲自洗耳恭听为好。"

"好吧，按您的意见办，但十五分钟过后，我将回来。倘若这时刻你们还继续进行交谈，我将坐在你们中间用弦琴弹奏快节奏的曲子。"

"好好，我同意这个条件。"

半个小时后，古姆迪妮真的手持弦琴回来了，但是，她看到维帕勒达斯阴沉的脸部表情，就不声不响地把弦琴放在墙角里，坐在兄长身旁。她用手压着他的手，说："哥哥，怎么啦？"

多少日子以来，古姆迪妮一直看到维帕勒达斯脸上的不安表情，这里含有难以言状的沉重痛苦的隐情。

在维帕勒达斯生活里出现过不少危机，又度过不少的危机时刻，但从未见过他有丝毫颓唐的表现。读书、唱歌、奏乐、赛马、用望远镜观察天空星辰、从各地采来的名目繁多的花卉种在花园里，林林总总，方方面面，他都表现了无比的热情和兴趣。因此，他从不把自己的痛苦和磨难放进心里去。但这次因疾病而生发的虚弱把他挤进夹缝里去，从表面上看，他对服务和交往表示着热情，但为没有准时收到信件文案表示忧虑，他的这些忧虑眼看着使他的脸庞变得憔悴黑瘦。今天，古姆迪妮看在眼里，痛在心里，把自己的手足之情的友爱转化为母子之情的母爱了。不知从哪里来的孩儿般调皮和固执，进入了她一向不苟言笑的兄长的性格里，而同时，一种深沉痛楚和关切也进入她的内心筑起了巢穴。

古姆迪妮看到，兄长的那种热情已经消失殆尽。他从前眼里燃烧着的火焰，犹同大神的第三只眼睛的火焰。如今，眼睛因着他自己遭受的痛苦熄灭了火焰，它们仿佛见到了自己面前信念的某种罪过，为把这种罪过泯灭而惶惑不安着。

维帕勒达斯没有回答古姆迪妮的问话，目不转睛地凝望着面前的壁墙，怔怔地坐着。

隔了一会儿，古姆迪妮又问："哥哥，怎么啦？您说呀！"

维帕勒达斯仿佛还在凝眸眺望着远方，嗫嚅道："他曾经企盼代表所有妇女为争取自己的尊严而斗争。当然，你应该有心理准备：社会将给你苦头吃。"

古姆迪妮大惑不解地说："哥哥，我不理解您所说的有关妇女受辱的宏论。"

维帕勒达斯疑惑地问："难道你不了解这一切事实真相？"

古姆迪妮摇摇头说："我不清楚。"

维帕勒达斯沉默了片刻，接着说："妇女受辱的痛苦，深深地扎入我心底。为什么，你知道吗？"

古姆迪妮没有说什么，凝眸盯着兄长。停顿片刻，她启齿说："妈妈一辈子吃尽了苦头，我怎么也无法忘掉！我们那个缺乏宗教理智的社会应对此负有责任。"

就在这上面，兄妹之间存在着分歧。古姆迪妮疼爱自己的父亲，她晓得父亲的心，不管有多大缺点，她觉得自己的父亲是位品行崇高的人物。不承认这点，她是无法做到的，甚至父亲生活里所发生的悲惨结局，她也暗自归罪于自己的母亲。

维帕勒达斯也承认自己父亲伟大，内心对他充满崇敬的感情，但他永远也不能原谅自己父亲的一件事，是在大庭广众、众目睽睽下侮辱母亲。母亲也不宽恕父亲，他内心还为此感到自豪。

维帕勒达斯说："咱妈所受的侮辱就是整个妇女所受侮辱的缩影。

古姆，你应该摆脱从个人角度看待自己所遭遇的事，应站到反抗那种侮辱的行列中去。在这场战斗里，在任何情况下，你都不应屈服低头。"

古姆迪妮低垂着头，轻声细语地说："哥，不应忘记，父亲是十分爱母亲的，这种爱可以抵消不少罪过。"

维帕勒达斯说："我承认父亲对母亲的爱。尽管他存有对母亲的深沉的爱，但他如此侮辱母亲，社会应对这罪过负有一定的责任。我是无法宽恕社会的。社会没有爱，它只有法规。"

"哥哥，您难道听到了什么？"

"对，我听到了一些流言蜚语，以后我会慢慢给你讲那些见不得阳光的事。"

"这就好了。我直担心，那些事可别把您的身体搞得越发不可收拾。"

"古姆，不会的，恰恰与此相反。许多日子以来，因为痛苦折磨的疲惫，我身体被拖垮了。今天，心灵开了窍，我就要斗争到生命的最后一刻。我内心由此聚集起无比的力量。"

"哥哥，向谁战斗？为什么战斗？"

"社会在偿还它的债务里竟然如此欺骗妇女，我就要向这个社会宣战。"

"哥哥，您将对它做什么？"

"我将不承认它的合理性，除此之外我还能做什么？当然，我将思考自己付诸实践的行动，从今天起我就开始行动。你在这个家庭里取得的位置，完全属于你自己的，你不用向别人妥协获取它。在这儿,你将依靠自己的力量生存着。"

"哥哥,好吧,您说得有理,但您不许再多说话!"

这时刻,听到屋外有响动,是莫迪妈来了。

第五十一章

古姆迪妮领着莫迪妈到自己的寝室去。两人在那儿促膝交谈。不一会儿,天色黑下来。仆役进来要点燃灯盏,但古姆迪妮示意,禁止掌灯。

古姆迪妮倾听了事情的全部经过后,恍然大悟,但她一声不吭。

莫迪妈说:"家园仿佛被恶魔侵占着,姐姐!在那儿能安心住下是艰难的。但是您难道再也不回去啦?"

"难道我被召唤了?"

"没有。兴许谁也记不起召唤这件事。但您不回去,什么事也办不成。"

"我能做些什么呢?我将无法满足他。倘若有谁设想,因着我发生了眼下的一切,但我哪有什么办法?我能给的,他无法索取。今天,我空着手回去,能做什么呢?"

"姐姐,您胡诌些什么?家庭是属于您的,它若从您手中失去,一切将如何运转呢?"

"你对家庭生活有什么想法?家门,财产和仆役?若说我还拥有这一切权力的话,我对此只能感到羞耻。我早已丧失拥有这座官殿的权力。现在,这一切身外之物还能有什么用处?"

"姐姐,您说的什么话?难道您永远也不回去啦?"

"现在,我还没弄明白事情的来龙去脉。几天前,倘若存在这种情况,我一定渴望从神那儿获取暗示并向所有人讨教。但是,我这个信念如今早已化成灰烬,一开始有一些征兆就处理,最后也不会出现今天这种局面。今天,我经过反复思考,倘若我不依赖神而依靠兄长的思想,这个危机也许不会降临。虽然,我内心对自己心灵上的那个神产生过怀疑,但我内心无法轻视它。我若回去,我将会跌落在他的脚底下。"

"听了您这番话,我心里直发毛。难道您真的不想回去啦?"

"永远不回家,坚持这种想法是困难的;但我又无法轻易地说,我将回去。"

"好吧,我想再与您兄长谈一下,看看他如何说。我能见他一下吗?"

"走吧,现在我带你去见他。"

进入维帕勒达斯的房间,莫迪妈见到他的阴沉脸色,惊愕得目瞪口呆地站着。她仿佛觉得,他是一座刚刚经历一场地震洗劫后被破坏的庙宇,它的烛火早已熄灭,他内心一片漆黑,死一般沉静。

她向他施礼,取了他脚上的尘土,坐在地板上。

维帕勒达斯慌忙地说:"这里放着椅子,请在上面坐。"

莫迪妈摇摇头说:"不,就这里合适。"

面纱后面,两眼盈泪。她明白了,在兄长如此心情下,古姆迪妮只会感到痛苦万状。

为挑明来意,古姆迪妮说:"哥哥,她特地来听取您的意见。"

莫迪妈说:"不,不,听取意见是小事,我首先是来向您施以触脚礼。"

古姆迪妮不理会她说:"她想知道,能否把我带回他们家。"

维帕勒达斯起身说:"那可是别人的家,古姆怎能在那儿待下去呢?"

倘若他用愤怒的口吻说这话,话里的火焰会燃烧,但他的语气是平和的,在他脸上看不到有丝毫激愤的痕迹。

莫迪妈话说得很细很轻,她的意思是让坐在身旁的古姆迪妮把她的话,转述给维帕勒达斯听。但是,古姆迪妮不同意,说:"您自个儿放开嗓子,大声说吧!"

莫迪妈无奈地清了清嗓子,说:"那是属于她自己的东西,不可能成为别人的——不管它是什么。"

"这话委实是不对的。她仅仅是寄人篱下的人,她没有主宰自己命运的权力和力量,她已被逐出家门,人们只会谴责她,不会给以帮助理解的,全部惩罚都是冲着她而来的。倘若存在着伟大的恩赐庇护,才能忍受这种辱重。"

莫迪妈没有想出如何回答他这番宏论的话。原本应该是姑娘方面的人慌乱地跪着央求丈夫方面的庇护,但是,这里所看到的情况则完全是相反的。

沉默了片刻,莫迪妈说:"女人不待在自己家里是无法安心的。男人生活在漂泊之中,不管他漂泊到何方,但女人总应有一个固定的港湾可安心停泊。"

"固定港湾在哪儿?在非礼侮辱之中吗?我要强调告诉您,那些创造了古姆的人，会用全部虔诚去塑造她，不许任何人轻视她、蔑视她，即使吉卡拉沃尔迪帝国也没有这个权力。"

莫迪妈十分喜欢古姆迪妮，一直尊敬她，爱护她，然而，女子会有如此大的价值，她的骄傲可以影响丈夫，这种话听起来有些刺耳。在家庭里，与丈夫斗嘴争吵，妻子命中注定是被侮辱的、不被尊重的，甚至女人为了从那儿获得解脱吸起鸦片，能够面对绞刑架死去，这些事都可理解。但是，不管如何，妻子与丈夫分离，坚持自己的权力，莫迪妈认为，这是一种冒险。女人为什么要如此高傲呢？她从内心排斥这种看法。默吐苏登不管如何不配她，不管施行多少不义，然而他是位堂堂正正的男子汉；在同一个地方，他自然比妻子权力大，这是毋庸置疑的铁的事实。

与造物主打官司，谁能打赢？

莫迪妈斩钉截铁地说："总有一天，她迫不得已去那儿，没有其他的出路。"

"不得不去，这句话适用于购来的奴隶身上，对其他人不会发生作用的。"

"念咒之后，女人被出卖已是既成事实；从那天完婚之日起，女人的身心都被束缚住了，没有出逃的任何办法，那个桎梏比死亡还强大。当我们作为女人而降生，女人的命运就无法逆转了。"

维帕勒达斯明白，女人的尊严滞留在女人身旁，微乎其微。她们不晓得，正因为这个缘故，她们在每个家庭里轻易地蒙受侮辱。她们心甘情愿地熄灭了自己的光亮；这之后，她们终日惶惶不安地过着半死不活的生活；她们毫无还手之力，过着挨打挨骂的日子，而且，她们还认为，默默地对一切逆来顺受，就是女人最富有价值的人生。不然，人类无法姑息那么大的侮辱。不过，社会把她们推向最底层的同时，自己也在每天堕落下去。

古姆迪妮坐在维帕勒达斯床边的地上。脸朝着地。

维帕勒达斯再没有对莫迪妈说什么，用手摩挲着古姆迪妮的头，说："有一件事要对你讲，古姆，你应该努力弄明白！在没有证明赋予女人具有建立自己权力的能力的地方，在能力只是卧在地上的东西、没有受到任何考验的地方，女人只能创造卑贱，不可能树立尊严。我几次对你说过这个道理，但是，你不能抛弃传统观念，由此你蒙受着侮辱的折磨。当你经常郑重其事地给婆罗门安排饮食时，我从未设置障碍。我仅仅三番五次努力解释：缺乏思考，盲目接受人的优秀品性不仅于事无补，而且所谓的社会的优秀品性的理想也是微不足道的。因着这种盲目的虔诚，我们不尊重自己的人性。人们为什么不想想个中缘由？你曾读过不少英国文学方面的书，那时你为什么不明白？今天，反对这种类型社会的建立、反对法典所尊重的所谓纯洁无瑕的能力的战斗风暴，席卷整个世界。多少年来，人类给那种不按自己意愿的盲目的奴性，冠以伟大动听的名字，让人们在心灵里维持着。现在，铲除那种奴性的时刻已经到来了。"

古姆迪妮低垂着脑袋，说："哥哥，您是否想说，妻子应该冒犯丈夫？"

"我只把不正义的冒犯视为罪过，丈夫也不能冒犯妻子——这就是我的观点。"

"倘若冒犯的话，妻子难道——"

古姆迪妮还没把话说完,维帕勒达斯抢着说:"每个女子倘若接受那种不公正,所有妇女将由此受到侮辱。这样,大家的痛苦聚集着,向着每一个家门;然而,压迫的道路更加坚固。"

莫迪妈略显不安地说:"我的姐姐是位贞节的妻子。如果某种侮辱冒犯她,那侮辱也不会碰触着她的。"

现在,维帕勒达斯的声音有些激动,说:"你们只思考妻子贞节的事。那个胆怯者获得侮辱她的权力,运用侮辱她的权力,你们为什么不思考那个人的劣迹呢?"

古姆迪妮霍地站起,抚摩着维帕勒达斯的头发,温存地说:"哥哥,现在您不用多说。您称之为自由的东西,通过知识所获得的东西,就在我们的胸膛里获得了自己的反对声音。我们束缚人,也束缚住信念;我们怎么也无法抛弃这种束缚,无法用快刀斩断它的盘根错节。我们身上不论遭到多少鞭打,痛苦一阵,转了一圈,又坚定地待在原地。你们十分明白事理,所以,你们的心能获得自由:我们十分顺从,所以,我们心中充满了生活的虚无。您也许认为,我在什么地方徘徊不定,不过,理解错误和抛弃错误难道是一回事吗?我们的爱宛如蔓藤想束缚一切,不管它是好抑或是坏,我们无法抛弃它。"

维帕勒达斯反唇相讥说:"所以,世上不乏恶男子的女虔诚者。他们深深懂得,尽管他们不纯洁,但他们仍被女子承认为纯洁。"

古姆迪妮说:"怎么办,兄长?我们就是为用双手束缚住世界应运而生的。所以,我们既束缚住树木,又束缚住稻禾。我们得花费多少时间认识祖师,也得花费多少时间才能认识道路。迷网织在我们内心。谁能把我们从痛苦的深海中救出？所以，我寻思，倘若遇到了痛苦，先应该承认它，从中摆脱出来，而后找出超越它的办法。正因为如此，女人最大限度地依赖于职责生存着。"

维帕勒达斯没有再说什么，若有所思地坐着。

他沉默无语地坐着，对古姆迪妮也是种折磨。她深知，与说话相比，沉默的重负更不堪忍受。

莫迪妈从屋里出来，问古姆迪妮："您做出了什么决定，姐姐？"

古姆迪妮徒然说："我无法回去。再说，也没有允许我回去。"

莫迪妈内心有些不高兴。若说莫迪妈十分尊重婆家，也不是那回事。然而，长期与婆家相处习惯所产生的一种亲善感，占据了她的心灵。那儿的任何媳妇企图超脱这种关系，在任何情况下她都认为是不妥的。她对古姆迪妮所劝之话的意思是：男人本性中，痛苦是微乎其微，不克制的举动是多不胜数的。这个事实从古代起就在众人面前明摆着。我们手里不握有创造的制度，所以，我们就带着自然获得的东西行事。想透了"这些人就是这个德行"的道理，心灵应该随时准备好。运转事务、操持家务是女人的事。无论丈夫好与坏，都应承认家庭关系。倘若不能这样做，那么除了死，不应有其他存在。

古姆迪妮笑着说："死了顶好，死有什么罪过？"

莫迪妈立即忧伤地说："这样的话不许从您嘴里出来！"

古姆迪妮不晓得，前几天，她们街坊有一位十七岁的媳妇吃了毒药自尽了。她取得硕士学位的丈夫在政府机关谋取了一个高职。妻子不小心，把一把银梳子掉在火炉里烧毁了。那位男子从他妈那儿听到这件事，痛打了她一顿。想起这件事，莫迪妈的身子就战栗不已，仿佛万箭钻心。

这时，那温进来了，古姆迪妮异常高兴，说："我早料到，亲爱的是不会姗姗来迟的。"

那温笑着说："嫂嫂掌握了真理，先见了烟，就很容易想到火。"

莫迪妈说："姐姐，就是您宠惯他，使他变坏了。现在明摆着的是，您见了他就高兴，他怀着这种高傲……"

"见到我这样的人就能高兴，她的独具慧眼难道是寻常的吗？那位创造我的人也要为自己高超的技艺而后悔；那位与我结成伉俪的人会想，这人岂非天神下凡？"

"亲爱的，你们俩相互争辩，第三者不便插嘴破坏其美妙的韵律。所以，我告辞了。"

莫迪妈说："姐姐，没有关系。这里究竟谁是第三者？您还是我？难道您以为他驱车前来是与我相见？"

"不，是我请他来吃饭。"说毕，古姆迪妮一溜烟走了。

第五十二章

莫迪妈问："也许有什么新闻？"

那温说："是有新闻，我不能耽误，就火急火燎赶来与你商议。你倒轻松来这儿。这之后，兄长突然来我房，他的脾气十分坏。一只寻常价值的镀金的烟灰碟不翼而飞。他握有它的时候，他肯定认为烟灰碟是纯金的，不然，谁想为了一件区区小物，冒损坏自己形象的险！你也知道，兄长认为一件低贱东西若随便掉失在哪儿，他的巨大财富的墙基也会动摇，因而他对任何小的疏忽，小的物件丢失，都是无法容忍的。今天清晨，他去办公室时对我说，傍晚他将去乡下。我决心，他从办公室回来之前，做完全部工作，但是，兄长突然径直来我处，说：'算了，今晚不去乡下啦！'当他走出屋外时，他的目光突然落到嫂子的照片上，照片是放在我的桌子上的。他立即惊诧地站住。我当时就明白，在他用眼斜视这照片时，兄长感到羞愧得无地自容。我打岔道：'哥哥，稍许坐一会儿，我想请您看一件达卡纱丽。莫迪妈的小嫂子想要的，她已怀孕，我们给她买的。但格来什拉易想在价格方面蒙骗我们，所以，我想请您瞧瞧，估估价！我不觉得，它只值二百五十卢比，但我又认为，它不是价值连城的东西。'"

莫迪妈吃惊地说："这些话是怎么进入你的笨脑袋里的？我小嫂子怎能怀孕，她的孩子才只有一个半月！我看，今后你在编造任何谎言都不会犹豫不决了，你从哪儿学来的这门新技艺？"

"迦梨陀娑是从弦琴中获得诗的灵感的。"

"看来，弦琴不纠缠你，你是无法管理好家务的！"

"我起誓，我升天后，将去参观地狱。这就是我奉献在嫂子脚上的礼物。"

"但那时刻，你从哪儿筹措到二百五十卢比，购买达卡纱丽？"

"哪儿都没有筹措到。我二十分钟后回来说：'格来什拉易不说什么，就把纱丽要了回去。'我看到兄长的脸色就明白了，那幅画像已采用梦的形式，钻入兄长的心窝里去了。不知什么缘由，兄长在这时因着我感到拘谨，不好意思，要是换了别人，他绝不会迟疑不决，很快就会取走那幅画像的。"

"你也图谋不轨,不怀好意,你为什么不把那幅画像给兄长呢?"

"我倒是想给他的,尽管不心甘情愿。我说:'哥哥,这幅画像可以挂在您卧室里,您觉得如何?'兄长淡淡地说:'好吧,挂挂看看。'说毕,他顺手拿走了这幅画像,去楼上房间。这之后发生了什么,我不得而知了,也许他不会去办公室了,这幅画像归还的希望肯定落空了。"

"当你同意为嫂子献身天堂,你该明白,你不过耗费了一张画像而已。"

"你可以怀疑天堂,但对画不能存有丝毫怀疑。那样优美的画可不是轻易地能被画下的。在罕见的迷恋情态下,她脸上显示了吉祥女神的光泽,正是那个吉祥时刻,那幅画被画了下来。我经常在深夜,从睡梦中醒来,点燃灯盏,凝神地望着那幅画。在灯光下,她内心的形象更加清晰起来。"

"瞧,在我面前你说了这类自己所做的见不得人的不公正事,你心里难道丝毫也不感到害怕?"

"倘若害怕的话,你就会担惊受怕了。看到这幅绝伦无比的画像,我惊奇得无以复加。我暗自寻思,我怎么会如此幸运呢?我能称她嫂子,激动得汗毛直竖。而她微笑着让我坐在她身边,款待我;这件事在广袤世界里怎么能发生?我们家庭里,最不幸的人是兄长,他轻易地获得了她,他企图约束她,却失去了她。"

"你一谈起嫂子就喜形于色,再也封不住自己的嘴巴。"

"二媳妇,我上述的事,你也有所觉察。"

"没有,从未感觉到。"

"对，你肯定有些感触。我提醒你一件事，在努尔那卡尔，当你在车站见到嫂子的兄长，你也用流行的夸大辞藻赞叹他。"

"好啦，好啦，你又狡辩起来。你想说什么，就痛痛快快地说吧！"

"我相信，兄长最近将会召唤嫂子。嫂子那么执意回娘家，从那时到现在，只字未提回婆家。这件事本身，在兄长的心坎里掀起了自负的巨大波涛，我了解这点。兄长怎么也想不明白，金笼子对鸟儿为何没有吸引力，兄长把她当作没有感觉、不会感恩的鸟儿。"

"那么，这倒是件好事，让大伯召唤吧！看来，这事已是铁定的了。"

"不过，我倒想，倘若嫂子在召唤前回来，那会好上加好、锦上添花。对战胜兄长的傲气，没有坏处。此外，维帕勒达斯先生也会想，嫂子应回到自己的家里去。"

今天，那温挑起了维帕勒达斯这个话题，说了许多话，莫迪妈丝毫没有暗示。不过，她现在说："那么你为什么不去维帕勒达斯那儿把这个问题向他挑明了？"

"我去，他听了定会高兴。"

正在这时，古姆迪妮从门外说："我能进来吗？"

莫迪妈说："您的小叔子正关注着您的路。"

"从诞生到逝世，我一直关注着，这次可以看到希望的曙光了，可以看到它了。"

"喔哟，亲爱的，你怎么能如此夸张说话！"

"我自己也感到吃惊，也不明白。"

"好吧，现在通通去吃饭。"

"用膳前,我去您兄长那儿,与他聊几句。"

"不行,不能这样。"

"为什么?"

"今天哥哥说话已经够多了,现在再也没有力气说话了。"

"我要说的是'好消息'。"

"也许是件福星高照的事。您想要拜访,明天来吧,今天不要节外生枝了,惹他费神。"

"明天我可能得不到休假的机会,又可能出现始料不及的障碍。今天,我只获得十来分钟的时间,我请求今天见他一面。您的兄长恐怕会同意的,我不会给他制造麻烦,不会折磨他的。"

"好吧,你先吃饭,之后,见机行事。"

饭后,古姆迪妮领那温去维帕勒达斯的房间。

那温发现,维帕勒达斯还没入寝。屋内光线昏暗,从打开的窗户可遥望到无际的星空,南风飒飒吹拂着。屋内幔布、床边缨子、竹竿上挂着的衣服,都在屋内映出奇形怪状的影儿,影儿不住战栗着,地上的一页报纸在众影儿间歪歪斜斜飞舞着。

维帕勒达斯瞌睡似的平静地坐着。那温不敢越雷池一步。傍晚的影儿和因疾病而生的虚弱,一股脑儿裹着维帕勒达斯,人们仿佛觉得,他已抵达了远离这个尘世的虚无缥缈的另一世界;仿佛在他面前的这个世界里,他孑然一身,再没有其他人迹了。

那温跨步上前,把维帕勒达斯的脚尘抹到额上,说:"我不想打扰您的休息。我只想说一句话,这么多日子过去了,我们都觉得,嫂子应该回家了。"

维帕勒达斯没有做任何回答，他依旧平静地坐着。

片刻，那温又说："只要获得您的允许，我就可安排嫂子回家。"

这时，古姆迪妮缓缓地来到兄长脚下坐着。

维帕勒达斯望着她的脸，说："倘若你认为该到你回家的时刻了，那么你就回去，古姆！"

古姆迪妮口吻坚决地说："不，哥哥，我不回去。"说毕，她倒在维帕勒达斯的膝头上。

屋内，寂静无声，只有一阵阵风吹拂着，松动的窗门发出嘎吱嘎吱的响声，户外花园里传来摇曳着的树叶的沙沙声。

隔了一会儿，古姆迪妮从床上站起，对那温说："走吧，现在一切都做了。哥哥，您睡吧。"

回到家，莫迪妈埋怨道："看来，走到那个极限地步不妙。"

"也就是说，眼睛不管如何被刺伤，眼睛发红总是不好的？"

"你不要生气。这种拒绝正是他们高傲的表现。在这个世上他们遇不到适合自己的人，他们把自己视为最高等级的人。"

"二媳妇，一般来说如此高傲的人不会讨人喜欢，但他们另当别论。"

"难道他们就此断了自己的亲戚关系？"

"不会因为亲戚关系产生亲密性。他们与我们不属于同一阶层的人，是迥然不同的两个圈子里的人。我一向十分犹豫，怎样以亲戚关系与他们相处。"

"不管谁有多么伟大，亲戚关系具有自己单独的意义，不要忘记这句话！"

那温明白，这批评话语里包含着莫迪妈对古姆迪妮的妒忌心。当然，她的话也蕴含着几分真理，家庭生活纽带的价值对女子来说是十分大的。所以，那温对待这种关系不便卷入无谓的争论旋涡，他说："再等几天看看，兄长的固执那时或许有所松动，因此耐心等待，不会有害处的。"

第五十三章

在默吐苏登的家庭里，什娅玛·宋德莉认为自己的地位是牢固的，但事实出乎她的意料。起初，她觉得她可以随心所欲地摆布这个家庭里的仆役；后来，她渐渐明白，仆人们从内心不尊重她，不把她当成女主人。他们竟敢反抗或蔑视她的指令，他们为自己的叛逆举动而扬扬得意。什娅玛对此异常气愤，动辄斥责他们，随意指挥他们做这做那，然后又抓住他们的小辫子不放。总之，她无时无刻不在喋喋不休地咒骂、训斥，甚至不放过他们的爹妈。

数日前，在这个家庭里什娅玛的地位是低卑的，谁都不理她，但如今她摇身一变，俨然成为家庭主妇。她为消除别人对她的轻视，怀着巨大的热情投入清洗等家务之中，但人们看到，这不是她能力所及的。家里有一位老仆人看不惯什娅玛整天骂骂咧咧的飞扬跋扈的举动，自动提出辞职请求。什娅玛因为这件事不得已低下了头。因为默吐苏登在理财方面持迷信观念。那些老仆人是他生意发达时期的参与者，正因为这个缘故，他们的死亡或辞职，他都认为是不吉祥的征兆。那时期的一件十分不起眼的陈旧书桌——上面还留有许多墨迹——不协调地、毫无修饰地放在办公室的昂贵家具之间。那旧桌子上放着一个旧的墨水瓶，一支简易的木制英国式笔。默吐苏登曾经用这支笔，在生意开创期间签订了最初的几笔重要合同。所以，当老仆人奥利萨达梯提出辞职的要求时，默吐苏登不仅一口回绝，还大加犒赏、嘉许他。当什娅玛·宋德莉诉说这件事时，她发现这件事对他不产生任何影响。她看到达梯脸上没有堆满愁云，而是绽开着灿烂的笑容。什娅玛气得简直要炸了肺，但让什娅玛为难的是，她深爱着默吐苏登，她没有胆量对默吐苏登施加压力。她只能强压住怒火，估量这件事的影响达到什么程度，何时将出现转机，给她带来幸运。

默吐苏登肯定知道，对什娅玛不必要浪费很多时间和感情。尽管他极少付出爱的情感，也不可能出现不幸的后果。然而，默吐苏登毕竟对什娅玛有一种粗糙的迷恋，这种迷恋是肉欲享受的迷恋，默吐苏登能够驾驭它，并从这种爱的感受中获得巨大的热情和乐趣。在这种违背他惯常的行为方式里，某些束缚被解除了。但在默吐苏登身上再也没有比工作更重要的东西，他工作的最大需要是自己统治权力的确保。在这个权力范围内，什娅玛对默吐苏登施加的统治是跛脚的，不完整的。脚往前稍许跨上几步就会失去平衡。所以，在这种强权面前，什娅玛始终只能奉献自己，不能抱有任何希求的奢望。她被剥夺索取钱财和首饰的权力。这样，她对两者的贪求就无休止了，但她在默吐苏登面前，又不得不维持一个限度。她妄想很容易地从富贾手中获取东西，而那东西则对她构成了不幸的厄运。

默吐苏登为博得什娅玛的欢心不时施予她一些衣服和首饰，但这些饰物都无法消除她对聚敛财物的饥渴。为达到聚敛大大小小财物的贪欲，她的手无时无刻不在发着痒，插手所有的事情。这样，她肯定要面临阻力。数日前，仅仅因着一件普通的事儿，她险些遭受了被驱逐的惩罚。但是，默吐苏登早已习惯于她的服侍和与她同居——这犹同嚼槟榔和吸烟一样上瘾，尽管它们十分廉价，但已成为强烈的习惯。它若遭受破坏，默吐苏登的工作也将遭受破坏。所以，这次什娅玛免受了惩罚，但惩罚的恐惧一直在什娅玛的头上悬挂着、晃荡着。

因着这种脆弱的权力，什娅玛·宋德莉内心一直存有这种疑虑，古姆迪妮不知何时又会牢牢控制住自己的宝座。这种妒忌的痛苦折磨，使她的心一刻也没有安宁过。她深知，她永远也无法与古姆迪妮相匹敌，因为她俩不是站在同一起跑线上的，或同一土地上的人。古姆迪妮拥有力量，能脱离默吐苏登的统治；而什娅玛拥有的力量是有限的，尽管实用但毫无价值可言。什娅玛一想到这点，不知伤心落泪多少次。她多次闭门思过，想以死来捍卫自己的权力。她经常捶胸顿足地问自己："我为何如此低贱？"然而，她转念一想，就因着她的低贱，她才能获得了一席之地。

价值越大，受到尊敬自然也越多，然而，也许正因为低贱，她才能获胜。这种心理平衡使她安静了许多。

在默吐苏登不容纳什娅玛的当儿，什娅玛没有觉得有如此无法忍受的痛苦，她从某种角度甘心承认了自己斋戒的命运。她时常认为，有一份普通饭食就心满意足了。但今天，当默吐苏登接纳了她，于是在获得和失却的权力之间，她怎么也找不到平衡。现在，失去的会永远失去，这样的疑惧使她惶惶不可终日。命运的轨迹，以如此不成熟的形式扩展着，每时每刻，每个地方都存在着"迷失方向"的恐惧。

有一次，什娅玛到莫迪妈那儿，希望从她那儿获得一些安慰，使心灵放松，但是，莫迪妈转过脸，摇着头，回避她走掉了。在那时刻，什娅玛没能采取任何致命的报复行为。但她晓得，有关这个家庭的日常安排和操持，莫迪妈深得默吐苏登的信任，什娅玛没有插手的余地。

从那时起，两人停止了交谈，相互不打照面。这样，什娅玛在这个家庭里的圈子越来越狭窄，地位越发摇摇欲坠。她也得不到一星半点儿的独立和自由。

在这种景况下，一天傍晚，什娅玛闯入默吐苏登的寝室，发现桌子上方的墙上挂着一幅古姆迪妮的大照片。她的头顶仿佛遇到五雷轰击，电花溅入她眼里，模糊一片；她的心像刺入竹签的鱼儿一般怦怦直跳。真想把那幅照片从自己眼前撤走、撕掉，但她没有那样做，只是目不转睛地望着那张照片，她面如土色，两眼直冒金星，攥紧了拳头。她真想把家里的什物捣碎扔掉，但在这个家里，她无法破坏任何东西。终于，她带着愤怒与疑惧，夺门而出，跑入自己屋里，半躺在床上，疯狂地把被单撕成碎片，弄得狼藉满地。

已是深夜时分，仆人从屋外禀报，王公在卧室里唤她去。什娅玛没有胆量说"我不去"。她马上起身洗脸，穿上一件达卡纱丽，抹上一些香水，来到默吐苏登的卧室。

她极力控制自己，不去想古姆迪妮的照片，但是，灯盏恰好在那张照片前亮着，灯光犹同谁的激动且明亮的眼光，使这张照片熠熠发光，全屋就只有这照片清晰可见。

什娅玛照例取来槟榔盒子，让默吐苏登咀嚼。这之后，她坐在下面，用双手轻轻地揉他的双脚。

不知什么缘由，默吐苏登今天十分高兴，从英国商店购来装照片的镜框。默吐苏登严肃且庄重地对什娅玛说："拿住它！"

即使在对什娅玛施以怜爱之际，在给予她甜蜜情味时默吐苏登也显出十分吝啬的态度。默吐苏登知道，她稍许获得一些温存，就会晕头转向、不知东南西北、不注意深浅界限了。

镜框用彩色纸包裹着，什娅玛慢慢地剥去纸，问道："这派什么用处？"

默吐苏登说："你不晓得，这是装照片用的。"

听后，什娅玛顿时犹如万箭钻心，说："谁的照片装在里面？"

"你自己的，那天拍的照片！"

"我不配如此'幸运'。"说毕，她把镜框摔在地上。

默吐苏登吃惊地问："这是什么意思？"

"什么意思也没有。"说罢，她双手捂住脸号啕大哭。这之后，她又从床上下地，脸朝下，用头撞地。

默吐苏登思忖："兴许因为货物价格低廉，什娅玛见了不高兴。兴许她渴望昂贵的首饰。"在办公室工作劳累了一天，一回到家就遇到了这种扫兴之事，他只觉得有些倒霉。他又想："她大概歇斯底里病发作。"他十分讨厌女人的歇斯底里病，大声叱责："起来，我说——现在立即起来！"

什娅玛一骨碌起来，飞身夺门而出。

默吐苏登吼道："这种疯劲，无济于事！"

默吐苏登十分了解什娅玛。他确信，什娅玛不多一会儿就会回转,扑在他脚上讨饶。当她那样干时,他将痛骂她一顿——他决定这样做。

过了十点钟,什娅玛没有回来。默吐苏登再次派人去什娅玛屋外窥探,说:"王公唤您。"

什娅玛赌气地说:"你去对王公说,我身体不佳。"

默吐苏登暗自思忖:"真是胆大包天,竟敢违抗我的指令不来!"

但他确信:"过一会儿,她自己就会乖乖回来的。"最终,她仍没有回来。

快十一点了。默吐苏登的心耐不住了。他从床上爬起,径直走向什娅玛的房间。他发现,屋子里没有亮光,但黑暗里依稀可以看到什娅玛躺在地上。

默吐苏登揣摩:"她这样惹是生非,都仅仅是出恶作剧,为的是从我这儿讨取更多的爱。"

他吼道:"起来,走。我说了,你得马上起来!不要耍你的傲慢脾气!"

什娅玛没有吱声,起身离去。

第五十四章

翌日,早餐过后去办公室之前,默吐苏登回寝室小憩一会儿。他突然发现,照片不翼而飞。与往日不同,什娅玛今日没有送来槟榔,没有站着随时准备为默吐苏登服务。今天,她没有来,默吐苏登只好派人去找她。她明显地带着凝滞的神态,姗姗来迟。默吐苏登问道:

"墙上挂着的照片到哪儿去啦？"

什娅玛惊讶地说："照片？谁的照片？"

她惊讶的表情有着过多的装腔作势的显现，通常，这是妇女对男人智慧的鄙视！

默吐苏登生气地说："你没有见过照片？"

什娅玛装出一副极其天真和诚实的样子，说："没有，我没有看到。"

默吐苏登咆哮道："你撒谎！"

"我为何要说谎？我拿照片有什么用？"

"你放在哪儿？我说，快点去取来！否则没有你的好下场，我再次警告你。"

"喔哟，什么样的灾难临头？我从哪儿去取照片来？"

默吐苏登唤来仆人，命令道："去，把二老爷叫来！"

那温来了，默吐苏登说："请大媳妇回来！"

什娅玛目瞪口呆，呆若木鸡地坐着。

那温沉吟了一会儿，搔着头皮说："哥哥，难道您不能亲自去一次？如果您亲自去说，嫂子一定会高兴。"

默吐苏登沉吟了一会儿，咕嘟咕嘟猛吸着烟。想了想，说："好吧，明儿是星期天，我亲自走一趟。"

那温雀跃欢呼地跑到莫迪妈处说："我做了件天大的好事。"

"不听取我的意见？"

"没有时间征求你的意见。"

"那你将后悔莫及。"

"这是可能的。因为在星宫图里我智慧的地方还没有任何星辰坐落，只有我的夫人。所以，我永远把你放在自己手边。事情原委是这样，兄长今天下令叫唤嫂子回来，我马上反应说：'倘若您亲自前往求说。就会一帆风顺，马到成功。'天晓得，兄长的脑子那时是如何运转的，他竟然同意了。从那时起，我陷入思考之中，它的结果将会是什么。"

"不会有好结果的。我已领教了维帕勒达斯老爷的脾性。我很担心，不晓得他会说什么。最后，将会发生俱卢大战。你为何要做这样的蠢事呢？"

"第一个原因是，那时刻，智慧的屋宇空荡荡，你不知在何方；第二个原因是，那天嫂子说'我将不回去'那句话时，我理会那句话的含义是，她兄长带着病病歪歪的身子来加尔各答，而王公一次都没有去拜见——这种不礼貌的举动，他们是最不能容忍的。"

听后，莫迪妈有几分惊讶。从前，她为什么没有注意到这些，其实，她的心里，她的下意识里，存在着一种对婆家的尊严的骄傲情绪。然而，她内心不承认，王公默吐苏登身上有着像普通人一样维护兄弟情谊的职责。

"为推动那天的争论，"那温带着几许评论说，"我因着自己的愚蠢，没有记住这点，而你提醒我记住。"

"我怎么说？"

"那天，你说，不要把兄弟情谊的职责视作比自己内心尊严的职责还要大。从那时起，我才敢大胆思量，像王公一样的大人物也应该去与维帕勒达斯会面。"

莫迪妈不服输，打断他说："你从哪儿捡来这些废话！当前重要的是应该做些什么。请三思!"

"一开始就发生的事情,直到最后才进行思考,要不上当受骗才怪呢。这时刻要思考的是,首要的职责是什么,这就是兄长应该去与维帕勒达斯见面。现在就考虑它的结果,肯定会劳心的,而且是极端烦心的。"

"谁能揣度。我觉得,他们将陷入进退维谷的处境。"

第五十五章

那天清晨,古姆迪妮在维帕勒达斯屋里,弹唱了好半天。在清晨的旋律里,个人的痛苦变成世界的痛苦,并以无限拓展的形式显示着,痛苦的河流归入痛苦的大海里,获得了休憩。它的形式变换着,最后消失在肃穆之中。

维帕勒达斯叹了一口长气,说:"古姆,世上,短暂时间以真理的形式显示着,而那无限时间却始终躲藏在隐蔽处。当我们歌唱时,无限时间就来到面前,短暂时间就消失了。心灵由此获得了自由。"

这时刻,有人进屋禀报:"王公默吐苏登驾到。"

古姆迪妮刹那间面如土色。维帕勒达斯见状,心如刀割。他说:"古姆,你进里屋去吧。这里也许不需要你。"

古姆迪妮即刻匆匆离去。

默吐苏登故意不给他们任何讯息,突然而至。他不想让对方事先获悉消息,得到掩饰自己赤贫的充裕时间。默吐苏登认为,因为维帕勒达斯是出身大家庭的人,内心有一种天然的妄自尊大的情感。默吐苏登无法忍受那种狂妄的态度，所以，他今天突然驾临，仿佛告诉人们，他不是来会面的，而是来显示自己的。

他的穿着十分奇特。见到他这身打扮，家仆也大吃一惊。

他的条纹布衬衣上有用丝线钩成的彩色花朵，肩上披着折叠的坎肩。他特意挑选了桑地布尔的围裤，脚上穿着擦得锃亮的宫廷鞋，手指上戴着绿宝石大戒指，闪烁着光芒。钟表的金链子围在宽大的腰间摆晃着，手执一根时髦的精致手杖，手杖的象鼻形金手把里镶嵌着各式各样的珍珠。

默吐苏登进屋后，稍许欠了欠身表示问候，之后坐在床边的一张安乐椅上，说："身体如何，维帕勒达斯先生？从你的状况看，身体好似不怎么好。"

维帕勒达斯没有回答他的话，说："你身体倒蛮好的。"

"也不是特别的好。一到傍晚，头就开始疼痛，也不觉得饿。吃饭没有规律。经常彻夜不眠——最大的折磨就是失眠。"

特别需要人照料，他做了如此的开场白。

维帕勒达斯说："兴许办公室事务忙，太劳累了。"

"这倒不是。公务一直自行运转着，不用我特别操心。工作的重负都让曼肯顿先生担起，阿尔塔尔·比伯迪先生也是我顶好的助手。"

仆人送来水烟袋，打开槟榔盒，取出槟榔和香料，

默吐苏登从中取出一小撮豆蔻，送进嘴里，其他的没有拿。他举起水烟袋，慢慢吸了几口。这之后，他把水烟管放在左胸边。

这时从内院传话来，早餐准备好了。

默吐苏登慌忙说："请原谅，我不用早餐。我刚才已说过，我对用

餐十分小心。"

维帕勒达斯没有再邀请,向仆人说:"默吐苏登先生龙体不佳,不用餐了。"

而后,维帕勒达斯沉默不语地坐着。默吐苏登希望,维帕勒达斯自个儿挑起有关古姆迪妮的话题。他认为,这么长日子过去了,现在,维帕勒达斯自己会怀着忧郁的心情,提出古姆迪妮回婆家的请求——但是,他嘴里连古姆迪妮的名字都没有提及。

于是,默吐苏登内心渐渐地积聚起愤怒,他思忖:"来这儿是个错误,这一切都是由于那温建议的缘故。"他心想立即回转,给那温一个极大的惩罚,才能罢休。

正在这时,古姆迪妮身穿一件朴素的镶黑边的纱丽,放下面纱走进屋里。

维帕勒达斯原不希望古姆迪妮出现,此时,他感到惊愕。

古姆迪妮先后给丈夫和兄长一一施以触脚礼。古姆迪妮对默吐苏登说:"兄长身体不佳,现在还十分虚弱,大夫禁止他多说话,您去隔壁房间吧!"

默吐苏登脸蓦地红起来,马上起身离开椅子站着,怀里的水烟管掉落到地上,没有瞧维帕勒达斯一眼,说:"好,我马上就走。"

眼下,默吐苏登心里直想立即坐车打道回府,但是,他踌躇不定。这么多日子以来,今天总算看上古姆迪妮一眼。他今天第一次发现,古姆迪妮穿着日常随意的纱丽,是那么朴素大方,是那么自然漂亮。

在默吐苏登那儿,古姆迪妮总是穿着入时,一身娇娆装扮像外边的妇女。而在这里，她穿着随意，俨然是一位朴实家庭的闺女了。今日，默吐苏登十分贴近地看到了她的真实面貌，那是多么温柔可爱的形象！默吐苏登心想，一刻也不能耽误了，马上把她带回家去。"她是我的，就是我的，我家里的；她是我的财富，她与我身心发生着不可分割的联系。"他的思绪杂乱无章，但他真想把上述心里话，一吐为快。

在隔壁房间里，古姆迪妮指着一个沙发，叫他坐下，他就乖乖地顺从坐下。倘若在自己的房间，他就会一把抓住古姆迪妮，迫使她坐在自己的身旁。

古姆迪妮没有坐下，站在一把椅子后面，手放在椅背上，说："您难道想跟我说什么话？"

默吐苏登对她提问的口吻不满，说："难道你不想回家？"

"不想回家。"

默吐苏登诧异地说："你说什么胡话？"

"您不需要我。"

默吐苏登茅塞顿开，恍然大悟。他断定，有关什娅玛·宋德莉的事已经传到她的耳畔，所以她持有这种尊严。他觉得这种尊严很可贵，于是说："你说什么，我感到很纳闷。这个不需要，把家里闹成了什么样？难道我觉得屋子里空寂好？"

古姆迪妮不想卷入这争论中去，再次断然答道："我不回去。"

"这究竟是什么意思？我家的媳妇不回家，天下哪有这个道理？"

古姆迪妮依然简短地说："不。"

默吐苏登从沙发上站起，说："什么？不回去？你在任何场合下都自作主张行事！"

古姆迪妮没吭声。

默吐苏登又说："你要明白，我能使唤警察把你扛在肩上带走。你说的'不'字将意味着什么，它将会带来什么后果？"

古姆迪妮默不作声。

默吐苏登暴跳如雷地吼道："在你兄长的学校里又学起努尔那卡尔的规矩啦！"

古姆迪妮又一次朝兄长的房间瞥了一眼，说："安静点！不要那么穷凶极恶地叫喊！"

"为什么一定要避开你兄长偷偷地说话？你要明白，就在这时刻，我能把他扔到街心上去，"

不消片刻，古姆迪妮发现，兄长已来到房门前站着。他瘦长个儿，羸弱的身子，蜡黄的脸，一双发红的大眼睛，一件宽肥披肩从身上拖到地上。

他挥手指着古姆迪妮，说："古姆，去自己的房间。"

默吐苏登怒不可遏，吼道："我将永远铭记你胆大包天的举动！我不熄灭你的努尔那卡尔的光亮，我就把默吐苏登倒着写！"

默吐苏登气冲冲地离去了。

维帕勒达斯一走进自己的房间，就一头躺在床上。他闭着双眼——不是因为瞌睡困袭，而是因为疲劳和忧虑所致。

古姆迪妮坐在床头，扇着扇子。过了一会儿，克什玛姑母开口说："今天，难道你们都不想吃饭了？古姆，时间已经很晚了。"

维帕勒达斯睁开眼，劝说："古姆，你去吃饭。叫伽鲁兄来！"

古姆说："哥哥，我求您，现在不要叫伽鲁兄长！您好好睡一会儿。"

维帕勒达斯没有再说什么，用深沉且痛楚的目光，望着古姆迪妮。片刻，他叹了一口长气，闭上了双眼。

古姆迪妮轻手轻脚，朝门外退去，掩上了门。

不消片刻，伽鲁通报说，他想和维帕勒达斯见面。

维帕勒达斯半倚着枕头，坐在床上。伽鲁说："默吐苏登来府上一会儿就离去。发生了什么事，请告诉我！难道他没有提及让古姆跟随一块回去的事？"

"他提及了，但古姆回答说她不回去。"

伽鲁惊恐地说："兄弟，你在说什么？这将是自我毁灭的话。"

"我们从来不怕毁灭，我们只害怕失去尊严。"

"那您准备应付吧，现在还不迟。你们血管里所流动的东西将不知流向何方。我知道，您父亲为蔑视县长官，挥霍了二十万卢比。挺起胸膛，面对自己的灾难，这是你们家族的荣光，但是，我的家族绝不会干如此蠢事。所以，我无法默默忍受你们这致命的疯狂劲。不过，现在如何维护门户的尊严？"

维帕勒达斯把右脚搁在稍高一些的左膝盖上，把自己的头搁在枕头上，闭着双眼，沉思良久。

之后，他微微睁开眼，说："根据合同条款，默吐苏登没有给六个月期限的通知，不能向我索取钱款。这期间，苏鲍塔将在六七月份回到这里——那时总会想出妥善的办法，天无绝人之路。"

伽鲁有些生气地说："办法为什么没有。全部灯盏可以一下子熄灭，现在可让它们一盏盏地熄灭。"

"灯正在底层燃烧着。现在，仆人来吹气，使它熄灭。这样，它就没有更多的呻吟和刺耳的喧哗声了。灯一下子全部熄灭，黑暗将来临，人人喜欢——因为可以息事宁人，人们就可高枕无忧了。"

伽鲁似乎受到了某种打击。他思忖："这只是从一个病人嘴里说出的灰心丧气的话，因为维帕勒达斯从来不是束手就缚、甘认失败的人。"

几天以来，维帕勒达斯为从严重后果中解脱出来，一直绞尽脑汁，设想计谋。他一直相信危机将会消除，但今天，他一筹莫展，没有了坚持信念的力量。

伽鲁眼含慈爱的目光，凝望着维帕勒达斯的脸，说："兄弟，您不必过度忧虑，这样会伤身体，会雪上加霜的。今后无论发生什么事，我都会妥善处理应付。我走了，我将去经纪人那儿一趟。"

次日，维帕勒达斯收到了用英文写的信——默吐苏登寄来的。语言毫无感情色彩，是例行公事的法律语言。很可能是他请律师执笔的。信中写道，他想确切地知道，古姆迪妮究竟回不回去。他写道，在获得确切答复之后，他将采取他认为合适的做法，云云。

维帕勒达斯问古姆迪妮："古姆，你郑重地、认真地思考了一切后果吗？"

古姆迪妮答道："我已经摒弃了一切忧虑，所以，今天心情十分平静。我仿佛觉得，时间又往回转，我现在像往昔一样生活在这里。这期间所发生的一切，犹同一场噩梦。"

"倘若有人企图强制性地把你掳走，难道你有力量保护住自己？"

"倘若我这样做，对您不会构成任何灾难的话，我一定能够保卫自己。"

"我之所以这样说，是因为你最终不得不回去，越是迟回越不光彩。难道同他们那种关系的纽带丝毫束缚不住你的心？"

"丝毫不能。我仅仅对那温、莫迪妈、哈伯鲁怀着深切的爱，但他们也仿佛是陌生人似的。"

"古姆，你看着吧。这些人将会制造叛乱，他们有用社会和法律的力量来制造叛乱风暴的能力，所以，你必须蔑视他们，抛弃一切羞涩、犹豫、害怕，勇敢地面对社会。家庭内外、社会四周将会掀起谴责的风暴，你要昂起头、挺起胸，屹立在风暴之中。"

"哥哥，这样做，不是对您有害处吗？您将无宁日可言。"

"你说谁拥有安宁和不受损害，古姆？如果你陷入受辱之中，难道还有比这给我带来的损害更大吗？倘若我获知，你待的家不是你自己的家，你应该握有绝对权力的地方，对你来说是绝对陌生的，那时，我还能设想讨取比这更大的不安宁吗？父亲是十分疼爱你的，但是在那些日子里，家里主人们超脱世俗所有的烦恼，享受清福。必须安排你的学习，这件头等重要的事，从未进入他们的心坎里。从一开始，我就教诲你，在你个性发展中助你一臂之力。

"与父母相比较，我努力在各个方面都不使你感到匮乏。在个性发展里帮助你的职责是什么，今天我才弄明白。倘若你与其他普通女人一样，你就不会在任何情况下遇到阻碍。今天，在任何地方谁也不懂得你所养成的独立个性。什么地方不尊重你的个性，那个地方对你来说就犹同是座地狱。我将以什么样的勇气把你放逐在那儿安心待着？如果你是我兄弟，就不能像兄弟般与我一块待着？"

古姆迪妮把额头搁在兄长胸脯近处的床沿边，脸却朝着另一个方向，说："但是，难道我将不会成为您的负担？难道您说得完全正确？"

维帕勒达斯用手摩挲着古姆迪妮的头，说："为什么有负担，妹妹！我将要你干许多事，把自己的全部工作都委托你来干。你将做私人秘书的工作，你将演奏乐器给我听，我的马儿将由你来照管。除此之外，你知道，我热衷于教书，我从哪儿去寻找像你这样的好学生？还有一件事，多少日子以来，我对波斯语的学习产生了浓厚兴趣。单独学习很乏味，我们一块学习，一定乐趣盎然。你的学习也一定会超过我，我绝不会妒忌，你等着瞧这一美好的前景！"

听着听着，古姆迪妮十分感动。她暗自寻思："难道还有比兄长所描绘的生活更幸福的吗？"

隔了一会儿，维帕勒达斯继续说："还有一件事要嘱咐你，古姆。我们的时代将很快起变化，我们的行为也要随着时代变化而变化。我们将与普天下的穷人一样生活，那时，你将成为我们穷人的财富。"

古姆迪妮热泪盈眶，说："假如我有如此好运，我就心满意足了。"

维帕勒达斯手里握着默吐苏登的信——没有再说什么。

第五十六章

两天后，那温带着莫迪妈和哈伯鲁一块抵达古姆迪妮处。

哈伯鲁一头扑在伯母的怀里哭泣起来。那种哭泣究竟冲着什么事而来的，能明白地说出个中原因是困难的——它是为往昔的尊严，抑或为现在的权力要求，抑或对未来的忧虑？

古姆迪妮紧紧拥抱着哈伯鲁，说："戈巴尔，世界就是一个巨大折磨的场所，你在那儿哭泣还不终止吗？难道在我身边还有什么？难道我能给人带来什么福祉？难道我能使人类儿童停止哭泣？我自己悲恸哭泣，竟然异想天开地要劝别人停止哭泣，我恐怕没有那么大的力量。那种爱自己可以牺牲自己。除外，它还能给予什么呢？你们能获得那种爱。伯母将不会永远生存下去，但记住我的话，请永远牢记！"说毕，她吻了吻哈伯鲁的脸颊。

那温说："嫂子，我们一行现在正去勒伯吉布尔祖宅定居。这里的事情已告结束。"

古姆迪妮惊慌不安，说："我这个不幸女人使你们遭受如此灾害。"

那温说："事情恰恰与此相反。多少日子以来，心灵为赴那儿定居焦急不安。我们早已收拾妥当，准备您来我们家。心灵所希冀看到的家庭理想模式，都已准备就绪。但造物主不能忍受这一切。"

古姆迪妮明白了，那天，默吐苏登回家后，制造了一桩巨大的事故。

不管那温解释什么，莫迪妈心里则认为，古姆迪妮拆散了他们的家庭，她是不轻易原谅这种罪过的。她认为，古姆迪妮现在应该低着头回去。这之后不管要承受何等侮辱和欺凌，作为女人，古姆迪妮都应逆来顺受。

莫迪妈口吻稍许强硬地说："您难道铁了心，绝不回婆家去？"

古姆迪妮也生硬地答道："不回去，我绝不回去！这里没有讨价还价的余地！"

莫迪妈问道："您知道，您的行为将会产生什么样的结果？"

古姆迪妮不理会那种蕴含着威胁的话，说："大地大得很，总有我立足之地。生活里许多东西被毁灭着，但总有一些东西存在着。生生息息是自然的法则。"

古姆迪妮明白，莫迪妈的心离她的心有十万八千里那般遥远，她的心灵与自己的心灵不可能沟通。她转而问那温："亲爱的，你们一家将做什么，如何生存？"

"我们那儿的河岸边有一些土地，那块土地将给我们提供一些饭食，而且它还为我们提供新鲜的空气。"

莫迪妈略显激动地说："不，大人阁下，您不应该对它有过多的奢望。我们只在米尔什米尔的粮食和雨水方面有些权力，有些依靠。这是谁也无法抢夺走的。我们又不是受到尊敬的人。大伯大骂之后把我们驱逐出来，我们现在只得离乡背井，远走他方。今天大伯没有叫我们回去，明儿他气消了，将会叫我们回去。那时我们就能如愿以偿地回去。这期间，我们应该保持耐心。这就是我要说的话。"

那温有些不满地说："我懂得事理，二媳妇，但没有必要为这事沾沾自喜。倘若我再次降生，我请求造物主，让我诞生于受到尊敬的家庭里，即使那儿只有粗茶淡饭，我也心满意足了。"

其实，那温几次想弃绝兄长的庇护，决心回到乡下故里，过男耕女织的生活，而莫迪妈一直拒绝，斥责他的愚不可及的想法。行动时，她不轻易撤走，一次次拖住那温。她知道，自己对大伯握有控制权。大伯与公公相似，他经常施暴，但不能把它算作侮辱。丈夫不论如何对待古姆迪妮，作为妻子应该忍受。莫迪妈认为这是天经地义的。

有人禀告，大夫抵达。古姆迪妮对那温一行说："稍等一下，我去听听大夫嘱咐什么，一会儿就回来。"

大夫诊断后对古姆迪妮说："血脉不正常，兴许晚上睡眠不足，病人没有获得充分休息。"

古姆迪妮正要回到客人那边去，伽鲁跑来埋怨说："我不提醒你这件事，就无法安宁。你若眼下不回婆家，网更加纵横交错，扯不开拉不断，不幸将会加重。我真是一筹莫展。"

古姆迪妮沉默不语。

伽鲁继续说："你丈夫那儿传来召唤，我们哪儿有违抗他的力量？我们的全部命运掌握在他的手心里。"

古姆迪妮扶紧走廊栏杆，说："我简直不明白，伽鲁兄长！仿佛生命在我面前喘着气，除了死亡没有其他路展现着。"说罢，她飞快地离去。

在古姆迪妮到维帕勒达斯屋里当口儿，莫迪妈已同克什玛姑妈谈话完毕。从一些征兆看，俩人心生疑窦，她们猜度古姆迪妮怀孕了。莫迪妈心花怒放，喜不自禁，暗自说，那是因着迦梨母亲的祝福才发生的。她思忖，现在，那位高傲的嫂子将会束手就擒。她总想蔑视婆家，但怀孕可是血缘的情结，而不是相邻的联系。现在，我瞧着，看她古姆迪妮如何挣脱这个情结！

莫迪妈把古姆迪妮带到隐蔽的地方，把心中的疑惑告诉了她。

听后，古姆迪妮的脸色刷白。她攥紧拳头，断然说："不会的，不会的。这绝不可能，任何情况下都是不可能的！"

莫迪妈生气地说："为什么不可能？难道是兄长的缘故？尽管您是大家闺秀，自然的规律不可能因您而逆转。您是戈什尔家族的媳妇，难道这个家族的家神会轻易地解放您,您思量过吗?家神为阻拦逃跑而屹立着。"

丈夫与古姆迪妮短暂的认识,日复一日从内心变成一种丑陋的形式,怀孕的疑虑在古姆迪妮面前越发清晰起来。人与人之间存有的那种差别是最强有力的,那种差别产生的原因往往是特别的细腻。它在人类的象征语言、情态、暗示里,下意识的隐晦的手势里,歌喉的旋律里,兴趣爱好里,风格传统里和生活旅程的理想里,显示着自己的印记。

存在于默吐苏登内心的事,不仅使古姆迪妮蒙受伤害,也使她害羞得无地自容,她有时甚至感到下流淫荡。

在生活开始时,默吐苏登是在赤贫环境里度过的。所以,他处处强调着钱财的极其重要的意义。在他那高傲的言辞里隐含着他赤贫的孤立无援境地的血的教训的印记。默吐苏登曾经一次次运用拜金的事情,讥讽古姆迪妮的父辈家族。而古姆迪妮对于那种本性贫乏、语言粗鲁、虚伪自尊的不文明,以及默吐苏登的身心和他家庭人员内在的低卑猥琐,无时无刻不感到难堪;她越是努力使这一切远离自己纯洁的心灵,那些事越是在她心灵四周,像垃圾似的堆积如山。

古姆迪妮自个儿用整个生命与自己内心的憎恶苦斗着。在维护膜拜夫君的职责的传统观念方面,她的努力是无休止的。但是,尽管如此,她总是遭到那么惨重的失败。以前,她从没注意到这个事实。

如今,她与默吐苏登的血肉关系已无法割断了,她因为怀孕一事的残酷性感到无比的痛苦。她忧心忡忡,问莫迪妈:"你如何确切洞察到这件事的?"

莫迪妈听后异常愤怒，竭力控制住自己，说："我已是有孩子的母亲了，我不懂，谁懂？眼下，已经没有安心饶舌的时间了，请叫助产士来瞧瞧为上策。"

那温、莫迪妈和哈伯鲁该离去了，但古姆迪妮除了就范于那种极端不公平的对待外，无法思考其他事了。所以，古姆迪妮以极其通常的方式，告别了婆家亲人。

要离去的时刻，那温说："嫂子，所有东西都将在世上消失。不过，您曾有一天获得了服务的权力，那种权力总有一天会以无序方式突然结束。我对这种情况的出现无能为力，也无法想象。当然，您那种服务权力也将再次获得，再次失掉，循环往复。"

说毕，那温施礼。哈伯鲁哭起来。莫迪妈板起面孔，一言不发。

第五十七章

消息传到维帕勒达斯的耳畔。助产士来了，诊断确认古姆迪妮怀孕了，疑团终于消失。这个消息也飞快地传到默吐苏登那儿。

默吐苏登贪婪财富，最大限度地聚敛财富，同时，他也获得了与财富相配的荣誉称号和地位。现在，他要达到下一个目标，把自己的荣华富贵传到下一代。这样，他职责的目标将达到最高顶端，叫人不可企及。想到这一切，他内心无比喜悦。于是，他大方地把罪恶的全部责任从古姆迪妮身上移开，转嫁到维帕勒达斯身上去。

为此，他写了第二封信。信以"Whereas（鉴于）"开始，以"Your obedient servant（您顺从的仆人）默吐苏登·戈什尔"结尾。

信中写道,"I shall have the painful necessity(我将必定感到痛苦)"之类的话。

这种带有恫吓的信对吉特尔纪家族只会产生相反的影响——尤其会在疑惑上产生损害影响。

维帕勒达斯把信交给伽鲁阅读,他的脸霎时红了起来,说:"这种带有侮辱的信,使像我一样的善良人身上的血,顿时像火山一样沸腾起来。我们会力图召唤无形警察,把他的头颅砍下!"

白天,维帕勒达斯埋头忙于书写。这一切完成之后,直到傍晚,他把古姆迪妮叫唤到自己身旁。今天白天,古姆迪妮没有到兄长处,企图躲藏起自己的身影。

维帕勒达斯离开床,坐在椅子上。像病人一样整天卧躺,心脏会变得更加衰弱。他在自己面前,为古姆迪妮放了一把小椅子。

灯盏放在屋内一角,屋顶上风扇在急速地飞转。印历二月末的天空,已积聚起炎热的云彩,南风不时喘着粗气,让人大汗淋漓。树叶专注地竖起耳朵,呆立不动。大海的入口处,恒河使蓝色的水变深,一个黑色的形象凸现在面前。黄昏的最后一抹光线,钻进黑暗的深渊里去。花园的水池在黑幕下已变得模糊不清了。但是,水面上反照出天上一颗闪亮的星星,像天空手指的暗示,吸引着古姆迪妮的注意;仆人穿过密林,擎着烛灯来回走动着。这时,一只猫头鹰不时地啼鸣着。

古姆迪妮托词姗姗来迟,坐在维帕勒达斯身边的椅子上,说:"哥哥,我心里感觉不舒服,我想离开这儿,去什么地方散散心。"

维帕勒达斯说:"古姆,你错误理解了,你的感觉蛮好。几天之后,你将令人心花怒放。"

"但是，在这种情况下……"古姆迪妮没有说下去。

"这我知道——现在，谁来砸碎你的桎梏呢？"

"难道我应该回去，哥哥？"

"我从前也许能阻止你回去，但现在这个权力不属于我了。我有什么力量使你的后代与家室分离？"

古姆迪妮久久沉默不语地坐着，维帕勒达斯也保持缄默。

后来，古姆迪妮以极其温柔的口吻，问道："我应该何时离开这儿？"

"明天吧。现在已经很晚了，不适宜动身。"

"哥哥，有一桩事，您也许明白——这次我回到那儿，他们可能再也不会让我轻轻松松地回到您身边。"

"我十分清楚这一点。"

"好吧，就这么定吧。不过，我有一句话想对您说，不管何时何日，你都不要去他们的家。哥哥，我知道，我的内心为期盼与您相见而焦急不安。但不管何种情况，我都不想在他们那儿见到您，我无法忍受可能出现的难堪的场面。"

"古姆，放心吧，你不必为此操心。"

"不过，他们处心积虑想把您投入危机之中。"

"随着他们所做的一切，他们的能力将告罄。那时我将自由自在，你为何说它是危机四伏呢？"

"哥哥，那天您也将使我获得自由，我将能够把他们的孩子交到他们的手中。这世上，什么事都能发生，但为了孩子却要小心谨慎，不能丧失不该失却的东西。"

"好吧，先安全地分娩，其他一切以后再说。"

"您不迷信，但您记得母亲的事吗？她总抱着寻死的愿望。那时，她在世上没有获得立足之地，所以，她轻易地抛弃了自己的后代，获得了解脱。当人渴望获得解脱，什么力量都无法阻止。我是您的妹妹，哥哥，我想获得那种解脱。我挣脱束缚之日，母亲定会在冥府祝福我。这是我要告诉您的。"

然后，俩人又长久缄默不语。蓦然间，一阵风骤起，三脚凳上放着的维帕勒达斯阅读的书，书页随风"哗啦哗啦"掀起。从花园里吹来的茉莉花香，弥漫于整个屋宇。

古姆迪妮打破沉默，说："不要这样理解，他们故意使我痛苦，他们存心以不能让我幸福的方式塑造我。其实，我也无法使他们幸福快活，而那些能够使他们幸福的人却遇到没完没了的困难。为什么有这种反常呢？从社会中来的所有罪过，让我一个人来承担，不要让污点染指他们。但总有一天，我准会使他们自由，我自己也将获得自由解脱。您会看到，我一定会回去。我不能自己制造了虚假幻觉，却生活在虚假之中。我是他们家的大媳妇，如果我不是作为古姆迪妮存在的话，这个事实还含有其他的意义吗？哥哥，您不相信神，但我相信神。三个月前我相信神的存在，如今我更加相信神的存在。今日，我总思考着这个事实，四周布满混乱、喧哗，然而，这种困难没有笼罩住整个世界。世界摆脱着这一切，依借日月运转着。而它们被抛弃的地方正是天堂的所在地，我的神就驻足在那儿。向您说这些话，我感到十分拘谨——但这之后，我再也不能对您倾诉了。所以，今天我渴望把所有心里话通通抖搂出来，不然，您将为我徒劳地担惊受怕。一切离去之后，还会有一些东西存留下。这个真理今天我才明白，留下的东西就是我的无限，就是我的神。假如我无法明白这个道理，我就在这儿，头搁在您脚下死去，我是绝不会去那座监牢受缚的。哥哥，在这个世界上，唯有您一直帮助我，关心我，所以我能够洞察这个事理。"

说毕，古姆迪妮从椅子上站起，把头放在兄长的脚上。

夜色更深了，维帕勒达斯目不转睛地凝望着窗外，遐想着。

第五十八章

翌日清晨，维帕勒达斯叫古姆迪妮来他身边。古姆迪妮看到，哥哥坐在床上，一把弦琴抱在他怀里，另一把弦琴放在他近旁。

维帕勒达斯向古姆迪妮说："拿起这把弦琴，我们一块来弹奏。"

这时，夜色还未完全褪尽。晨风阵阵吹来，略有寒意，它不时在毕钵罗树丛间隙吹过，发出"嗖嗖"的响声。喜鹊开始鸣唱。

俩人开始弹奏派拉沃曲调——音调肃穆、宁和、悲凉。包围兄妹之间的肃穆宁和的氛围，正如黑天与悉多离别的肃穆宁和的氛围一样。随着弦琴的弹奏，花枝间朝霞的绛红色光芒格外灿烂，太阳冉冉升起在花园院墙上。仆人到了屋前又返回去，房间还没清扫。阳光钻进屋内，看门人进屋，把报纸轻轻地放在三脚凳上，悄悄离去。

末了，俩人停止了弹奏。

维帕勒达斯说："古姆，你知道，我没有什么宗教信仰。我的宗教信仰通过言辞表达尽了。所以，我对宗教信仰不说三道四，我唯有在歌曲旋律里瞥见了他的形象,深沉的痛苦和无限的幸福,在他身上水乳交融着。我无法给他起名。古姆,你今日将要离去,也许我们再也不会相见。所以,今日清晨,让你跨越那一切非和谐、非合拍的岸边,朝前走。我努力在这儿助你一臂之力。你读过《沙恭达罗》——当沙恭达罗到豆扇陀家去时,干婆伴随她一段路,他是为了使沙恭达罗在那痛苦和有侮辱的世界里度过难关而出场的。不过。在那儿没有获得圆满——最终,沙恭达罗还是抵达了肃穆宁静的彼岸。今日清晨,派拉沃曲调肃穆宁和的旋律,伴随我内心的全部祝福,使你迈向那洁白无瑕的完善。那个完善将使你的全部痛苦和侮辱流经你的身心内外。"

古姆迪妮没有说什么,把头放在维帕勒达斯的脚上,她向兄长鞠躬致礼。然后,她站起身,久久凝视着窗外的太阳。

这之后,古姆迪妮说:"哥哥,我为你准备好了奶茶和烙饼,我去给您端来。"

今天,默吐苏登叫来星卜家,选择出门远行的吉日良辰。上午十点刚过,一顶锦缎织品遮掩的轿子,来到了门前。婆家人十分隆重地把古姆迪妮带到了米尔吉布尔的宫殿。乐队奏起喜庆的曲调,摆设婆罗门盛宴。

马尼卡仆人端来柠檬饮料,进入维帕勒达斯的房间。今天,维帕勒达斯没有躺在床上,而是安静地坐在依窗的椅子上。当柠檬茶送来时,他压根儿没有注意。仆人只得转回去。

随即,克什玛姑母端来病号饭。她用手放在维帕勒达斯肩上,亲切地说:"维帕,太阳已当空高照,孩子!"

维帕勒达斯慢慢地从椅子上站起，躺在床上。

克什玛姑母原本心想，待那些人隆重且尊敬地把古姆迪妮接走，再详细地向维帕勒达斯叙述盛况，而后与他促膝长谈。但看到维帕勒达斯严肃的表情，她就没有勇气说什么啦。她仿佛觉得，一个深不可测的虚无，在维帕勒达斯眼前，翩翩起舞着。

当维帕勒达斯说："姑母，请派人去唤伽鲁来。"克什玛仿佛觉得，这极其普通的一句话好像是从那无形的巨大的幻觉中响起的，这使她战栗不已。

伽鲁来到，维帕勒达斯把一封信交到他手上。这是一封从英国来的信，是苏鲍塔寄来的。

苏鲍塔写道：如果"酒吧"的"正餐"不结束，他就回国，那么他还得回去。所以，最后一次"正餐"结束，三四月回国最为合适。这样，可不必担心徒劳的花费。他的意思是，关于财产方面的必要活动在那之前可以暂停。

今天，伽鲁一点也不想用财产话题折磨维帕勒达斯。他说："兄弟，现在不提讨回钱的话题。眼下，还有几天期限。如果我们小心谨慎行事，不对人挑衅，不惹人生气，不可能很快出现危机。不管出现什么情况，您不必忧心如焚！"

维帕勒达斯说："我不操任何心，伽鲁！我丝毫不操心。"

伽鲁既不希望维帕勒达斯担忧，又认为维帕勒达斯那样无所谓，也不是好征兆。

维帕勒达斯拿起报纸，专心阅读。伽鲁明白，维帕勒达斯一点也不希望听到有关这方面的任何形式的批评。

通常，伽鲁做完白天的工作就告辞离去，但今天，他默然无语，一直坐着。他也不想挑起其他话题，他只想为维帕勒达斯做点什么，因而，他问："我去关掉外面的窗户如何？阳光直射进来了。"

维帕勒达斯摇摇手说："没有这个必要。"

伽鲁只好又坐下。今日，兄长屋里没有出现古姆，这个虚无仿佛揪住了他的心。

蓦然，他听到床底下小狗"达姆"号啕大哭，好像它看到古姆迪妮离去，心里似乎理会了什么，但它无法确切地明白发生了什么事。

泰戈尔年表

1861 年

5月7日（印历维沙克月25日）深夜两点半左右，罗宾德拉纳特·泰戈尔在加尔各答市朱拉萨迦祖居中诞生，他是德贝德拉纳特·泰戈尔和莎腊达·黛维的第十四子。

1868~1872 年

先后在东方学校、师范学院附小、孟加拉学院不正规地学习。在三哥赫蒙德拉纳特的指导下系统学习多种课目。1869年开始练习写诗。

1873~1875 年

左肩挂圣线，跟随父亲途经波勒普尔，前往喜马拉雅山游览。由父亲教授梵文，直接受到父亲的影响。1875年母亲去世。

1877 年

家庭杂志《婆罗蒂》问世。经常为该杂志撰稿。《帕努辛赫诗抄》写成。第一篇短篇小说《女乞丐》完稿。着手写中篇小说《科鲁娜》，未完稿。

1878~1880 年

前往英国之前,在阿梅达巴得小住,为自己写的歌词谱曲。在英国留学。《旅欧书札》在《婆罗蒂》杂志上连载。发表叙事诗《林花》。

1881~1883 年

发表剧本《蚁垤的天才》,并在该剧演出时扮演蚁垤。随七哥乔蒂林德拉纳特住在昌坦纳格尔。发表诗作《清泉从梦中苏醒》。1883年12月9日,与穆丽纳里妮结为伉俪。发表诗剧《破碎的心》,歌剧《愤怒的湿婆》《死神的狩猎》,诗作《暮歌集》《晨歌集》,长篇小说《少夫人市场》,书信集《旅欧书札》。

1884 年

自小在生活上照顾泰戈尔的七嫂伽达摩波莉·黛维于4月19日去世。发表诗作《帕努辛赫诗抄》《画与歌集》,剧本《大自然的报复》。

1885~1891 年

发表重要文章《罗摩·摩罕·罗易》,散文集《杂谈》,诗作《刚与柔集》,长篇小说《贤哲王》。创作散文集《书信》《评论》。在国民大会上演唱著名歌曲《今天在母亲的号召下我们团结一心》。1886年,长女玛杜丽洛达出生。1888年,长子罗廷德拉纳特出生。发表诗剧《虚幻的游戏》,诗作《心声集》。1890年前往希拉伊达哈,经管祖传田庄。参加《国王与王后》《牺牲》剧目的演出。发表《邮政局长》等短篇小说。为圣蒂尼克坦寺院揭幕。出版《求索》杂志。

1892 年

女儿蕾努卡出生。创作剧本《花钏女》《根本错误》。发表重要文章《各种教育》，支持以母语开展教育。动手写诗作《金色船集》。

1893~1894 年

游历奥利萨邦。在般吉姆主持的会议上宣读文章《英国人与印度人》。在《求索》上发表《女性的儿歌》。小女儿米腊出生。发表《旅欧日记》。诗作《金色船集》出版。剧本《离别时的诅咒》发表。

1895~1897 年

帮助侄子苏伦德拉纳特和波朗特罗纳德创办民族企业。创作小说《饥饿的石头》。小儿子索明德拉纳特出生。出席在纳达尔举行的全省民众大会。发表著名歌曲《印度——吉祥女神》。出版诗作《大河》《吉德拉星集》《收获集》，杂文集《五行》，剧本《马丽妮》《拜贡特的巨著》。

1898 年

主编《婆罗蒂》杂志。发表文章《掐住喉咙》，抗议所谓的《煽动法》。参加在达卡举行的全省民众大会。

1899~1900 年

加尔各答流行鼠疫。协助救治患者。侄子波朗特罗纳德去世。创办的企业倒闭。出版诗作《尘埃集》《幻想集》《瞬息集》《故事诗集》《叙事诗集》。

1901 年

长篇小说《小沙子》连载于《孟加拉之镜》。出版《祭品集》。女儿玛杜丽洛达、蕾努卡成婚。在圣蒂尼克坦成立梵学书院。

1902~1904 年

办学遇到经济困难。典卖在普尔的土地和妻子的首饰。1902 年妻子病逝。女儿蕾努卡夭亡。诗作《儿童集》和纪念亡妻的诗作《怀念集》出版。长篇小说《沉船》在《孟加拉之镜》上连载。出版长篇小说《天赐良缘》。

1905 年

父亲德贝德拉纳特仙逝。创办《宝库》杂志。积极参加反对殖民主义爱国运动。创作现为孟加拉国国歌的《金色的孟加拉》等大量爱国歌曲。在群众集会上发表演讲。出版散文集《自己的力量》。

1906 年

送儿子去美国学习农业科学。协助建立民族教育委员会。出版散文集《印度》，诗作《渡口集》，长篇小说《沉船》。

1907 年

投身于社会公益事业。发表重要论文《疾病和治疗》。长篇小说《戈拉》在《侨民》上连载。女儿米腊成婚。小儿子索明德拉纳特早逝。出版散文集《五彩缤纷》和《膜拜品德》，论文集《古代文学》《民间文学》《文学》《现代文学》，剧本《滑稽剧本集》，杂文集《幽默》。

1908 年

主持在帕波那召开的全省代表大会。发表散文集《国王与平民》《繁多》《祖国》《社会》《教育》，剧本《秋天的节日》，论文集《宗教》。

1909~1911 年

论文集《词学》《宗教》，剧本《赎罪》《国王》，长篇小说《戈拉》，诗作《献歌集》，关于宗教、人生、哲学、文学艺术、社会、教育的十三集演讲《圣蒂尼克坦》先后出版。在《侨民》杂志上刊登回忆录《生活的回忆》。1911 年在全国代表大会上演唱歌曲《印度的主宰》，此歌曲后来被定为印度国歌。

1912~1913 年

1912 年 1 月 12 日，孟加拉文学协会为他举行庆贺会。发表重要文章《印度的历史发展》。创作剧本《邮局》《坚定寺院》。出版书信集《孟加拉风光》。开始翻译收入《吉檀迦利》中的诗歌。第三次出国。在英国把《吉檀迦利》的诗歌给罗森斯坦阅读。叶芝在名人聚会上朗诵《吉檀迦利》的诗篇。初识挚友安德鲁斯。印度学会出版《吉檀迦利》。在芝加哥大学发表演讲。演讲集《求索》在哈佛大学出版。因《吉檀迦利》荣获诺贝尔文学奖。获加尔各答大学名誉文学博士学位。

1914~1915 年

皮尔逊住进圣蒂尼克坦。安德鲁斯参观书院。《绿叶》杂志出版。甘地访问圣蒂尼克坦。《绿叶》上发表剧本《法尔衮月》，连载中篇小说《四个人》和长篇小说《家庭与世界》。出版诗作《献祭集》《歌之花环集》《妙曲集》。被授予爵士称号。

1916~1918 年

演出剧目《法尔衮月》，为邦库拉灾区募捐。第四次出国。在日本谴责极端国家主义。在美国发表题为《国家主义》和《人格》的演讲。梵社举行欢迎大会。比哈尔邦发生种族骚乱。发表文章《渺小与崇高》。在加尔各答国大党会议上宣读《印度的祈祷》。女儿玛杜丽洛达去世。散文集《积蓄》《身份》《照主人的意志办事》，诗集《鸿雁》《遁逃》，长篇小说《家庭与世界》，剧本《古鲁》出版。

1919 年

游览南印度。正式出版杂志《圣蒂尼克坦》。愤怒抗议英国殖民当局在阿姆利则枪杀无辜群众，宣布放弃爵士称号。筹建国际大学。随笔《访日散记》，剧本《无形珠宝》出版。

1920~1921 年

游览西印度。第五次出国访问。在法国会见勒维等著名人士。在荷兰受到热烈欢迎。在海牙等地发表演讲。前往美国。归途中经英国又到法国，之后访问德国、丹麦、瑞典、奥地利等国。会见罗曼·罗兰、康德·凯塞林等名人。1921 年 12 月 23 日，国际大学正式成立。把圣蒂尼克坦的财产捐献给国际大学。剧本《还债》出版。

1922 年

访问南印度和锡兰。出版剧本《摩克多塔拉》和诗作《童年的湿婆集》。发表散文集《随想》。

1923 年

将所有著作的版权交给国际大学。出版季刊《国际大学》。游历西印度。参加剧目《牺牲》的演出。剧本《春天》发表。

1924 年

在加尔各答大学就文学发表演讲。访问中国，在上海、济南、北京等地发表演讲，会见梅兰芳等著名文化人士。访问日本后回国。应邀访问秘鲁。创作《西行日记》和诗作《普尔比集》。

1925 年

经意大利回国。在圣蒂尼克坦会见甘地。在不合作运动上持不同意见。主持第一届印度哲学大会。诗作《普尔比集》和剧本《迁居》出版。

1926 年

在达卡大学发表演讲。应邀第八次出国，访问意大利、英国、挪威、奥地利、瑞典、丹麦、德国、捷克、南斯拉夫、罗马尼亚、匈牙利、保加利亚、希腊。经埃及回国。出版诗作《随感集》，剧本《独身者协会》《舞女的膜拜》《报复心理》《南迪妮》《最后一场雨》。

1927 年

开始创作长篇小说《纠缠》。发表剧本《舞王》。第九次出国，访问马来西亚、印度尼西亚和泰国。在《千姿百态》杂志上连载《爪哇通讯》。

1928 年

会见印度著名政治活动家、哲学家奥罗宾多。访问锡兰和班加罗尔。创作长篇小说《最后的诗篇》。发表剧本《最后的拯救》。

1929 年

第十次出国，访问加拿大、日本。在美国各城市发表演讲。出版剧本《太阳女》，长篇小说《最后的诗篇》《纠缠》，诗作《穆胡亚集》，书信集《西行日记》。

1930 年

第十一次出国访问。经法国到英国。在英国牛津大学发表题为《人的宗教》的演讲，之后出版单印本。在德国会见爱因斯坦。经丹麦去俄国，受到热烈欢迎。在法国、德国、丹麦、俄国和美国举行个人画展。发表剧本《新颖》。

1931 年

在市政大厅隆重庆祝他诞生七十周年。出版《泰戈尔金书》，诗作《森林之声集》《通俗读物集》，书信集《俄国书简》，剧本《禳解诅咒》，选集《聚宝》。

1932 年

致电英国首相，抗议英国殖民当局逮捕甘地。前往狱中看望甘地。访问伊朗和伊拉克。出版诗作《总结集》《再次集》，剧本《时代之旅》。

1933 年

在加尔各答大学发表题为《诗人的宗教》《普及教育》和《韵律》的演讲。在罗摩·摩罕·罗易逝世一百周年纪念会上讲话，题为《罗摩·摩罕·罗易——印度的先驱》。发表诗作《五彩集》，中篇小说《两姐妹》,剧本《昌达尔姑娘》《纸牌王国》《邦苏莉》。

1934 年

会见来访的尼赫鲁。率领国际大学学生艺术团到锡兰和南印度演出。发表中篇小说《四章》《花圃》,剧本《斯拉万月之剧》。

1935 年

在拉合尔、阿拉哈巴德、贝拿勒斯等地的大学发表演讲,获贝拿勒斯大学名誉博士学位。出版诗作《最后的星期集》《小径集》。

1936 年

在教育周活动期间发表《教育方式》。为募捐前往北印度。在甘地的帮助下得到六万卢比捐款。发表讲话反对教派分裂活动。荣获达卡大学名誉博士学位。出版舞剧剧本《花钏女》,诗作《黑牛集》《叶盘集》,论文集《文学的道路》《韵律》,游记《瀛洲纪行》。

1937 年

在加尔各答大学毕业典礼上用孟加拉语致贺词。在国际大学中国学院成立典礼上做题为《中国和印度》的讲话。出版诗作《错位集》《儿歌之画集》《边沿集》,散文集《划时代》《世界的本相》《他》。

1938 年

两次致信日本诗人野口,谴责日本帝国主义侵略中国的罪行。再次会见甘地。出版诗作《晚祭集》，论文集《孟加拉语》，剧本《昌达尔姑娘歌舞剧》。

1939 年

国际大学的印地语学院成立。出版诗作《戏谑集》《天灯集》，论文集《路上的积蓄》，剧本《萨玛》，《泰戈尔文集》一、二卷出版。

1940 年

在圣蒂尼克坦会见来访的甘地。在一个特别仪式上被授予牛津大学名誉博士学位。诗作《新生集》《唢呐集》《病榻集》，传记《童年》及《泰戈尔画册》出版。

1941 年

八十岁生日那天，发表重要文章《文明的危机》。荣获特里普拉邦番王所授"印度的太阳"之称号。7月30日口授最后一首诗《你创造的道路》。8月7日在加尔各答祖居与世长辞。诗作《康复集》《生辰集》《儿歌集》《最后的作品集》，散文集《学院的形式与发展》出版。

白开元　编译

诺贝尔文学奖作家文集·加缪卷·路易斯卷·福克纳卷

鼠疫
［法］加缪 / 著
李玉民 / 译
定价：48.00元

局外人
［法］加缪 / 著
李玉民 / 译
定价：45.00元

第一人
［法］加缪 / 著
李玉民 / 译
定价：48.00元

卡利古拉（即将上市）
［法］加缪 / 著
李玉民 / 译

大街
［美］辛克莱·路易斯 / 著
顾奎 / 译
定价：55.00元

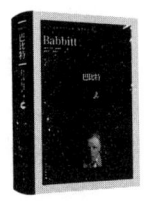

巴比特
［美］辛克莱·路易斯 / 著
潘庆舲 / 姚祖培 / 译
定价：50.00元

阿罗史密斯（即将上市）
［美］辛克莱·路易斯 / 著
顾奎 / 译

士兵的报酬
［美］威廉·福克纳 / 著
一熙 / 译
定价：45.00元

寓言
［美］威廉·福克纳 / 著
王国平 / 译
定价：50.00元

水泽女神之歌
——福克纳早期散文、诗歌与插图
［美］威廉·福克纳 / 著
王冠 / 远洋 / 译
定价：30.00元

漓江的书，买了再说！

外国名作家文集 ⊙ **伊夫林·沃卷·普拉斯卷·泰戈尔卷**

漓江的书，买了再说！

钟形罩瓶
[美] 西尔维娅·普拉斯 / 著
黄健人 赵为 / 译
定价：32.00元

夜舞
——西尔维娅·普拉斯诗选
[美] 西尔维娅·普拉斯 / 著
远洋 / 译
定价：28.00元

普拉斯书信集
[美] 西尔维娅·普拉斯 / 著
谢凌岚 / 译
定价：38.00元

布园重访
——查尔斯·莱德上尉的神圣和渎神回忆
[英] 伊夫林·沃 / 著
黑爪 / 译
定价：43.00元

衰亡
[英] 伊夫林·沃 / 著
黑爪 / 译
定价：32.00元

泰戈尔与中国
[印度] 泰戈尔 / 著
白开元 / 译
定价：35.00元

泰戈尔书信集
[印度] 泰戈尔 / 著
白开元 / 译
定价：45.00元

心弦
——泰戈尔诗选
[印度] 泰戈尔 / 著
白开元 / 译
定价：28.00元

双子座文丛（第一辑）

柳燕、白鹅与山樱
丰子恺 / 著 / 译 / 绘 丰一吟 / 编
定价：38.00元

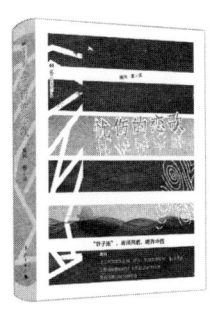

忧伤的恋歌
高兴 / 著 / 译
定价：36.00元

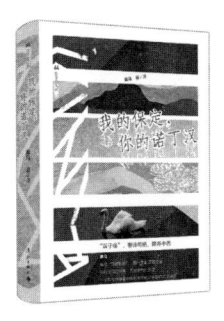

我的保定，你的诺丁汉
黑马 / 著 / 译
定价：35.00元

漓江的书，买了再说！

诙谐与庄严
莫雅平 / 著 / 译
定价：38.00元

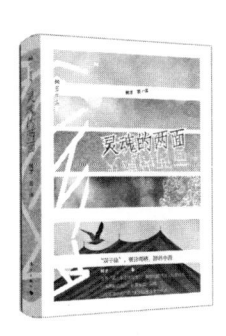

灵魂的两面
树才 / 著 / 译
定价：32.00元